扭轉衰小人生 3

風 文創 1141

十二鹿 著

風 文創 1141

目錄

第二十一章

又是一年的臘月，京城又下起了紛揚的雪。

一匹快馬踏著城門的積雪，飛奔而來。

金鑾殿上，皇帝面沈如水，看著底下手持奏報的朝臣。

「陛下，邊境開戰了！」

事起緊急，皇帝立刻與滿朝文武在殿上議事。

兵部侍郎將邊境目前的狀況，詳細地彙報了一遍。「陛下，據邊關情報，敕蠻可汗數月前就與西域十國秘密結盟，這才趁我們不備，利用邊境榷場，秘密派多股奸細潛入我幾處邊鎮，最終致使一夜之間連下我三縣十鎮，劍指京師，來勢洶洶。」

「如此重大的事件，為何現今才為朝廷所知？」皇帝皺緊眉頭。

兵部侍郎愣了一下，眼神瞥向一旁的馮大人，目光中滿是求救。

馮大人接收到他的暗示，定了定神色，上前一步。「回陛下，十幾年前我朝與西域十國停戰後，雙方互下的國書中曾允諾過，撤出在對方國內的耳目，以彰顯誠意。當時雙方交戰多年，對彼此的耳目瞭解甚深，為保和平之成果，便如約撤回了大部分朝廷放在西域的暗探。但為了以防萬一，還是留下了一些，以備不時之需。可是……」馮大人遲疑了一下。

皇帝立刻就懂了。

這十幾年，潘家把持邊關軍政，早已疏忽了與西域暗探的聯絡。而西域與朝廷通商，利益巨大，當初潘家的罪證裡，有一條就是查收榷場商事，攫取暴利。

在無數金錢利益的交易中，無論是有意還是無意，最終導致的結果就是——朝廷對西域的情況，再也不能很好的掌握了。

兩方相安無事的時候，這沒什麼；可一旦出了事，那就是難以想像的損失。

就如同這次，敕蠻和西域十國的軍隊特意繞遠道攻擊西北偏院的軍鎮，那些軍鎮多年來本就疏於練兵，再加上潘家獲罪、兵制改革，一連串的事情最終釀成了今日之禍。

「陛下，如今西北告急，還需早日派兵前去，抵禦外夷，一雪前恥啊！」兵部侍郎說道。

皇帝點頭，正要說話，太子卻站出來了。

「父皇，兒臣覺得，如今敕蠻與西域聯軍攻占下的城池距離恩化較近，不如下旨，先讓恩化的守軍出兵，牽制西北敵軍。畢竟京中派大軍也需要時間，如果讓敕蠻再下兩城，京畿就危在旦夕了。」

皇帝露出思索的神情。

七皇子陳煜卻快步走出，拱手道：「父皇，此計不妥。西北距京畿雖近，可中間有山巒阻隔，外夷善騎兵馬戰，翻山卻不容易。要想防衛從西北南下的軍隊，只需調遣京畿衛軍一路設伏，如此便可爭取大量的時間，容大軍開赴邊境。可恩化的位置卻極為重要，恩化現只餘兩萬守軍和兩萬屯兵，一旦恩化向西出兵，若敕蠻乘機重兵攻打恩化，守軍不敵，恩化城破，周圍城池就更無法禦敵了，而那之後便是中原的千里沃野啊！一馬平川，屆時敕蠻騎兵便會如入無人之境。」陳煜抬頭看向皇帝。「父皇，到那時，京城才是真的危矣！」

皇帝陷入了沈思，這其實是一個兩難的選擇。

如今西北敵軍虎視眈眈，京畿六衛根本沒有野戰經驗，是不是這些刀口上滾過來的蠻夷騎兵的對手，誰都不知道。

如果不去阻擊他們，那就等於是在賭，賭京畿周圍的那些山能攔得住敵人。

可那些山，既不險峻，也不深邃，誰也沒把握敕蠻人會不會打過來？

但如果真讓駐守恩化的余璟帶兵去阻擊，由於他不可能把恩化的四萬兵力都帶走，萬一阻擊未成，再丟恩化，那後果便更難想像了。

「七弟此言差矣！」太子再次出聲反駁。「莫說那山巒易破，京城極大可能會遇險。就說恩化，城池固若金湯，易守難攻，除非敕蠻主力攻城，否則不可能短時間內失守的。而這些時間，就足夠大軍開拔至邊關了！再說了，如今敕蠻主力都在西北，怎麼可能攻打恩化？」

「皇兄怎知敕蠻主力就一定在西北？」陳煜立刻反問。「西域十國雖小，可兵力卻不少，將十國兵力集結起來，足以偽裝成一支主力軍隊。皇兄想過沒有，如果這是敕蠻的疑兵，為的就是引恩化守軍出城迎敵，而他們的主力則潛伏在恩化附近，乘虛而入，到那時，後悔都晚了。敕蠻早領教過恩化余將軍的戰力，他們想方設法的就是要將余將軍引離恩化。如果我們那麼做，那才是真的中計了。」

太子還是不甘示弱。「七弟不是不知道，敕蠻與西域軍隊打起仗時向來毫無章法，多年前的幾次大仗都能證明他們全然不懂中原兵法，只是茹毛飲血的蠻夷之輩。」說著，他話鋒一轉。「七弟如此爭執，難不成是怕余璟能力不足，阻擊不成，既丟恩化，又陷京師於危難，成為朝廷的罪人吧？敕蠻與西域結盟，南下侵我國土，他余璟駐守恩化，近在咫尺卻不能阻止，此事上他本就有過在先，如今正是該將功補過才是！若真危及父皇與整朝大臣的性命，他就是砍頭都不為過！」

「皇兄！」陳煜這回是真的急了，語氣也一改之前的恭謹，竟是連皇帝也顧不上了。「皇兄的退敵之策，就只是寄希望於敵人的薄弱與野蠻嗎？兵家法略，我們學得，敕蠻怎麼就學不得？大戰在即，在我們對敵方知之甚少的情況下，難道不該做多手準備嗎？戰事當前，皇兄還在討論誰功誰過？這種時候，盡全力保住未丟的城池、尋找時間反擊，才是當務之急！」說著，陳煜轉過身，面向皇帝，一撩衣襬，堅定地跪下道：「父皇，兒臣願領京畿衛軍親自前去阻擊敵軍，保京城無虞。若讓一個敵人翻過大山，攻入京城腳下，兒臣甘願以死謝罪！」

「你……」皇帝被陳煜的軍令狀給震住了，其他的朝臣一時也是神情愣怔。

七皇子可是儲君的熱門人選，雖然太子依然在位，可仍舊有不少擁護之人。

他居然敢當眾說出「以死謝罪」的話來，不是確實胸有成竹、有萬全把握，就是真的甘願迎戰赴死！

整個大殿都陷入了沈寂。

片刻後，皇帝猛地起身，目光堅定如磐。「好，好膽氣！七皇子聽旨，朕就命你率京畿六衛兩萬人出京阻擊蠻軍，必須拖足十日！馮卿，立刻會同兵部傳旨，調派左右衛及左右玄武、玄策六衛在京大軍開赴邊境，前鋒軍必在十日內抵達邊關各軍鎮，逾期不到者，以軍法論處！再給恩化傳書，告知余璟，援軍不到之前，絕不可出城與敵軍交戰！」

「父皇，這——」太子出聲，卻被皇帝打斷。

「如果敵軍真的翻過了山，朕就是死，也要守在京城，與大雲百姓共存亡！」

話音一落，殿下諸臣立刻紛紛跪下，高呼萬歲，要與皇帝一起共存亡。

忠勇武館。

時值正午，以往的這個時候，武館都很安靜，可今日卻是喧鬧非凡。

余歲歲站在臺階上，看著臺下一張張義憤填膺的臉，心裡很是震動。

西北三縣十鎮被破，數以萬計的同胞淪為外敵的奴隸，這是任何一個有血性的人都無法袖手旁觀的事情。

更何況，忠勇武館是大雲朝第一家武館，這「忠勇」二字，更是自余璟創辦之始，便已刻進骨血裡的信仰與堅持。

「小姐，如今朝廷在徵兵，我們學了這麼多年武藝，不就是要保家衛國的嗎？我們想要一起去報名，只要您一句話。」一名武學師父代表眾人出來說話。

在場的有很多是以前幾批的學徒，基本上都是余璟手把手教出來的。而後來的幾批雖然是由一些師父和余歲歲、齊越教的，但在他們心目中也是視余璟為榜樣。

余歲歲本就是余璟的女兒，更是一身武藝，不失巾幗義氣，所以他們也早已將她看作武館的第二號靈魂人物。他們要走，自然要向余歲歲辭行。

「諸位都是熱血兒郎，我又如何能阻擋你們的志向？」余歲歲道。「你們放心，你們的家人都會得到很好的照料，絕不讓你們有任何後顧之憂。」

眾人自是一陣感激。

余歲歲回頭，見另一處的迴廊下，圍著十幾個小男孩、小女孩。

他們都是武館改為文武學館後新入學的一批弟子，只才學了一年不到，從沒見過這樣的場面。

「歲歲姊姊！」孩子中一個膽子大些的小女孩見她看過來，立刻跑向余歲歲。「歲歲姊姊，他們是要去幹什麼？」

余歲歲蹲下來，摸了摸她的頭。「他們呀，是要去打仗了，要去保護我們，保護和我們一樣的叔叔、嬸嬸、兄弟姊妹去了。」

「那他們會死嗎？」小女孩湊近，小心翼翼地小聲問道。

余歲歲看了看臺下眾人，有些艱澀地點了點頭。

小女孩又問：「那他們都不害怕嗎？」

「會怕。」余歲歲摟住她。「是人都會怕。怕疼、怕死。可如果所有人都害怕得不去抗爭，那所有人就都得死。總有些人，會抵禦住內心的恐懼，用自己的命，去換更多人的命。」

「那他們就是天大的好人了，對不對？」小女孩倚向余歲歲。

「對。」

小女孩揪了揪自己的辮子。「我也想成為他們這樣的人。」

余歲歲笑了笑。「妳叫什麼？幾歲啦？」

「我叫嬌嬌，李嬌嬌，六歲。」

余歲歲摸了摸她的頭，還真是個嬌滴滴的小可愛。「嬌嬌一定會實現願望的。」她再次站起身，叫來齊越。「各位，事出緊急，我無暇替你們準備壯行酒，那就再點一次大家的名字吧！希望你們回來時，我依然在這裡，聽你們報到！」

點名，是余璟留給武館的傳統，在此時此刻，沒有比這更好的振奮人心的舉動了。

所有人，每一批在武館學習過的人，都立刻站直挺立，等待著自己的名字被叫到。

「黃靖！」

「到！」

「藍崇天！」

「到！」

當最後一個人轉身離開，朝募兵處而去，余歲歲才合上手中的名冊。

她看向身邊的齊越，緩緩開口。「阿越也想去，是嗎？」

齊越頓了頓，斂下眼眸。「我不去。」

余歲歲一笑。「我還不知道你？最想去的就是你吧？」

齊越臉一正。「說不去，就是不去。師父臨走前，要我好好保護師姐的安全，所以師姐在哪兒，我就在哪兒。」

「我在京城，能有什麼危險？」余歲歲笑他，並揮了揮自己的拳頭。「你還不一定打得過我呢，還敢說要保護我？」

齊越一抬眼，盯住她。「師姐，妳別想騙我，我現在可不像小時候那麼好騙了。妳以為我不知道，妳其實是想支開我，自己去邊關找師父。」

余歲歲一下子就愣住了，心虛地眨了眨眼。「你……你怎麼知道的？」

齊越聳聳肩。「只許姊知弟，不許弟知姊嗎？」

「噗！」余歲歲笑開了，心裡又是感動、又是好笑。「你啊，還真是我的好弟弟！你倒是聰明，知道我要去找我爹，就跟我說什麼我在哪兒，你就在哪兒。那我要是去邊關，你不就也能跟著去了？現在你這腦子啊，確實是轉得快了呢！」

「師姐過獎了。」齊越欠揍的一笑。

余歲歲瞪他一眼。自從上次殺了太子的幾個殺手後，就像充滿氣的氣球被放出了一部分氣體一樣，齊越的情緒也得到很大的放鬆。

這真是好事。

「行，既然瞞不過你，那我們就一起去。」余歲歲深呼吸一口氣。「我得去一趟侯府，讓四妹妹和五妹妹協助祁川縣主和明姑娘，替我照看著學館和歸園食齋。你先準備好，我們明早就出發。」說著，余歲歲就要走。

「師姐，等一下！」齊越忍不住喊住她。「那七殿下那裡呢？不讓他知道嗎？」

余歲歲微微一笑。「他有他的事要做，我也有我的。他在朝上立了軍令狀，我又何必去讓他分心呢？等他回來，自然想得到我去了哪裡。」說著，她回過身，指著齊越佯怒道：「我可警告你，這次再說漏嘴，我就要代替師門懲罰你咯！」

齊越連忙點頭應是。

走出武館的余歲歲，撫了撫胸口處，嘆了一口氣。

她的懷中，揣著的是余璟目前給她的最新一封書信，這是十多天前收到的。

信中，父親表示對邊關的形勢很不樂觀。當初他走時，預言五年內大雲與敕蠻必有一戰，而如今，才過去三年，預言就成真了。
算起來，這封信到她手裡時，正是敕蠻與西域十國聯軍攻陷西北的時候。十多天了，邊關的局勢瞬息萬變，教她怎麼能不擔心？
余歲歲這些天一直心慌，她的預感太強烈了，心裡總有一個聲音在說，這一趟邊關之行，她必須成行！
父親是她在異世最難以割捨的牽絆，如果失去父親，她不知道還有沒有繼續留在這裡的意義和勇氣。
她答應過自己，這一輩子，要永遠和父親站在一起！

第二天一早，天還沒亮，天上還有小雪紛紛地飄下。
余歲歲和齊越牽著馬，走出了京城北門。
余歲歲一身紅衣，長而柔順的青絲被高高束起成一個馬尾，在腦後擺盪。
她回頭看了一眼巍峨的城門，從穿越而來，六年了，她從沒如此遠離這個地方，所到之處也都是普通的平原城鎮，大同小異。
而遠方等待她的，是她從沒見過的秦關冷月，還有沙場狼煙。
她一甩頭髮，飛身上馬，拉起韁繩，將承載她六年時光的城池拋在身後。
「歲歲！等等！」

一聲呼喊響起，余歲歲猛地一愣，不由得回馬轉身。

不遠處，三個騎馬的身影自城門而來，每個都如余歲歲一般打扮。

余歲歲和齊越面面相覷。

「歲歲，打妳進京，咱們可就認識了，這種時候丟下我，不講義氣喔！」祁川一身黑衣，眼睛亮晶晶地看向余歲歲。

「縣主，妳……可長公主……」余歲歲都有點結巴了。

祁川一甩頭髮。「我娘和別人的娘最大的不同就是，她從不循規蹈矩的管我。她還想讓我代她看一看我大雲朝的巍峨雄關，替她征戰一回沙場呢！」

余歲歲都驚了。這長公主，還真是不同凡響啊！

祁川繼續道：「哈哈，開玩笑的！不過呢，我跟定妳了，從今以後不要叫我縣主，麻煩叫我祁川！」

「……」余歲歲又看向明琦。「那明姑娘妳？」

明琦一身藏藍衣裝，聞言笑道：「歲歲，妳可是我的師父，師父去哪兒，徒弟就去哪兒！」

余歲歲看了一眼齊越，這兩人怎麼跟約好了似的，話都說得這麼像？

再次被明琦堵回來，余歲歲轉頭，看向第三個人。

祁川、明琦各有各的「歪理」，以她們往日的個性，做出這種事也不奇怪。但……誰能告訴她，余宛宛為什麼也會出現在這裡啊？

「大姊姊……妳這是？」

余宛宛頓了頓，臉微微紅了起來。

明琦見狀，替她說道：「她不好意思，我說。她跟我一樣，逃婚來的。」

「嗯？妳要逃婚，還拐著她一起？妳們幾個是怎麼湊到一起的？」

「簡單來說呢，就是盧陽侯要讓余大姑娘出嫁，而陳容謹呢，早在數月前就因為無法自由娶她為妻，離家去往邊關了。」祁川在一旁解釋。「剛好明琦也被煩得不行，所以我們三個一合計，就來找妳了。嚴格來說，余大姑娘是去找陳容謹的。」

一道靈光驀地劃過余歲歲的腦海。是啊，她怎麼就忘了，原書裡確實有這一段啊！

男主陳容謹沒能如願求娶余宛宛，一怒之下到邊關打算掙個軍功，這可是這本古早小說裡的經典橋段啊！

然後柔弱的女主逃婚反抗父親，毅然前赴邊關尋夫，這是她性格的一次轉變，也使兩人情意更深。

呃……余歲歲有些無語。難道這就是女配和女主天生的羈絆？她連換個地圖，都還能和余宛宛撞上。

「那……行吧。」

這三個人，哪個都勸不走，也只能一起走咯！

因著五人輕裝簡行，又一路快馬加鞭，晝夜兼程，只用了四天的時間，便趕到了距離恩化最近的靖遠城。

聽說，靖遠城比恩化城的建城時間還要早幾百年，在前前朝時，中原王朝的邊境線沒有現在那麼大，靖遠就充當著如今恩化的功能。

因此靖遠城池堅固，城中軍隊與政務都歸恩化統一管理。

與靖遠地位類似的，還有圍繞著恩化的另外五座城，分別為懷墟、秦泉、赭陽關、都渭和良湘。每一座城池，都有著自己的歷史。

七座城池也被並稱為「七連城」，就如同大地上的一個七星大陣，拱衛在大雲的北地邊關，守護著身後肥沃的大平原，和平原上勤勞勇敢的百姓。

一進靖遠城，邊關重鎮的氣息就撲面而來。

正值前方有戰事，入城時查得就很嚴格，一番盤問下來，恨不得連祖宗八代都問個清楚明白。

幾人進了城，就先找了一處館驛宿下，準備先探一探邊關的情況。

聽說他們是要到恩化去，館驛的小二都有些驚訝了。

「現在恩化的百姓都在往外跑，怎麼你們還敢往裡進啊？」

余歲歲喝了一口茶，邊關的茶水都是澀的。「跑？恩化已經開戰了嗎？」她忙問道。

「喔，那倒不是。」小二回道：「前段時間北邊的蠻夷有幾十萬大軍南下，那可是擦著恩化的邊過去的，聽說西北那邊三縣十個鎮都丟了。恩化的余將軍收攏了西北逃過來的難民和散兵，似乎是要死守恩化。可守了快半個月了，西北那邊沒動靜，恩化也沒動靜，我們都以為不打了，談和了。但就在前兩天，恩化那邊來了消息，說要將恩化的人先分散轉移到靖遠、懷墟這六個城，留恩化做第一線。」小二講解著。「之後戰事若開呢，就視戰況的延伸，再讓六個城的百姓繼續往南撤，階段進行，避免生亂子，還能最大限度地保住鄉親們的命。所以說，最近城裡忙得很，都在忙著安置從恩化來的鄉親們呢！要不是您幾位來得巧啊，我們這房子也住滿了。」

見小二口齒伶俐、解釋清楚，祁川不由得好奇起來。「這種軍政大事，不都是城裡的官員們才知道的嗎？你怎麼也知道得這麼清楚？」

小二一甩布巾，驕傲地抬了抬下巴。「這您就不懂了吧？是我們余將軍說的，他說開戰之際，最不能亂的就是民心。鄉親們攜家帶口、背井離鄉，本就心裡慌亂了，若是再傳出些謠言，那就更要出大麻煩了。他讓鄉親們先走，為的是保護大家的性命，要是生了亂子，不就達不到目的了嗎？所以，余將軍把手令下到了周邊六個城，六個城的將官又將城裡所有參與安置恩化鄉親的客棧、酒樓的掌櫃們都叫去，要他們記得余將軍說的話。掌櫃們回來，又給我們說，這樣只要有人問起，我們就能解釋清楚，讓大家都安心。

「就這些話，我可是說過很多回了，只要我一說呀，他們就都相信我們余將軍一定能守住恩化的！余將軍可說了，敵人來攻打我們，就是不要我們活命。我們每一個人都能為保家衛國出一份力，我們多解釋一句，鄉親們就多安心一分，前方浴血奮戰的將士們也就少了後顧之憂一分，說不定還能多殺一個敵人呢！等趕走了蠻子，我們個個都是功臣！」

余歲歲定定地看著小二，他講得眉飛色舞，一雙眼裡滿是明亮的光芒。

她也彷彿從他嘴裡，一點點地描摹出父親在邊關的樣子。

「這麼說，余將軍在這七連城裡，是人盡皆知咯？」明琦追問道。

「人盡皆知？」小二笑道：「您看小了吧？余將軍可是我們七連城的英雄！前年有行商還專門從京城帶來畫余將軍事蹟的畫本，在七連城裡賣得都斷貨了呢！自從余將軍來了，我們這七個城的百姓出城就再沒受過土匪的騷擾，以往在城裡作威作福的兵大爺，也知道客客氣氣待我們平頭小老百姓了。您說，他不是我們的英雄是什麼？」

「那，你們覺得，余將軍能守住恩化城嗎？」余歲歲問道。

小二想了想。「余將軍那麼厲害，肯定行！不過余將軍說了，恩化真要是沒了，還有靖遠，還有懷墟，還有秦泉呢！只要蠻子沒有攻破咱們所有的城池，那咱們不就還沒輸嗎？余將軍說，朝廷不會放棄我們的！哎呀，我可不跟您幾位多說了，我還要忙呢，您幾位好好休息！」小二一拍腦門，趕緊轉身離開。

屋裡半天都沒人開口。

余歲歲不由得更加出神。越接近恩化，她就越想余璟，此時此刻，她更是想要立刻見到父親了。她的父親，是七個城裡百姓的英雄呢！

「歲歲，余大人可真是太厲害了！」祁川出聲感嘆。「妳聽剛剛那小二張口余將軍說、閉口余將軍說的，就好像余將軍是他的鄰居，跟他聊過天、見過面似的！我長這麼大，從來沒有見過能把官做成這個樣子的人！」

「能讓百姓們如此崇拜、愛戴，一定是余將軍也把七連城的百姓都放在了心上。」明琦接著道。

正說著，余歲歲忽然從椅子上站起來。「我要去恩化，就是現在！」

「那我也去！」祁川也站起來。

「帶我一個！」明琦舉手起立。

余宛宛沒說話，但也默默地站了起來。

齊越一抬眼。「那我去備馬。」

就這樣，五人還沒坐熱館驛的凳子呢，就又一次駕馬出城，朝恩化而去。

此時的恩化城，模樣似與和平之時並無太大差別。

城門口的士兵盤查著進出的行人，除了問得嚴了些，一切井井有條，沒有任何人顯得慌亂。

城上的士兵一樣是精神抖擻，目光如炬地巡邏、掃視著周圍的一切，警戒地觀察著可疑的地方。

恩化的百姓正在有序的撤出，因此出城的人多，進城的人卻是很零星，士兵客氣地盤問了余歲歲等人幾句，見沒有問題，就放了他們進去。

進入城裡，全城五步一崗、十步一哨，士兵挺直站立，手握長槍，每兩個士兵站在一起，背對著背，正好觀察前後兩面，並不影響來往的行人。

除了哨兵，還有五、六人一隊的巡邏兵時不時的經過，密集度很高。

余歲歲幾人走在街上，因為和恩化等待轉移的百姓格外不同，太過於顯眼，所以引來了好幾批哨兵和巡邏兵的關注。

而等他們關注後沒有發現異常，視線便重新收回去，繼續著他們的工作。

「他們這是幹什麼呢？既然沒有戰事，應該也不用這麼緊張吧？」余宛宛有些不解。

話音剛落，一個推著堆滿了包裹的小車的老人一個趔趄，摔倒在地，車上的東西也都側翻一地。

還沒等幾人反應過來，一隊巡邏兵便火速趕來，扶老人的扶老人、撿東西的撿東西。不過一眨眼的功夫，老人被一個士兵馱在背上，另一個士兵則推起了推車，兩人朝城門走去。而剩下的幾個士兵則以中心列隊，再次出發巡邏。

「天啊，我終於知道什麼叫訓練有素的了！」祁川不住地驚嘆。「想想當年潘家人在皇帝舅舅那裡吹噓的那一套，跟這個一比，簡直連邊都搆不著。」

「難怪靖遠城的小二提起余將軍會那麼崇拜，誰看到這樣的將軍、這樣的士兵會不動容啊！」明琦也跟著感慨。

幾人一路問路，一路朝將軍府而去，路上一大批、一大批的百姓說說笑笑，揹著包袱往城外走，半點兒都沒有逃難的淒苦和哀痛，好像他們就是出去遊玩一圈而已，過兩天就能回來了。

「欸，這位大娘，請問去將軍府是往前走嗎？」余歲歲拉住一個好像在指揮人群的大娘，詢問道。

大娘轉過身來，一臉警惕。「你們是誰？從哪兒來的？找我們將軍幹什麼？」

余歲歲看看大娘手臂上掛的一個紅袖套，莫名有一種「朝陽群眾」的幻覺。「呃，我是余將軍的親戚。」

哪知大娘並未降低警惕，卻是道：「余將軍來了三年，我可沒聽說他有什麼親戚！」

余歲歲正想解釋，便聽到旁邊傳來一聲叫嚷──

「我的錢袋子！」

大娘當下顧不得余歲歲，一嗓子喊了出來。「有人偷錢袋子了！」

說時遲、那時快，余歲歲眼尖地看到一個人影從旁跑過，她一腿伸出，就把那人絆了個趔趄。

只見她反手抓住那人的肩膀，手臂一轉，腳尖踢向他的膝蓋彎，那人腿一軟跪在地上，余歲歲屈腿就壓在了他身上，伸手奪過他手裡的錢袋，還給被偷的人。

這時，一個哨兵跑了過來，大娘立刻指著地上的蟊賊道：「就是他！趁亂想偷錢，破壞咱們轉移出城的工作，影響群眾團結！」

哨兵一點頭。「多謝韋大娘，我把他交官。」

余歲歲愣愣地看著哨兵把那人押送帶走，人都傻了。

實在是大娘那話太熟悉了好嗎？她爹到底在恩化都幹了些什麼呀？

「哎呀，小夥子，你還真是余將軍的親戚啊！」韋大娘突然笑逐顏開地對著余歲歲道。

「大娘，您不懷疑我了？」余歲歲驚訝道。

「嗐，你剛剛那身手，跟當年余將軍替我抓偷我菜的賊時一個模樣！」韋大娘一臉興奮地說：「你要找將軍府，我帶你們去呀！」

余歲歲幾人連忙道謝，跟在韋大娘的身後。

走了幾條街後，韋大娘停住腳步，余歲歲一抬頭，就見一座古樸的將軍府屹立眼前。

府外兩個哨兵在門前站崗，神情肅穆，如果不是府旁街市上依然喧鬧不斷，氣氛就被渲染得十分緊張了。

「小夥子！」韋大娘走上前喚了一聲。

其中一個哨兵動了。「韋大娘？妳怎麼來了？」

「哎呀，這不是余將軍的親戚來了嗎？我就給帶過來了！」韋大娘指著身後幾人。

哨兵點點頭。「我知道了，多謝大娘。」

韋大娘一笑。「那行，我就忙去了。」說著走回來，對幾人道：「你們進去吧！」

余歲歲正要道謝，卻沒想到韋大娘一把拉住她交代起來。

「哎，見到余將軍後，要告訴他好好休息，按頓吃飯啊！我們送到將軍府的菜、肉，他都不肯收，那小子，可倔著呢！」

兩個偶然經過的行人聽見韋大娘的大嗓門，也停下腳步，附和道：「是呀、是呀！余將軍可倔著呢！」

余歲歲笑著答應，朝府門走去。

走出幾步，她情不自禁地回頭再望，韋大娘還在朝自己熱情地擺手。

余歲歲不禁露出笑意。

她的父親，竟是恩化百姓嘴裡的倔小子呀！

「幾位是來找將軍的？身分文牒可在？」進到府裡，一個親兵模樣的人將五人引入正堂。

余歲歲幾人拿出官牒。

親兵仔細檢查過一遍，見余歲歲、余宛宛與余璟姓氏相同，便點了點頭。

「幾位先在此處休息吧，將軍正在營中練兵，最多半個時辰就能回來。」

余歲歲點點頭，親兵轉身離開。

「歲歲，剛剛那個韋大娘，真是個熱心之人。」祁川道。「沒想到，她不光幫著抓賊、幫著帶路，還跟城中的士兵都那麼熟悉。難怪靖遠城的小二說，余將軍來後，當兵的對老百姓都客氣多了。在京城裡，普通人怕是連看一眼他們，都覺得害怕呢！」

「反正自從我來了邊關後，什麼新鮮事兒都見過了。要是有人跟我說，恩化夜不閉戶、路不拾遺，我都敢信！」明琦笑道。

齊越看向余歲歲。「師姐，妳好像……一點都不驚訝？」

余歲歲露出個頗有深意的笑容。「嗯……大概是習慣了吧。」

說話間，一個腿腳有毛病的士兵來給幾人上茶，聽到他們在說余璟，不由得放慢了腳步。

齊越見他在聽，便叫住他問：「欸，這位小哥，你在將軍府是做什麼的？」

那小兵回過頭來。「我在戰場上傷了腿，家裡沒別的親人，便求著將軍把我留下來了，平常在府裡幹點活兒。將軍府沒什麼人，我還能替將軍打理一下活計。」

「喔，那你覺得，你們將軍是個什麼樣的人？跟我們說說唄！」明琦好奇道。

小兵想了想。「將軍……就是將軍啊！他訓人的時候可凶了，操練我們的時候特別狠，可我們受傷的時候，他也最擔心。如果不是將軍，我可能就不是只瘸一條腿，而是沒命了。」

「那你們覺得，你們能守住恩化嗎？」余歲歲問道。

「怎麼不能？就是死，也得和恩化死在一起！」小兵一挺胸脯。「軍營裡，不是所有的兵都是恩化人，可恩化若是沒了，七連城也就會跟著沒了，還有京城，還有江南，說不定也都會沒了。我們要是不拚命，敵人就會殺我們的爹娘兄弟、欺負我們的姊妹。只要有余將軍，我們一定能贏！」

等小兵離開後，明琦不由得嘖嘖稱奇。「真神奇，雖然靖遠城的小二和剛剛那小兵說的不一樣，可好像，他們都格外相信余將軍。好像只要有余將軍在，就不會輸，即便輸了也能贏回來。」

「靖遠城的小二說過，余將軍來了，連土匪都沒影了。看樣子，余將軍帶兵真的有一套。」祁川道。「這下子，這邊關我算是來對了。」

幾人不停歇地討論著一路上過來的見聞，都試圖想像著身為恩化守將的余璟，會是個什麼模樣？

想來，一定和京城忠勇武館的余師父判若兩人。

余歲歲也很好奇，她從沒有見過父親的這一面。她也迫切地想要知道，今時今日的父親，到底變成了個什麼模樣？

突然，門外傳來一個聲音——

「將軍，您回來了？您有客人，在正堂等候。」

余歲歲猛地站起身來，控制不住自己的心緒，拔腿就朝外跑。

她跑出正堂，跑過石板鋪就的庭院，跑過一個又一個門檻，直到看見一個身形高大、身披輕甲、頭戴銀盔的男人從門口大踏步地走來。

她不由得放慢腳步，一步步地緩緩走過去，眼睛卻絲毫不肯離開那身影半分。

余璟龍行虎步，將腰間的長劍拿下來遞給親兵，不知道說起什麼，仰頭哈哈大笑著。

突然，他視線一凝，看著前方一個瘦高的少年，那熟悉卻又有些陌生的眉眼，讓他不禁愣住。

猛地，余璟雙眸一縮，小跑著奔向那個身影，直到跑到近前，才堪堪停住。

「妳……」他顫抖著聲音，語不成調。

余歲歲咬住下唇，忍住自己的情緒。

「他們……是我的親戚，你先去吧。」余璟恍著神，朝身旁的人擺擺手。

片刻之後，庭院之中，只剩下兩個相視的人。

「歲歲？」余璟不敢置信地看著眼前的人，雙目含淚。

「爸！」余歲歲一下子撲向余璟，眼淚在一瞬間奪眶而出。「爸，我好想你啊！」余歲歲埋首在余璟的肩膀處，臉頰貼著他帶著涼氣的外甲。

余璟，無論他是七連城百姓心中的英雄，還是恩化城百姓眼裡的倔小子，抑或是士兵眼中最好的將軍，他永遠都是她的爸爸呀！

余璟環著女兒的肩膀，兩行淚緩緩流入脖頸下的衣襟。

「歲歲長高了，變模樣了，爸爸差點兒都認不出來了。」
「那……是變漂亮了嗎？」余歲歲悶著鼻子，哽咽著撒起了嬌。
「是呀，我的閨女，可漂亮了！」
父女倆久別重逢，相擁而泣了一會兒，余璟這才反應過來。
他直起身子，焦急地問道：「歲歲，妳怎麼到這兒來了？是不是京城出什麼事了？」
「沒有。」余歲歲乖乖地搖頭。「就是我聽說邊關開戰了，擔心你，所以就來了。」
「妳……」余璟愣了愣，復又無奈一笑。「沒事就好。」
「不光我來了呢！」余歲歲帶著些許的小得意，指了指屋裡。「裡面還有。」
余璟哭笑不得。「罷了，孩子大了，管不住咯！走，咱去看看還有什麼驚喜？」他率先行步，又小聲地湊近余歲歲，故意玩笑道：「不會是驚嚇吧？」
余歲歲撇撇嘴。「那可不好說。」
一進屋，余璟算是知道什麼叫「不好說」了。
看到齊越——不錯，很驚喜。
看到祁川縣主——有點驚嚇，但還好，習慣了。
看到明琦——這位是……女兒又拐跑了誰家的姑娘？
再看余宛宛——好傢伙！來齊了！
「見過余將軍。」屋內四人齊齊朝余璟見禮。

幾人寒暄幾句後，余璟便叫人來給他們安排住處。

祁川善解人意，帶著明琦和余宛宛早早離開，給他們父女、師徒留下敘話的空間。

余璟將余歲歲和齊越帶到書房，這才問起了分別三年來各自的情況。

在聽說陳煜帶兵往西北阻擊進犯的敵軍時，余璟不由得點了點頭。

「這個時候，這確實是沒有辦法中的辦法。即便我在恩化，敕蠻主力大軍的動向，我也不能掌握清楚。」

「所以，占領西北三縣十鎮的，真的只是西域十國的軍隊嗎？」余歲歲問道。

「說實話，我也很難說。」余璟眉頭緊鎖。「潘家在邊境經營多年，雖說他們確實有將帥之才，但很多東西也都被弄得一團糟了。就拿西北來說，因為與西域接壤，往年榷場開放，尤其是潘家在時，格外繁榮。潘家從榷場裡攫取的利益，恐怕比某些京官貪的都多。」余璟揉了揉眉頭。「可巨大的利益背後，帶來的就是安於溫室、奢靡滋生、不思練兵，更忘了對敕蠻和西域十國的統禦。

「西北接壤西域，多年來相安無事，西域十國的實力又一貫不強，因此他們的衛軍戰力也遠不如和敕蠻對峙多年的七連城的戰力。就拿此前敵軍突襲一事，恩化看到烽火傳信，派人前去探查時，敵軍早就消失得無影無蹤了。恩化的守兵就這四萬人，我不能冒著七連城所有軍民的險，去追一個完全不知道任何情況的敵軍。」余璟嘆道。

「還好，陛下沒有聽太子的進言。如今朝廷的援軍已在路上，差不多五、六天就能到了。屆時即便開戰，我們也有底氣了。」余歲歲安慰道。

余璟搖搖頭，長嘆一口氣。「陛下的心思，我多少還是瞭解的。朝中也有如馮大人一般的賢臣從旁協助，在這場戰事裡，我倒是沒什麼後顧之憂。我擔心的，根本不是這些。」說著，他拿出一張北境地圖。「你們看，這裡就是恩化，加上後面這六個就是七連城。恩化兩邊都是山脈，陡峭高聳，完全是一夫當關，萬夫莫敵。之前敕蠻前來襲擾，為的也就是恩化的關鍵位置。」余璟在圖上比劃著。「往南，是一片起伏的山區，有靖遠、懷墟、秦泉三城一線；再往南，都渭、良湘分作兩點，它們都分佈在這片山區，是恩化之後，拱衛中原的最後兩道防線。」余璟點中偏西邊的一個點道：「這裡是赭陽關。赭陽關地處天險，是西北三縣十鎮和七連城的通道。在過去，赭陽關沒有那麼重要，因為它並非邊境，且東、西都是大雲的領土，可現在，西北已經失守了，赭陽關就成了迎面敵軍的第一線。

「如今敕蠻主力毫無蹤跡，我怕的就是他們派兵繞道赭陽關，一旦攻下赭陽關，就相當於繞到了七連城的背後，到那時若敕蠻主力大舉進攻恩化，那就是前後夾擊。」余璟看著地圖，眼神深沈。「敵人從西北邊鎮攻打赭陽關，路程連半天的時間都不到。可我們的援軍還要五、六天才能到，七連城更不可能分兵。現在每過去一天，我這心就懸得越高。」

「師父，恩化不能分兵，為什麼其他五城也不可以？」齊越不解。

余璟嘆了口氣。「恩化也才四萬人，其他五城連三萬都不到。我若分了他們的兵，這五個城，還有恩化轉移過去的百姓怎麼辦？赭陽關地理位置的關係，騎兵和重甲兵都施展不開，那裡難守也難攻，一旦打起來就是血戰，不可能速戰速決的。如今占領西北的敵軍，少說也有十萬。我們就算傾全部七連城之力，最多也只能湊出五萬來。

「你們想一想，我連敕蠻的主力在哪兒都不知道，怎麼冒險？如果主力在西北，赭陽關那樣的修羅場，拚的就是人命，我們拚不起。如果主力在恩化北邊，我一旦去防禦赭陽關，恩化就會失守。」

余歲歲和齊越對視一眼，也覺得如今真是焦頭爛額。看似平靜之下，實則是鈍刀子拉肉，越來越難受。

「這樣看來，當年陛下急於修改兵制，實在是有些冒進，心太急了。」余歲歲不由得感慨。

「潘家當時的境況，確實是皇帝心中的陰影，如果不改，後患更大。其實兵制的修改，終究是利大於弊的，起碼在當下是這樣。如今我們最需要的，是一場勝利，一場能把敕蠻和西域十國徹底打服的勝利！」余璟道。「只有打服了他們，才能換來和平。到那個時候，兵改的真正效用才能顯現。因此，這一場仗是必打的。」

余歲歲心裡也明白，可戰爭之下，最痛苦的，永遠都是普通百姓。

余璟深吸一口氣。「事實上，我也讓赭陽關的守將，在有序安排百姓轉移，但是根本不敢聲張。不為別的，如果赭陽關都撤了，七連城的民心就再也穩不住了。如今外面還算安樂，只是因為戰火還沒有燒到七連城。一旦七連城的任何一個地方燃起硝煙，誰會不惶恐呢？」

「爹爹，」余歲歲提出疑問。「你覺得敕蠻遲遲沒有動靜，是在等什麼呢？」

余璟道：「我分析，有兩種情況。一種是敕蠻自己都沒有想好，要怎麼打這個仗。敕蠻王室是出了名的不和睦，想打仗掠奪的，跟想求和通商賺錢的，經常吵得不可開交；另一種嘛……大概因為赭陽關是修羅場，一旦把兵力投在這個地方，就是巨大的消耗。敕蠻耗不耗得起還另說，但西域十國這樣的投機者，恐怕耗不起。」

「也就是說，其實敕蠻和西域十國的聯盟也並非那般牢靠？」余歲歲思索著。「我在想，如果我是敕蠻的主將，我最好的選擇是讓西域十國的軍隊在赭陽關送死，牽制大雲的兵力。而我則率領主力大軍攻打恩化，打正正經經、能展開手腳的攻城戰。但西域人不是傻子，這個計劃肯定不好實施，所以敕蠻如果真想在赭陽關開戰，就得自己分兵。」

「歲歲說得很對，我也正是因為這個，才對形勢沒有那麼悲觀。」余璟點頭，認可余歲歲的分析。「但目前有一個隱憂……敕蠻在大雲，尤其是七連城，有很多暗探、奸細。這些人，因為潘家的不管不問，在七連城紮根多年，很難盤查。他們對我們瞭若指掌，我們卻對他們一無所知。再堅固的城池，一旦從內裡被腐蝕，那被攻破也就指日可待了。」

「奸細?!」余歲歲立時反應過來，難怪一進恩化城，有那麼多的站崗、巡邏士兵，而像韋大娘那樣的熱心百姓，也是處處都非常警惕。「爹爹正在城中查找奸細嗎？」

「是暗查。」余璟回道。「事實上，從三年前我來到恩化後，就試圖在敕蠻和西域重新組織我們的暗探網路，但收效甚微，只和原來留在西域的一些暗探取得了聯繫，可他們也和朝廷失聯很多年了，能力、管道都大不如前。就比如敕蠻和西域十國結盟的消息，我還是在西北失守後三天才知道的。」余璟坐回桌前，神色有些無奈。「但在我們這邊，敕蠻和西域的奸細可以說是無孔不入。我來這兒三年，最要緊的是抓緊時間練兵，提高戰力，以求能盡快補上因為潘家和兵改造成的實力消退，因此根本無暇去抓什麼奸細。而在之前的小型戰爭中，暴露的都是些小嘍囉，最多承擔了個跑腿、傳話的任務，抓來也問不出什麼東西。如果不是敕蠻這場仗打得突然，我也不會這麼急的開始查找七連城的奸細。可現在即便查到了一些線索，我也沒空去顧及了。」余璟頓了頓，又道：「現在我也在趁著恩化轉移民眾的機會，登記每一個人的來歷、身分，但資料擺在那裡，我也沒時間去看。手下的那些人，即使是值得信任的，多數也只會打仗，搞不了這種注重細節的事……」

余歲歲看著父親，心裡有些發酸。其實剛剛她就發現了，父親的鬢角有了零星的白髮，臉上的鬍茬也沒有刮乾淨，眼下還有淡淡的黑眼圈。

三年前，他一個人孤身來此，人生地不熟，每一步都要自己摸索著走。一定有潘家留下的勢力排擠他，也一定有人不服他，還有那些躲在暗處的奸細在搗亂。

父親一步步走到現在，要禁受的不光是戰場上的刀槍無眼，還有戰場外的明槍暗箭、詭譎人心啊！

「爹，如果可以，你把這件事交給我吧！」余歲歲站起來，神色堅定。「雖然我也需要摸索，但多一個人總歸多一分力量，你的重心還是放在練兵備戰上，我來幫你把這幫奸細找出來。」

余璟看著余歲歲，好半天才動容道：「好。都說閨女是父親的小棉襖，看來，我還真不能少了我們家歲歲。」

「師父，我也跟著師姐一起查。」齊越說道。

「好、好！你們都是好樣的！」余璟高興起來。「難得我們再見，今天晚上，我們好好在一起，聚一聚。」

「嗯！」余歲歲和齊越欣喜地應下。

第二十二章

是夜，余璟忙完軍營的事，便第一次早早回到了將軍府，此時的府裡，比往常熱鬧，更多了許多人氣。

廚房裡，香氣四溢，余歲歲特意從還沒轉移的恩化百姓裡聘來了幾個酒樓的大廚，做了一桌豐盛的宴席。

余歲歲、齊越在廚房幫忙，祁川、明琦和余宛宛則幫著佈置桌子和端菜、倒酒。

余璟看著眼前的人間煙火，想到自己在恩化的這三年，不知道怎麼的，心情就有些激動了。

「余將軍，快坐吧！還有最後一道菜，馬上就好了。」祁川拿著幾副碗筷走過來。

「多謝縣主！」余璟連忙道謝。

「來了這裡，就不要糾結禮數啦！」祁川笑道：「將軍叫我祁川就好。」

「好，祁川。」余璟倒也不固執，當下就應了。「不過，我們的人還沒來齊，還得再多拿兩副。」

「啊？還有誰？不就我們幾個還有將軍嗎？」祁川疑惑道。

話音剛落，門外傳來一陣腳步聲，余璟的目光越過祁川的頭頂，緩緩望了過去。

祁川好奇地回頭。

另一邊，余歲歲和余宛宛也恰好從側門進來。

「將軍！」

所有人的目光，都匯集在門口兩個正在行禮的少年人身上。

余歲歲猛地瞪大雙眼，滿臉的不可置信。「陳容謹？潘縉？」

兩個被喊到名字的少年齊齊轉過頭來。

陳容謹戲謔地朝余歲歲挑了挑眉，而後深情的眼神就黏在了余宛宛身上。

而潘縉，眼神微一愣怔便恢復正常，只是朝余歲歲點了點頭。

余歲歲震驚極了。

眼前無論是陳容謹還是潘縉，都與她記憶中的模樣不太一樣了。雖然他們本就接觸不多，可她就是能察覺出不同來。

那是被邊關的風沙與鮮血洗禮出來的堅毅和殺氣，在他們的眉宇、眼眸之間展現得淋漓盡致，而再難瞧出當年京城富貴公子哥的模樣來了。

余歲歲的餘光看到彷彿被釘在地上的余宛宛，心下好笑，伸出手，在她後背上輕輕推了一把，將她推向陳容謹。

兩個人久別重逢，雖然不敢當眾摟摟抱抱，可那眼神的交織，早已是旁若無人了。

余歲歲並沒有過多地關注他們，而是把注意力放在祁川和潘縉身上。

四年前在馬場初見時，他們一個是仗義執言的天之嬌女，一個是心高氣傲的將門公子。

如今再見，天之嬌女依舊如昔，可往日的將門公子早已褪去滿心傲骨，成了低沈內斂的軍人。

「潘、潘縉？」祁川定定地盯著潘縉的臉，有些恍神。

「姑娘，在下姓李名初，是恩化營的校尉。」潘縉拱手，斂眉而答。

「李初？」祁川怔了怔，終是笑了。「也好，一切如初，從頭開始。」

余璟見眾人都見過了面，這才出聲道：「既然人都來齊了，那就都坐吧！今天，算是一場故友重逢，故人再見，我們好好喝一杯！」

所有人聽罷，都紛紛舉起身前的酒杯，滿杯飲盡。

酒過三巡，眾人便聊起了余璟在邊關的諸多經歷。

如何訓練懶惰積習的軍士、如何剿滅為害多年的土匪，還有促成了余歲歲封縣主的那一場大勝。

陳容謹來邊關的時間很短，他是平王世子，這種擱在別處能立即當個軍中小長官的不凡身分，在余璟這裡卻是什麼都不算，余璟最初只給了他一個小兵的待遇。

不過陳容謹在訓練中表現頗好，雖然沒打過什麼大仗，但去圍剿過一些土匪，也負責抓過一些奸細，現在被余璟提拔成為一名衛士長，手下能領五百軍士。

「余將軍，李初……李校尉，是如何歸入您麾下的呢？」祁川還是沒沈住氣，問起了潘縉。

余璟看了一眼余歲歲，接收到她的暗示，心裡大概明白了一些。「這些，不如讓李校尉自己說吧？」

潘縉看了看余璟，又不自然地掃過祁川，沈吟了一下才緩緩開口。「我是三年前，余將軍第一次剿匪時，從土匪窩裡把我救出來的。」

余歲歲和其他人都驚了一下，紛紛看向潘縉。

「抓我的土匪知道我懂點學問，就逼我給他們當軍師，對抗朝廷的軍隊。我挺幸運的，第一仗就遇到了余將軍，匪窩都給端了。自那以後，我就跟著余將軍，剿匪、打仗，才有今天。」

潘縉看向余璟和余歲歲，神色頗有些感慨。

當年在京城，如果不考慮他的家族立場，他其實一直很敬佩余璟，也同樣很欣賞余歲歲這個姑娘。

當年在潘府，余歲歲點醒了他。潘家做的惡，早晚會遭報應，但他這個從來不被看重的、屢屢反對他們的人，又怎麼能陪他們去死？

潘縉也知道，自己是潘家人，自然沒有資格說自己全然無辜。因此他只想一直跟著余璟，寄身於軍營，為自己贖罪。

余璟見他說完，也點了點頭。「李初作戰勇猛，殺敵無數，早前我便替他請封了校尉。」

余歲歲看看自己的父親，不由得驚嘆他真是膽子大，敢走這麼一步險棋。

其實嚴格來說，潘縉並沒有被定過罪，他是在七皇子從童縣奔回京後直接消失的，那個時候潘家還沒有下獄，皇帝也還不明真相。

而等到後面潘家被定罪、處斬，全程都沒有提過潘縉的名字，只當他這人沒了。

余歲歲現在不得不懷疑，這是陳煜和余璟故意的。因為不管怎麼說，他們對潘縉都頗有欣賞之意，所以故意放水也是有可能的。

至於皇上也從未說起過此事，想必也定是不願意追究的。畢竟當初潘縉是如何的名滿京城，皇帝對他也一向有惜才之心。

看著眼前的潘縉，大概只有來到了邊關，心緒才能如此刻這般平靜、開闊吧？

第二天一早，余璟便派人將恩化城目前統計的轉移名冊全部交給了余歲歲和齊越，兩人又喊來祁川和明琦，在將軍府的書房裡開始仔細的翻找。

「歲歲，要查奸細，他們一般會有什麼特徵啊？」祁川詢問道。

余歲歲想到昨晚她和余璟單獨的談話，遂解釋道：「如果是潛伏多年的奸細，查這個名冊肯定是不行的。但是那些等級較低的奸細，因為流動性極大，還是多少能看出來一些。他們要麼是一人獨居，要麼是多人群居，自己有家有室的很少，當然了，有些人可能還會打著尋親訪友的旗號。之後還要結合他們是否有明確的生計來源、平日裡經常活動的範圍，以及轉移的積極性，還有他們自己在名冊上登記的想要去哪座城安置等等來判斷。」

「這些要怎麼查出來啊？名冊上也沒記這麼細啊！」明琦不解。

「你們忘了，恩化城裡有一群人，一定能告訴我們，我們想知道的事。」余歲歲神秘一笑，無意太早透露。「我們可以先把這次名冊登記的內容，和恩化城官府裡存放的戶籍資料一一比對，看看能不能發現什麼可疑的點？」

四人翻了整整一天，還真鎖定了幾個可疑的人。

於是，幾人便離開了將軍府，來到了街上。

余璟轉移恩化百姓的手令是五、六天前下的，也就是皇帝命他守住恩化的聖旨到達後。百姓們收拾行裝、打點一切需要時間，登記名冊也需要時間，因此如今的恩化城也就剛轉移了不到一半。

此時的街上，還是很熱鬧的。

余歲歲幾人身上都帶著余璟給的權杖，方便行事。

剛走出將軍府沒多久，眾人就看到了人群中熱情助人的韋大娘。

「韋大娘，您有時間嗎？余將軍要我和您聊點事。」余歲歲走過去詢問。

韋大娘本來有些不滿有人打斷了她的工作，結果一扭頭，見是他們幾人，立刻喜笑顏開。「哎呀，這不是余將軍的親戚嘛！我有空，找我什麼事啊？」

幾人拉著韋大娘走到一邊後，余歲歲便問了起來。

「你問的是我家胡同後頭的永寶兒？」韋大娘皺起了眉頭。「還別說，我早就覺得他特別奇怪了！他大概是……去年，對，就是去年六月那時來恩化的。當時就住在我家胡同後邊，杜老漢他家。這杜老漢早年婆娘死了，連個兒女都沒給他留下，他窮得叮噹響，也就沒張羅著再娶。這杜永寶來的時候，說是杜老漢的遠親，我們鄰里幾個就去問，杜老漢也就嗯嗯啊啊的應。後來我們發現這杜永寶對杜老漢可孝順了，又是端屎端尿、又是鋪床餵飯的，我們鄰里幾個也就沒再管了。」韋大娘回憶著。「大概……過了三、四個月吧，杜老漢就沒了。里正呢，知道他無兒無女的，就這麼個遠親，於是就讓杜永寶在那房子住下了。」

余歲歲聽著，出言問道：「韋大娘，我看官府的籍冊裡，杜老伯之前是靠賣炭維生的，可自從杜永寶來了之後，他們家就再沒賣過炭了，那杜老伯和杜永寶靠什麼維持生計呢？」

「所以我說奇怪呢！」韋大娘一拍大腿。「這杜老漢雖然窮，可身子向來很硬朗，而且心腸也好，有時候還會幫我們鄰里幾個挑點重物、修點屋頂什麼的，但自從那杜永寶來了後，杜老漢一下子就病倒了，連床都下不來呢！那杜永寶對他雖孝順，可對我們都是冷著一張臉，看著就陰沈沈的。」韋大娘突然一拍腦殼說：「嘿！余公子，你說這杜永寶是不是就是為了要貪杜老漢那屋子，所以把他給害死了？」

余歲歲趕緊按住她，示意她小聲些。「您也別瞎猜，說不定只是湊巧了呢！那這個杜永寶，您知道他靠什麼生活嗎？也不想著娶個媳婦、成個家什麼的？平常都喜歡去什麼地方啊？」

韋大娘又回憶了一會兒，才道：「他是不怎麼出門的，好像……是在做什麼竹編的椅子、板凳的，拿去賣吧，我有一次見他去過城西的鋪子，那鋪子就是賣這些東西的。不過也不經常賣，頂多一個月一、兩次吧？至於娶婆娘，是有個張媒婆給他說過媒，覺得他長得周正，又孝順，但他不同意，後來也就算了。」

「那韋大娘，這回轉移的時候，他怎麼不走呢？」余歲歲想到名冊上登記的內容。杜永寶所在的城東是最先劃為轉移區域的地方，除了像韋大娘這樣在城裡志願幫忙的鄉親，那一片區域的其他人都走了，就他不肯走。

「這我還真不知道，只聽說他捨不得那屋子，說是杜家的祖宅，走了就沒了。」韋大娘搖搖頭。

城裡最初其實也有很多百姓抱著僥倖心理，捨不得離開自己的家園。可隨著余璟麾下士兵們的勸解，還有如韋大娘一樣的人的勸告後，很多人還是願意走的。

而當走的人越來越多，剩下的人也就不由自主地跟著走了。

當然，不肯走的人未必都是奸細，但杜永寶這個人身上集齊了那麼多的疑點，不由得人不懷疑。

問了好一會兒後，余歲歲朝韋大娘道謝，帶著祁川、齊越、明琦三人走到了一個僻靜處。

「剛剛大娘提過的那個城西鋪子，我爹之前抓過的奸細也招供說去過那裡，說是去買個竹篦子。這個杜永寶，是去年六月進恩化的，他來之前，我爹剛抓過一個奸細；而他來不到兩個月，敕蠻就帶兵進犯，所幸被我爹打敗。之後直到這次戰前，雙方的摩擦也時有發生。而且我爹說，每次大小摩擦，時機都卡得很巧妙，好像知道我們在做什麼一樣。我想，許多事情不會都這麼巧的。」余歲歲凝眉道。

「確實可疑。」齊越點頭。「不過師姐，妳怎麼知道韋大娘會認得這個杜永寶，而且還知道得這麼詳細？」

余歲歲一笑。「像韋大娘這樣熱心腸的人，城裡有不少。這些大娘、大爺們平日裡就比較多觀察自己周圍的鄰居，所以只要問他們，多少都能知道一些。奸細們再小心，也不可能完全和正常人的生活一樣，又哪裡能逃得過別人的眼睛呢？這樣吧，我們分頭去問，就去各個區域找像韋大娘這樣的人，詢問我們覺得這個區域裡可疑的人。等問完，我們再把所有的線索集中，看看能不能找到什麼共同點？」

「好！」

時間爭分奪秒地過去，晚上回到將軍府後，幾人將詢問來的線索匯總在一起。

起先懷疑的人，有一部分被排除了嫌疑，有一部分因為來恩化的時間太短，還沒被人觀察出什麼規律，而最後，就只剩下了兩類人。

一類便是如杜永寶這樣的，行跡可疑，且不願轉移離開恩化；另一類則是行跡可疑，卻早早轉移走的一批。

但無論是願意走還是不願意走的，他們都有一個共同的行跡交會點，那就是城西那家賣竹編用具的鋪子。

其實打從知道這鋪子後，余歲歲就覺得它很可疑。

恩化是邊鎮，不是什麼富庶的魚米之鄉，普通的鄉親們如果想用竹編的東西，自己去編一個就是了，花錢去買那未免太奢侈了。而如果是其他的富豪，他們本有不少別的新奇玩意兒，竹編的東西他們根本看不上眼。

那就怪了。

開著一個不賺錢的鋪子，老闆生活得下去嗎？杜永寶一個月去那裡賣一、兩次自己編的東西，就算老闆是個純純的冤大頭，也不會給他一筆足夠他吃飽喝足的收購款吧？

第二天，余歲歲喊上祁川，一道去了城西的鋪子。

而齊越和明琦，則在周圍想辦法打聽消息。

一進鋪子，余歲歲就覺得不對了。

城裡的百姓都在轉移，鋪子卻依然開著。店裡的夥計在打瞌睡，可老闆卻站在櫃檯後打算盤。

見到兩人進來，老闆就臉上堆著笑迎了上前。

余歲歲假裝要買東西，和老闆聊了起來。「掌櫃的，我覺得這些東西又輕便、又好帶，省得我們把家裡的那些東西裝車，重得馬都拉不動呢！」

「是啊，公子說得極是，我們這東西就是這點好處！」老闆說道。

「可是……等以後我們回來了，這些東西就沒用了啊！」余歲歲皺眉道：「扔了吧，太可惜了；不扔嘛，家裡也用不上啊！欸，掌櫃的，平時你們這些東西都能賣給誰啊？給我說說吧，回頭我也好把它們轉賣出去啊！」

「呃，這個……」老闆遲疑著。「我們也沒見過您這樣轉手賣的啊……」

「掌櫃的不會是怕我們搶你的生意吧？」祁川在一旁開口。「大不了我們不在恩化城裡賣嘛，到別處去賣。」

「這……」老闆有些招架不住了。

正說話間，一個矮個子男人走近鋪子，在看到余歲歲兩人時，身體頓了一下，但還是若無其事地走了進來。

余歲歲下意識就瞇了瞇眼，關注上他。

「掌櫃的，這個竹編筒多少錢？」那男人拿出懷裡一個編得很精緻的長筒。

老闆說了一個數，男人就把竹筒放到了櫃檯上。

余歲歲眼疾手快，幾步跨過去，一把搶過竹筒。「哎呀，這個好看！老闆，這個我買了！」

男人當即就要來搶竹筒，余歲歲自然不給。

兩人一個搶、一個擋，手上竟一下子過了好幾招。

余歲歲心裡瞬間就是一沈。

但很快地，男人收手了，一副若無其事的樣子。「既然有人喜歡，那就賣給他吧。」說完，轉身就走。

余歲歲目送著男人的背影，眼裡染上一絲笑意。

給了老闆錢後，兩人便拿著竹筒回到將軍府。

沒過一會兒，齊越和明琦也回來了。

「怎麼樣？有什麼發現嗎？」余歲歲問道。

「我們去問了周圍的人，有人說，兩、三年前，大雲和敕蠻的關係沒有這麼緊張的時候，見過城西鋪子的老闆拿竹編的小玩意兒去榷場賣。雖然敕蠻人和西域人不怎麼喜歡這些東西，但他每次都能賣完。」明琦回道。

齊越在一旁補充道：「這兩年，兩方關係緊張，雖然明面上榷場沒有關閉，實際上卻很少有人會去賣東西了。但確實也有人看到鋪子的老闆依舊會拉貨出城，然後空著車回來。至於是不是去了榷場，誰也不知道。」

「歲歲和祁川這邊，有什麼發現嗎？」明琦問道。

余歲歲晃了晃手裡的竹筒。「我們見到杜永寶了。」

「妳說什麼？」祁川瞪大眼睛。「妳說剛剛在鋪子裡跟我們搶這個東西的人，就是杜永寶？妳怎麼知道？」

余歲歲笑了笑。「這種時候，有誰還會拿著自己編的手藝活兒到鋪子裡賣呢？賣也就罷了，我們樂意買，他還要搶，而且手上還有功夫。妳還記得嗎，他走的時候，對老闆說『既然有人喜歡，那就賣給他吧』？按理說，他要靠老闆吃飯，老闆不收他的東西，他就沒有錢賺。可他這語氣，倒像是老闆的老闆一樣。而那個老闆，在我們搶東西的時候，神情格外緊張，直到杜永寶說要賣給我們，他才放鬆下來，沒有一丁點的遲疑。」余歲歲分析著。

「就那麼一會兒，妳居然看到了這麼多細節啊？」祁川不敢置信。「我什麼都沒注意到，還以為妳真喜歡這個竹筒呢！」

余歲歲低頭看了看手上的竹筒，拿出腰間的短匕，一刀將它劃開。

竹條漸漸翹起，然後一點點鬆散開。余歲歲將竹筒捏揉一番，直到竹條全部散開。

「歲歲，妳在做什麼？」幾人不明就裡。

余歲歲仔細地翻找著每一根竹條，很快地，另外三人也加入進來。

突然，明琦舉起一根細扁的竹條喊道：「快看，這上面有字！欸……這是什麼字？」

余歲歲接過來一看，是一長串鬼畫符一樣的東西，她也看不懂。再問祁川，她也搖搖頭。

正困惑間，齊越也拿出了一根竹條。「師姐，這上面也有！」

余歲歲腦子一動，立刻取過兩根竹條，仔細比對一番，然後走到桌邊，拿起筆，將兩根竹條上的符號全都抄下來，抄作上下兩排。

之後，幾人盯著紙，陷入了思索。

「如果這個杜永寶真的是敕蠻的奸細，那他應該就是用這個在給敕蠻傳遞消息。可這些符號，代表什麼意思啊？」齊越困惑不解。

「會不會是敕蠻的文字？」明琦猜測道。

「不是。」祁川斬釘截鐵地答話。「學敕蠻文，是大雲皇室宗親的必備課程，我學過，不長這個樣子。」

「那別的西域文呢？」余歲歲也猜道。

「西域十國裡，只有如月氏這樣還算大的國家才有自己的文字，我印象中，沒有長這樣的。」

余歲歲百思不得其解。

她看過不少現代電視劇，這種暗探的活動，都會約定傳遞消息的密文，但電視劇裡，暗探們都是要自己準備密碼本的，這種先進的東西，真的會出現在這個書裡的世界嗎？

再說了，敕蠻文和漢文本來就是不相通的，自帶加密效果。以古代的教育水準，能學外國語言的，除了像祁川這樣的皇室宗親，也沒別人了吧？所以有什麼必要拋棄自己的母語不用，非要搞那麼複雜呢？

余歲歲看著那上下兩排符號，突然，腦中靈光一閃！「對了，祁川，妳看看，這兩排符號如果上下左右的組合，能組合出敕蠻文嗎？」

祁川一聽，也覺得可行，急忙坐下，一個一個組合著，試驗起來。

不知道過了多久，她突然一拍掌。「是了！第一個字是上下組合、第二個字是左右、第三個上下、第四個左右……以此類推，組合起來，就是敕蠻文！」

四人眼前俱是一亮，急忙追問道：「那這是什麼意思？」

「這是說……大雲、恩化……這個是秘密二字，五、武……器？」祁川用力地回想著、仔細辨認著。「大雲恩化城製出秘密武器，可、定、勝、局！」

「什麼?!」余歲歲大驚。

「快，找人吩咐盯緊城門，絕不能讓杜永寶逃出恩化！」

「阿越，快去軍營叫爹爹回來，就說有十萬火急之事。」

齊越剛轉身要走，就撞上了走進來通報的小兵。

「幾位公子，天大的喜事！朝廷的援軍，已到恩化城外了！」

「真的？援軍到了？」屋裡的四人頓時驚喜起來。

「是呀，援軍正在入城，城裡的百姓都聚集著去看呢！」小兵道。

「援軍入城，城門必定戒嚴，一時半刻那個杜永寶也跑不了，而且爹爹那邊肯定也會非常忙碌。」余歲歲想了一下。「這樣吧，我們也到府門口去看看，如果爹爹閒下來了，就把這件事告訴他。」

於是，四人便來到了將軍府外，看著入城的援軍列隊經過街道，路過將軍府，直往軍營而去。

周圍的百姓歡呼雀躍，朝廷的援兵到了，他們一定能打敗敵人了！

「師姐，妳快看！那個好像是……是藍師父！」齊越指著一個士兵打扮的人。

余歲歲定睛看去。「還真是！難道藍師父他們參軍後，正好被分到了玄策衛？」

援軍頭前舉著大旗的，正是朝中十二衛裡的玄策衛。

左右玄策衛均以輕騎兵、輕甲步兵為主，因此行軍速度快。在余璟接到朝廷將派援兵到來的聖旨時，就對余歲歲分析過，玄策衛一定會作為先鋒軍，先行到達。

而玄策衛的後面，跟著的就是左右兩衛主力軍；最後則由以重甲兵為主的左右玄武衛殿後。

雖然朝廷派了六衛援軍來此，但實際上，左衛軍則是要經過七連城往東，在大雲與敕蠻接壤的東線邊境全面佈防，以提防敕蠻攻打恩化時，趁亂從東線邊境的虛空之地南下。

而眼下，玄策衛已經進入恩化，左右衛軍最遲肯定也已經到達七連城，等左右衛分兵後，右衛軍來到恩化，到那時，就是大規模的會戰了。

想到這些，余歲歲也不由得生出和余璟一樣的疑惑。

敕蠻，到底還在等什麼呢？

玄策衛兩位主將鄧章、白鴻漸進入恩化營時，余璟已經早早地等在那裡了。

三人寒暄一番，便在帳中就座。

帳中掛著一幅邊境地圖，余璟便將如今恩化周邊的情況講給了兩位將軍聽。

「余將軍說，至今敕蠻主力仍尋不到蹤跡，恩化更沒有開戰的跡象，那不知道余將軍對此有什麼想法呢？」白鴻漸聽完後問道。

他和禁軍白統領是本家親戚，余璟是白統領的舊部，因著這層關係，他對余璟也比較友善。

可另一位鄧章就截然不同了。

沒等余璟回答，鄧章張口就沒好氣道：「他能有什麼想法？敕蠻主力遲遲不現身，唯一的可能就是他們根本不在恩化北，而是在西北三縣十鎮之中，只待時機一到便可直取京城！現如今，京中十二衛盡出，相當於一座無人守衛之城，余將軍，一旦京城有事，你就是千古罪人！」

白鴻漸見鄧章說得難聽，連忙打圓場。「余將軍，請見諒，實在是事態緊急，鄧將軍也是口不擇言。我們來的路上，接到了在西北阻擊的京畿六衛的邸報，七殿下確實遇到了極猛烈的攻擊，不排除是敕蠻主力。」

余璟也接到了這份邸報，但他仍然不覺得敕蠻主力在西北的機率很大。

「二位將軍，西域十國的戰力雖然不強，但集合起來也是不容小覷的。攻擊猛烈，並不能代表就是敕蠻的主力軍。敕蠻主力如果在西北，他們的活動會很受地形的限制，想南下攻京城要翻山，想向東則必須經過赭陽關，主力大軍在這樣的地形下，根本施展不開戰鬥力。

「我推測，敕蠻大軍遲遲沒有行動，有兩方面的原因。其一，是敕蠻國內形勢不穩。敕蠻一直以來權力更替頻繁，主戰、主和均無定數，往年幾次大仗，他們的表現都很猶豫不決。」這是佘璟到恩化以後，從眾多老兵口中得知的。實在是大雲常年沒有和敕蠻打過大仗，因此朝中很多年輕將官對敕蠻都不甚瞭解。「其二，就是敕蠻在謀劃什麼別的陰謀。」

白鴻漸陷入沈思，可鄧章卻不以為然。

三人一時間也商討不出對策，只約定盡快合兵，共同訓練，佘璟便請兩人先回去休息。

等二人一走，佘璟的副將和潘縉便從帳後繞了出來。

「將軍，這個鄧章也太過分了，居然敢說將軍是千古罪人！」副將不忿道：「皇帝下旨要我們死守恩化，他居然連陛下都敢編排！」

佘璟搖搖頭。「無妨，鄧將軍的脾氣雖暴躁了一些，卻也是一片忠心。」

「什麼忠心？我看就是一頭蠢驢！」副將更氣了。「誰不知道玄策衛這幫將官，都是蒙家族蔭庇封出來的將軍，打過幾回仗？砍過幾顆人頭？他們成日裡躺在京城的溫柔鄉裡，如今卻跑到這裡來對我們指手畫腳了，他們算老幾啊？再說了，陛下在聖旨上可是金口玉言地說了，恩化城中只聽將軍一人號令，他與將軍本就是平級，如今還要算上以下犯上呢！」

余璟和潘縉都不禁笑了起來，笑副將心直口快。

「好了，大戰在即，我們不可從內裡不和，這是大忌。」余璟勸道。

余璟問潘縉。「李校尉，陳容謹那裡怎麼樣了？」

「年前由將軍設計，陳衛士長負責建造的弩機，現在已經秘密試驗過多次，基本上沒有問題了，但我們還沒有實際讓士兵們去試驗和使用弩機。」潘縉回道。

余璟點點頭。「援軍一到，大戰就在所難免。我們這麼大的動靜，敕蠻一定很快會得知消息。如今剛好玄策衛也到了，等明天便把弩機拉出來，給大家演示一下。」

「是！」

等余璟忙完援軍交接事宜，再次回到將軍府時，已經是一天後了。

余歲歲一聽說父親回來，就馬上找了過去。

「秘密武器？」余璟聽到余歲歲的講述，眉頭皺得死緊。「這件事情，在之前，只有我、副將、潘縉和陳容謹知道，而參與建造的工匠、士兵更是至今都在軍營中不許離開。大概三、四日前，因為試驗大致成功，這個消息才在營中傳出了一點點。」

「而杜永寶就是在這個時間前後知道的，所以爸，軍營裡一定有他們的奸細。」余歲歲補充道。「因為那天我拿了杜永寶的竹筒，所以這兩天我一直不敢過分關注他，擔心他察覺我們已經發現了他而逃跑。就在今日，他再一次去那城西鋪子賣竹編的東西，這證明他並沒被驚動，還以為自己是安全的，所以才再次嘗試傳出消息。」

「歲歲做得很好。」余璟讚揚道。「這一次，我們就不攔截了，倒要看看，他們接下來要做什麼？」

「那軍營呢？」余歲歲問道。

「如今援軍剛到，這個時候若大肆宣揚查奸細，太敏感了。」余璟皺眉道。「放心，這件事我一定會盡快摸清楚的。」

父女倆說完了正事，便繼續閒聊幾句。

忽然，書房外傳來敲門聲，十分急迫。

「怎麼回事？」余璟拉開門。

「將軍，出大事了！咱們的弟兄跟玄策衛當街打起來了！」

余璟臉色一沈，抓起佩劍就大步離開。

余歲歲一跺腳，也忙跟了上去。

街上，一群玄策衛的低級將官和恩化營的幾個將官、士兵扭打在一起，旁邊有趁亂打人的、有拉架的、有互罵的，總之亂成了一鍋粥。

余璟見狀，大步流星，拎著佩劍走過去，劍沒出鞘，他先挑開一個人，然後左一拳、右一劍的，三下五除二便把扭打的人都給分開了。

見余璟身手如此俐落，圍觀的玄策衛士兵都看呆了。

這時，余璟才問清楚緣由。

原來玄策衛一進恩化，許多士兵都有了水土不服的症狀，軍營裡的飯菜也是吃不慣的。於是幾個低級將官一合計，便到街上來找郎中、吃酒樓。

可如今城裡百姓都在轉移之中，剩下的藥鋪和酒樓都不多，所以這些人就都擠到一處去了。

客人多，酒樓的人少，服務自然就周到不了。

若是恩化營的將士，定然是沒什麼關係。可這幫玄策衛的將官作威作福慣了，動輒就是要打罵，還調戲人家掌櫃的妻女。

恩化的百姓自從余璟來後，何時受過這等委屈？立刻跑到街上找哨兵和巡邏隊來作主。

剛好，恩化營的這些兵這兩天也極為看不慣玄策衛，於是兩邊一對上，矛盾就激化了。

玄策衛嫌恩化營是土包子，恩化營嫌玄策衛瞎嬌貴，罵著罵著就動手打起來了，然後打著打著，一傳十、十傳百，更多的玄策衛和恩化營將領、士兵們也參與到群毆之中，最後就造成了現在的局面。

余璟聽完，臉色一黑，佩劍在胸前一橫。「都給我滾回軍營，以軍法處罰！」

眼見天色已黑，余璟帶著一幫子人呼啦啦地走了，旁邊看熱鬧的百姓也就離開了。

余歲歲也想走，卻不期然地在人群中注意到一個熟悉的背影——杜永寶！

她一個激靈，立刻跟了上去。

杜永寶一路拐拐繞繞，卻並沒有回到他如今的住處，而是去了城北的一個偏僻住所。

余歲歲跟過去，見他輕輕敲門，門一開，便有人將他讓了進去。

余歲歲躡手躡腳地接近屋子，聽起了牆角。

「……幹得不錯。」屋裡傳來一個音調有些尖細、像是女子的聲音。

「主子……余璟來恩化……我們傳遞消息……艱難，余璟整肅軍紀……很難收買、滲透……玄策衛……衝突……是最好機會。」

余歲歲斷斷續續地聽著，大概瞭解了一些意思。

原來自從爸爸到了恩化後，敕蠻的暗探工作也不好做了。

隨後，便聽見那個尖細的聲音冷笑道——

「哼，一切毀滅，都要從自毀自滅開始。兩軍衝突，將帥不和，敗軍之相。我現在要你盡快毀掉大雲的秘密武器，保我敕蠻軍隊無憂！」

「是！」

屋內說話聲漸消，余歲歲閃身一躲，看見一個高壯的男子出得門來，身上罩著一件黑色的斗篷，匆匆而去。

余歲歲的視線在屋子和男人的背影間來回猶疑著，突然，她腦中一閃——

剛剛那個男人，就是軍營裡的奸細，而屋裡面另外那個聲音尖細的人，則是男人的主子！

他們已經挑起了恩化營和玄策衛的內訌，下一步，就是要毀掉爸爸和陳容謹他們建造的弩機。

那麼屋裡的另一個人，說不定就是恩化城中敕蠻暗探的頭目！

余歲歲因這個發現激動得不得了，於是依然等在外面，想看一看能否抓住那個頭目。

過了一會兒，杜永寶也從屋裡出來，左顧右盼地離開了。

又過去了快半個時辰，屋子裡還是一點動靜都沒有，余歲歲這才察覺不對。

她快步走到門口，「啪」地一下拍開房門！

屋裡空空蕩蕩的，一眼都能看個完全，哪還有什麼頭目？

她喪氣地捶了一下門框，卻在看到自己的手時，猛地一愣。

如果剛剛確實只有杜永寶和軍營的那個奸細在，那麼頭目……豈不就是杜永寶?!

那日在城西鋪子，她和杜永寶幾番交手，當時就覺得哪裡有點奇怪。他的身手跟自己比起來並不高，但在這個世界的設定裡，已經算是很好的了。

就是因為這樣，余歲歲特意觀察了杜永寶的招式。

但這些招式並不是重點，重點是杜永寶的手臂。

他的臉黝黑蠟黃又頹廢，可袖子裡若隱若現的手臂卻白淨精瘦。

再聯想到剛剛聽到的那個尖細的、似女子的聲音……杜永寶是女子?!

甚至，還是安插在大雲的，敕蠻暗探的頭目?!
這個發現，讓余歲歲震驚不已。
因為按照她對敕蠻的瞭解，敕蠻部族裡，女子的地位是非常低的。能做暗探的首領，她一定是部族中地位很高的女人。
那日在城西鋪子，杜永寶用的是偽裝後的男聲。但今天在自己的屬下面前，她當然無須隱藏身分。
想著，余歲歲暗暗記下了這個地方，然後趁著夜色，悄然離開。

此時的恩化營裡，余璟站在演武臺上，看著底下恩化營和玄策衛兩方的士兵，一個個的
臉帶怒火、互看不順眼。
戰爭在即，自己的士兵卻還在內鬥，余璟的眉頭緊緊地皺著。
這時，副將帶著兩個人走了上來。
「將軍，白將軍和鄧將軍已經請到了。」
余璟看向副將身後的兩個人，白鴻漸朝他拱手見禮，鄧章卻是一個白眼，撇過頭去。
「余將軍，事情我們都知道了。這件事確實是玄策衛有錯在先，這些人帶回去後，我們會嚴加處置。」白鴻漸道。
「處置？」余璟道。「大戰在即，無論是恩化營，還是玄策衛，都是大雲的將士，都有

共同的敵人。可這種時候，我們的同袍，還在把拳頭揮向自己人，揮向自己的百姓！這是身為一個軍人，應該做的事嗎？」他看著臺下，朗聲說道。「我知道，玄策衛的將士們吃不慣恩化的食物，受不慣邊關的風沙，我能理解你們，因為我剛來時，也覺得非常難受。但大家不要忘了，是誰逼得我們背井離鄉，到邊關的苦寒之地來受苦的？又是誰，磨刀霍霍，隨時要取我們的項上人頭？是敕蠻人！是那些貪婪得想要不勞而獲、搶掠我們大雲的糧食和財富的敕蠻人！我們不想受這份苦，就要拚著一口氣，把他們趕回大漠去！只有這樣，我們和我們的家人，才能安安生生地吃好飯、睡好覺！」

余璟的一席話，說得臺下的一些玄策衛士兵都深有同感。他們本就是普通人，沒有將官們矜貴、好命，這些話更容易讓他們共情。

接著，余璟又道：「話說到這兒，我也想問問大家，可還記得進恩化時，百姓們夾道歡迎、振臂高呼的場景？他們為什麼歡迎我們？是因為他們期盼我們打勝仗、不讓他們受到敕蠻人的欺辱！所以他們攜家帶口，給軍營送米糧、送雞蛋，送所有他們自己都捨不得吃的東西來給我們！可我們呢？我們卻把本來應該揮向敵人的拳頭，揮向了自己的父老鄉親！想想你們自己的爹娘，想想你們的兄弟姊妹，如果今天挨打的是他們，你們會怎麼想？既然來當了兵，也都是血性男兒，我們的刀劍應該對著誰，還需要我再多說嗎？」

「不需要！不需要！」臺下恩化營的士兵們振臂高呼。

「不需要！」玄策衛的眾多士兵，也被這一番話說得熱血沸騰。

余璟見狀，神色鬆了很多。

只要玄策衛的士兵們還沒有被養成「少爺兵」，那就還有得救。

另一旁的鄧章一臉黑沈，似不屑余璟這番慷慨激昂的說辭，卻又不好反駁什麼。

在他的觀念中，抑或是說在很多如他一樣的傳統將官的觀念中，是不需要跟底層士兵說這麼多話的。他們懂什麼？

不聽話就打，打仗不積極就殺，反正兵多得是，自己打勝仗、立軍功才是要緊事。

至於士兵們懂不懂為誰而戰、為什麼這麼打而不那麼打，又有什麼關係呢？

余璟將鄧章的不屑看在眼裡，心中不禁搖了搖頭。

他一時改變不了鄧章，但恩化的指揮權在自己手裡，他就必須要確保自己手下的兵是團結的，是擰成一股繩的！

想著，余璟又揚聲道：「今日在街上，玄策衛幾個將官欺壓百姓在先，按軍法應當重處。恩化營勸解無果後動手，也應當有所懲戒。但我考慮到大戰在即，不願傷及諸位的身體，所以我們就換一種方式。今天所有參與鬥毆的，不管是玄策衛，還是恩化營的將士，通通打亂，分成兩隊，進行一次戰場演練。哪隊贏了，不受罰；哪隊輸了，全隊障礙跑。行不行？」

「啊……」恩化營的士兵，一聽到障礙跑，立刻就哀號起來。

玄策衛的士兵聽得一頭霧水，連忙湊過去想要問個清楚。

原來，戰場演練就類似沙盤演習，只不過沙盤演習只需要在沙盤上插旗就好，但戰場演練則是雙方在沙盤上規劃好戰術後，由士兵們「角色扮演」，實際地打一場。不同的兵種、不同的地形，都有規定。

這是恩化營士兵最喜歡的一個活動。因為作為無條件服從命令的士兵，這是他們唯一可以像長官一樣，自己決定怎麼打仗的機會。有些時候，戰場瞬息萬變，個人戰爭思維的鍛鍊，可以讓戰場機變應對的能力增強，增加勝算和保命的機率。

至於障礙跑嘛，集合了衝刺跑、上牆、過樁、躍深坑……等等一連串高強度消耗體力的關卡，跑完一次，可以把人累癱。

聽著恩化營士兵的描述，玄策衛的士兵都有點倒吸涼氣。

這余將軍，是個什麼狠人啊？

很快地，他們立刻就真正體驗到了什麼叫痛並快樂著。

因為打亂了陣營，因此兩個剛剛打過架的群體此刻被迫成為同一個戰壕的戰友，必須並肩作戰。

恩化營的士兵安排起作戰計劃來頭頭是道，看得玄策衛士兵又是眼饞、又是驚訝。

很快地，兩個隊就決出了勝負。

無論輸贏的玄策衛士兵，此時都聚集在障礙跑的場地，看著眼前高高低低的障礙，不理解要怎麼操作。

余璟隨手指向一個在輸了那隊的恩化營士兵。「胡威，你可是咱們恩化營障礙跑最厲害的，怎麼樣，咱倆給玄策衛的兄弟們演練一回？」

玄策衛的士兵看看胡威——這麼一個小個子，瘦不啦嘰的，還最厲害？

卻沒想到，本來因為輸了而垂頭喪氣的胡威立刻來了精神，看著余璟的兩眼都灼灼放光。

而所有恩化營的士兵們聽到余璟要親自示範，呼啦一下就全都圍了過來，立刻分好了支持胡威和余璟的陣營，喊起了加油。

玄策衛士兵哪裡見過這陣仗？只能愣愣地瞪大眼睛瞧著。

只見一聲令下，余璟和胡威像離弦的箭一樣飛了出去，幾乎同時到達第一個障礙。

在所有人的注目下，他們二人身輕如燕般地掠過深坑，飛過獨木橋，又像靈猿一般越過高高的磚牆，攀過雲梯。很快地，兩人跑到了盡頭，轉身返回，再次通過剛才跑過的各種障礙。

這時大家才發現，原來一種障礙還有兩種過法。

在半程的時候，余璟就已經把胡威甩在身後了，只見他從深坑中躍出，繞過幾根木樁，長腿甩開，衝回了起點線。而胡威也緊隨其後，完成了比賽。

眾人頓時爆出歡呼聲，胡威更是沒有絲毫輸了的不悅，反而滿臉欣喜。

「不錯，這次只比我慢一點了！」余璟拍拍胡威的肩膀。

「謝將軍！」

玄策衛的一個低級將官有些不忿地說：「呿！這算什麼？」

「不算什麼，你去試試啊！」一個恩化營的士兵回懟道。

那人不服氣，擼起袖子就上去了。

當他第一次過深坑，按理應從坑上跳過去，而他卻直接掉進去，好半天都爬不出來的時候，他才知道——是他天真了！

直到天色黑盡，一幫玄策衛的將官、士兵才吭吭哧哧地「爬」完整個障礙跑，累得癱在地上，恨不得直接「死」過去。

這個時候，他們看向余璟和所有恩化營士兵的眼神，終於變成了由衷的敬佩和崇拜，甚至，還帶著幾分懼怕。

軍中，一切靠實力說話。

像余璟這樣既有實力，又能和士兵打成一片的將領，誰會不服氣？這種上官，不正是受盡了一層一層將官肆意欺壓的玄策衛底層士兵們最想要的嗎？

月黑風高，天色陰沈沈的，月亮都被遮得嚴嚴實實。

余歲歲和祁川隱身在城東的窄巷暗處，目光盯著盡頭的一方門戶。

「歲歲，這個杜永寶真的是個女子嗎？」祁川好奇道。

「是不是女子不重要，重要的是她的身分。」余歲歲回道。「抓住她，整個恩化的暗探網就都能挖出來，就算她死守秘密不肯說，也足以讓他們的組織癱瘓掉。」

「她若真是個女子，那一定是有幾分本事的。」祁川感嘆一句。「這麼晚了還不睡，他們不會真有什麼行動吧？」祁川看著院子裡若隱若現的燈火。

余歲歲正要開口，突然見前方人影一閃，她連忙拉著祁川朝後躲了躲。

只見那黑影很像傍晚時她看到的那個高大男人，他輕輕推開門，潛了進去。

想著他們接頭，恐怕要多聊一會兒，余歲歲和祁川多少有些放鬆下了神經。

「歲歲，齊越到哪裡去了？怎麼不讓他跟妳一起來？」祁川問道。

「他有另外一件事要做……」余歲歲剛想解釋，便聽見屋裡傳來了一聲巨響。

兩人登時一驚，豎耳一聽，屋裡竟傳出一陣打鬥之聲。

還沒等余歲歲想明白，只見城北恩化大營的方向突然有一道火光直衝半空，照亮了半個恩化城。

「這？」祁川整個人都傻了。

就在兩人一愣神的功夫，屋子裡的戰鬥已經轉移到了院子裡。隨著杜永寶一聲口哨，一群黑衣人從屋子的角落處奔出，拎刀朝高大男人砍去。

男人寡不敵眾，不出片刻便被砍倒，直挺挺地死在院子裡。

杜永寶一揮手，十幾個黑衣人瞬間聚攏在她身邊。

她似乎低聲吩咐了什麼，黑衣人齊齊點頭，跟隨著她打開了院門，魚貫奔出。

看著他們離開後，祁川看向余歲歲問：「我們現在……該怎麼辦？」

事情發生得如此突然，她們根本來不及反應。

余歲歲沈思了兩秒便道：「回去牽馬，他們要跑了！」

「跑？妳怎麼知道？」

余歲歲拉著祁川，一邊朝將軍府跑，一邊解釋。「我今天讓齊越去給爹報信，敕蠻的奸細要毀掉軍中的秘密武器——弩機，讓我爹早做準備。剛剛大營起火，正是我們約定的信號。我們的計劃，是爹爹在大營抓奸細，我在這裡抓杜永寶。如果杜永寶被抓後死扛著不說，城裡其他的奸細也會因為看到了起火而自以為得手，這樣敕蠻大軍就會放鬆一些警戒。」余歲歲急道：「但我沒想到，敕蠻的暗探居然也內訌了！」

想想之前，杜永寶還在笑話恩化營兩軍的內訌，看樣子，這人性到哪裡都一樣啊！

兩人跑回將軍府時，正好撞見齊越和明琦。

「歲歲、祁川，我們正要去找妳們呢！」明琦急道。

「大營怎麼樣？」余歲歲盯住齊越詢問。

「弩機沒事，但奸細趁亂殺了幾個玄策衛的將官，師父正在平息事態。」齊越喘著氣，他也是跑回來的。「師父讓我告訴妳，杜永寶很可能會計劃在今晚逃跑，讓我們一定要抓住她！」

「她已經跑了……」余歲歲嘆了口氣，她到底還是不如爸爸老練。「我們備馬！如今她只能選擇從南門出城，現在追，還來得及！」

「是！」

黑夜中，四個身影，騎著快馬，從恩化寂靜的長街掠過。

一片雪花從天上飄揚灑下，被馬蹄掠過的疾風一捲，旋轉了幾圈，又隱沒入地面。

第二十三章

此時的城南，城門緊閉，站崗的士兵不由得跺腳搓手，抵禦身體的寒氣。

忽然，不遠處來了一隊十幾個人的騎兵小隊，身著鎧甲，快速奔近城門，手裡高舉著一張權杖。

「什麼人？」守城的軍士問道。

「敕蠻奸細混入了城北大營，如今大營失火，損失慘重，余將軍派我等出城去靖遠搬救兵！」來人的口氣很急迫。

軍士猛地一驚，剛剛他們確實也都看到了城北的火光，再加上來人手上的權杖，自然是深信不疑。

因此，他不敢耽擱，一揮手，召來旁邊的幾個士兵，跑向城門，抬起巨大的門栓。

他們沒有看到，身後的十幾個「騎兵」已經緩緩舉起了手中的刀。

隨著厚重的城門一點點打開，又一陣急速的馬蹄聲朝城門的方向馳來。

「不要開！快關城門！」

趕來的，正是余歲歲四人。

開門的軍士猛地一頓，還沒反應過來，身後的刀就落了下來，他們沒來得及有任何反應，就一一倒了下去。

兩個「騎兵」隨即迅速跳下馬，繼續將城門往裡拉，很快地寬度便足以讓一人一馬通過。

此時，余歲歲駕著馬，也衝到了離城門不過十丈的地方。

就在她要一鼓作氣衝過去時，城門口背對著她的杜永寶突然回身，身前赫然出現一副搭著箭的長弓，鐵箭頭閃過一瞬寒光。

咻！羽箭射出，正對著余歲歲的眉心。

「師姐！」

「歲歲！」

隨著身後驚恐的三道吼聲，余歲歲猛地向後仰倒，羽箭擦著她的額頭向後飛去，留下一道血痕。

一片雪花適時地落在血痕之上，在融化前留下一絲冰涼。

余歲歲再次坐起身子時，只看見杜永寶臉上劃過一絲遺憾，然後她連人帶馬，消失在了城門縫隙投出的黑夜之中。

「追！」余歲歲一夾馬肚子，俯身從地上撿起守城軍士屍體旁的佩劍，緊跟著躍出城門。

夜色裡，紛亂的馬蹄聲響徹山谷的窄道，天上的雪花越來越大、越來越密地飄落下來，再被飛馬掠過的疾風捲走。
不知道跑了多久，就在余歲歲覺得身體已到達極限的時候，她突然發覺，他們好像追到了一個迷宮之中。
眼前已經沒有所謂的官道了，全都是坑坑窪窪的土路。周圍是橫一道、豎一道的土牆，混著草泥灰，一看便是人工壘起來的。
四人放慢馬速，轉過一道土牆，前方是三條岔路口，分別通往不同的方向。黑夜裡，每一條岔路都延伸向黑暗裡，莫名的令人有些畏懼。
「看來，我們真的在迷宮裡了。」余歲歲輕聲道，一翻身，跳下了馬。
「邊關怎麼會有迷宮呢？」祁川也下馬走過來，滿是不解。
余歲歲回想了一下一路追過來的距離。「估算一下，這裡應該離靖遠城很近，似乎在靖遠以北。我們從恩化來，如果要去靖遠，就是朝南走，那麼迷宮的出口，應該就在南邊。」
「師姐，我看這土牆的樣子，不是近些年所建，似乎……年代很久遠了。」齊越抹了一把牆上的土，說道。
被他這麼一說，余歲歲也想到了什麼。「我在恩化時，看過七連城的地方誌。記得裡面說過，靖遠城曾作為前朝和北部外夷的邊境，戰事頻發。靖遠城外有一『八卦圖陣』，是前朝某位大將軍禦敵時所建。難道……這就是那個八卦圖陣？」
看著牆上斑駁的痕跡，早已難辨認出，是兵器留下的磕碰，還是風吹雨淋的侵蝕。

莫名地，余歲歲有一種過往舊事撲面而來的感覺，彷彿一瞬間回到了百年前的戰場，抵抗外敵的士兵們在這一個個狹窄的小道裡與外夷周旋拚殺。

時過境遷，如今的靖遠城已不再是邊境線，也再無人注意這裡留下的沙場遺跡。

杜永寶，來這裡是要做什麼呢？

「歲歲，妳說這個杜永寶既然是敕蠻的奸細，她為什麼逃出恩化之後，不往北邊跑呢？即便向西，過赭陽關，去西北，怎樣也不應該朝南啊！」明琦適時地提出了同樣的疑問。

余歲歲想了想。「我想，她也許是來找人的。七連城都有他們敕蠻的探子，如今她在恩化暴露了，更知道我們窮追不捨，她現在急於把消息送出去，因此才會來到最近的靖遠，讓靖遠的奸細想辦法遞出消息。這比她自己跑回敕蠻報信，還要躲避我的追擊，可要快多了。」

「那他們現在也在迷宮中嗎？我們會迷路，難道他們就不會嗎？」祁川有些焦急。

雪越下越大了，土牆上都覆蓋了一層薄薄的雪，他們四個已經在迷宮裡面轉了好一會兒了。

「火摺子。」余歲歲突然想到什麼，忙招呼四人把身上隨身帶的火摺子打開。微亮的火光一起，她立刻躬下身，尋找地上的痕跡。地面上的雪還沒有積起來，土地相對較濕，余歲歲連找了兩條道都一無所獲，終於在第三條道上看到了幾個新鮮的馬蹄印。「應該就是這裡了，我們跟著腳印走。」她來了信心。

其他三人也立時重振起精神，牽著馬，拿火摺子照映地面，一邊找，一邊向前走。

走著走著，前方的道路慢慢就開闊起來，似乎還有著星星點點的燈火。

明琦不由得撇了撇嘴。「這叫什麼事呢？分明是我們大雲的八卦陣，結果這幫敕蠻人倒是比我們還熟悉。」

余歲歲將火摺子舉向半空，看著前方映著微光的建築。

那是一間破廟，門口的匾額剩下一半，只留下一個「祠」字，不知曾經供奉著誰。

她吹滅火摺子，抽出了手中從恩化城軍士那裡拿來的佩劍，朝身後的三人輕聲道：「杜永寶他們應該就在裡面了，我們進去。」

祁川、齊越和明琦三人也帶了武器，這時紛紛抽了出來。

伴隨著鞋底踩在積了薄雪的地面上發出的聲音，余歲歲四人迅速接近破廟。

齊越最先上前，一腳踹開了破廟虛掩的門。

門開的一瞬間，破廟荒蕪的院子裡的情景瞬間映入余歲歲的眼中。

杜永寶和她帶出恩化的十幾個手下依舊還是大雲恩化營士兵的服色，站在破廟的臺階上，一臉氣定神閒。

在他們的身前，廟裡的庭院中，一幫手持典型敕蠻彎刀的黑衣人面對他們站著，刀刃朝向杜永寶幾人。

加上余歲歲四人，小小的破廟裡居然分成了三個陣營。

還沒等余歲歲捋清眼前的狀況，就見杜永寶朝她看過來。

「你們來了？比我想得早一點！」語帶戲謔，絲毫沒有掩飾自己的女聲。

余歲歲的目光猛地一頓。

與此同時，庭院裡的黑衣人立刻嘰哩咕嚕地說了一句短促的話，下一刻，他們中的一部分人竟直接轉身，朝余歲歲四人的方向攻擊過來！

來不及思考太多，四人只能提刀應戰。

余歲歲接連砍倒兩個黑衣人後，抬頭看向杜永寶，他們也正被其他的黑衣人圍攻，但顯然是占了上風的。

杜永寶一邊打，一邊往廟裡退。

眼見她又要逃跑，余歲歲心裡一急，朝旁邊一喊。「齊越，盯著這邊！」

齊越立刻旋身來到她身側，替她掩護。余歲歲拎著劍，抹了兩個擋路人的脖子，奔至杜永寶身前。

「杜永寶，繳械投降，我饒妳不死！」余歲歲一劍刺向她的肩側。

杜永寶反應極快，反手便將正在和她對打的黑衣人推向對方，腳步連連後撤。

余歲歲的劍，沒有遲疑地插進了黑衣人的胸膛。她俐落地將劍抽回，再次欺身攻向杜永寶。

杜永寶的兩個下屬從旁躍出，擋住了余歲歲。

「我就知道妳武功不錯。」杜永寶依舊是一副氣定神閒的樣子，遠遠地站著。

「知道就好。」余歲歲一邊對敵，一邊回答。

杜永寶呵呵一笑。「我一直以為妳們中原的女子，都是沒用的病秧子，像妳這樣的還真是少見。」

余歲歲心中一頓。

原來不只是自己發現了杜永寶的性別，自己在對方眼裡也露了餡。

看來，這個杜永寶很不簡單，絕對不是個普通的敕蠻探子。

想著，余歲歲一劍隔開劈來的劍鋒，瞥向杜永寶，冷笑道：「那是妳少見多怪了！我這樣的人，多得是。」

杜永寶無所謂地聳了聳肩，又笑道：「你們中原人一向自詡文明，可惜都是些假仁假義、狂妄自大之徒。你們瞧不起我們草原，可我們比你們更懂得敬仰英雄。看看這將軍祠，你們大雲人連自己的英雄都會遺忘，還不如我們這些對他尊崇敬佩的敵人。如此，你們又怎麼可能打贏我們呢？」

余歲歲這才知道，原來這裡確實就是為地方誌中記載的那位佈下「八卦圖陣」的前朝將軍建立的生祠。

朝已改、代已換，再加上和平的時間太久了，朝廷和百姓遺忘這位戍邊的英雄，似乎是在所難免的事情。

杜永寶見她沒有回答，臉上劃一絲興味，故意繼續道：「醒醒吧，你們大雲人，已經沒有骨氣和血性了！看到我手裡的東西了嗎？」她舉起左手。「靖遠城的佈防圖，花十兩金就能換到！余璟再如何得民心，再怎樣精於教化，依然有人禁不起重利的誘惑，毫不猶豫的賣國求榮！所以妳如今拚死拚活的，又有什麼意義呢？」

余歲歲的目光從杜永寶的手上掠過，攥緊手中的長劍，手腕一轉，終於結果了身前兩人的性命。

下一秒，余歲歲的長劍搭上杜永寶的脖頸，一雙杏眸坦蕩地對上她的眼睛。

「我不否認有人重利輕義，是人都一樣。大雲有這樣的敗類，你們敕蠻一樣有。」余歲歲神情鄭重地說：「總有人會遺忘英雄，但也總有人會義無反顧的繼續成為英雄。只要還有一個同胞站在我們身後，我們做的一切就都有意義。或許站在妳的立場上，妳也是敕蠻的英雄。」

杜永寶的目光微微漾起一些波瀾。「……如果不是立場不同，我們或許會成為朋友。」

余歲歲勾唇。「妳可以選擇。」

杜永寶回她一笑。「那樣，就不是我了。」她問道：「妳叫什麼？」

「余歲歲。」

「余歲歲……」杜永寶輕輕唸著。「我還有事，先走一步，我們下次再聊。」話音落，她右手一揚，一團白色的粉末立時朝余歲歲撒去。

余歲歲下意識抬手遮擋，等她揮開眼前的煙塵後，哪裡還有杜永寶的影子？

「歲歲，杜永寶跑了？」祁川三人奔至近前。

「咳、咳……」余歲歲被粉末嗆得咳嗽不已，抬起頭才發現，杜永寶的下屬已經離開，院子裡躺滿了黑衣人的屍體。「她跑了，拿走了靖遠的佈防圖。」

「這怎麼辦？」祁川立時焦急道。

「我們都被她給耍了。」余歲歲自嘲地笑了一聲。「祁川，剛才我們進來時，那些黑衣人說的是敕蠻語嗎？是什麼意思？」

祁川回想了一下。「好像是說……他們是一夥的。這個『他們』，應該就是指我們和杜永寶。」

余歲歲了然。「我就知道是這樣。」

「妳想到了什麼？」明琦疑惑道。

「我想，敕蠻暗探內部應該是出了什麼岔子，導致了內訌。我和祁川在恩化杜家小院看到的那個黑衣男人，就是杜永寶的對立一方。他們應當是謀劃了毀掉弩機的陰謀後，決定剷除異己，卻被杜永寶反殺。」余歲歲分析道。「杜永寶在城門前試出了我的功夫，所以一路引我們來此，為的就是借我們的手，除掉她在七連城暗探中的對手。」

祁川立刻皺眉。「她把我們當什麼了？她怎麼就能肯定，我們會聽她的？」

余歲歲笑了笑。「除掉敕蠻的暗探，本來就是我們的目的，在這一點上，我們或許和她還能算得上是『殊途同歸』吧。而且，她還給了我們一個完全不能拒絕的誘餌——佈防圖。」

余歲歲嘆了口氣，視線落在廟裡破舊的將軍神像之上。

這樣一個曾經威震夷狄的將軍，如今身死魂消，隱於塵煙，還真是讓人悵然若失。

想到他們一路北行時，看到的七連城百姓一片拳拳之意，此刻卻與杜永寶手裡那張十金得來的佈防圖形成了鮮明的對比，何其諷刺？

她不懷疑佈防圖是假的，剛剛杜永寶為了引誘她，特意展開給她看過了。

余歲歲瞭解靖遠城的佈局，以她從父親那裡學來的淺顯知識判斷，佈防圖是真的。

即便她不知真假，可哪怕有萬分之一的可能是真，她也得追下去。

「師姐，既然她跑了，我們又要上哪兒去追呢？」齊越有些茫然。

余歲歲看了看快要黎明的天空，雪還在不停地下著。

「歇會兒吧，一夜沒睡了。我們受得了，馬也受不了。等睡醒了，就去懷墟城。反正我們不到，杜永寶也不會走。」說著，她率先進廟，找了處還算乾淨的地方，坐下來靠著，閉上了眼睛。

見她如此，祁川三人也只好仿效，跟著入內坐了下來。

第二天晚上，懷墟城的一處民宅。

余歲歲四人剛風塵僕僕地趕到，就見杜永寶和一眾下屬，悠閒自得地跨上馬，朝城門奔去。

臨走，只丟下一句話——

「余姑娘，咱們秦泉見！」

馬匹帶起的飛雪後，是無可奈何的余歲歲四人，還有一臉殺氣的敕蠻暗探。

眼睜睜地看著自己要追緝的人從容離開，余歲歲一股怒火直沖心頭，手裡的劍更是招招見血，沒過一會兒，便將宅子裡殘餘的敕蠻暗探殺了個精光。

「欺人太甚！」戰鬥結束，祁川一把將劍丟在地上。「這個杜永寶，真把我們當苦力了！」

明琦也是很憤然。「我就說白天我們過的那座橋斷了一半，準是他們幹的！害得我們在結了冰的河面上打滑了那麼久，不然肯定早就到了！」

余歲歲的臉色也很不好，卻還是勉強平復情緒下來。「技不如人，只能願賭服輸。敕蠻暗探在七連城經營太久了，對什麼都瞭若指掌。我們本來就是初來乍到，比不上也是應該的。」

齊越神情沈鬱。「說到底，當年朝廷就不該放棄在敕蠻和西域的暗探，再加上潘家在邊關的不作為……我們當君子，人家可不在乎當小人。」

「當年朝廷撤回暗探，更多的原因也是為了保護他們的性命，他們已經暴露，不走，就得成為和平盟約下的犧牲品。只可惜，潘家浪費了皇上的一片苦心，竟是半點也沒往這上面操心，倒是費盡心機和敕蠻人做起了買賣。」余歲歲嘲諷道。

「那現在怎麼辦？我們繼續去秦泉嗎？」祁川問道。

余歲歲看看宅子的四周，目光漸漸露出狡黠。「杜永寶要拿魚餌誘我們，可她人走了，魚竿還在呢！這裡和靖遠的將軍祠不同，這可是敕蠻暗探在懷墟的據點啊！」她語帶驚喜地說：「杜永寶為了趕時間，利用我們排除異己，想必……還來不及銷毀什麼證據吧？」

這話一說，祁川、齊越和明琦的眼睛也亮了。

「對啊，跑得了和尚跑不了廟，這裡頭，沒準兒真留了什麼有用的東西！」

說幹就幹，四人立即分頭在宅子裡翻找起來。

果然如余歲歲所料，杜永寶一心只想取回七城的佈防圖，再利用余歲歲除掉異己，卻忽略了據點裡的證據。

又或許在她看來，據點裡留下的也不過是過往的情報消息罷了，沒什麼大用處。

四人找了一個時辰，這才將找到的東西都聚集起來，一個個地仔細翻看著。

祁川懂敕蠻文，便擔當起了翻譯；明琦和齊越一個負責整理，一個負責將祁川翻譯出來的東西抄寫在紙上；而余歲歲則試圖從這堆多年遺留下來的情報資訊中，找出有用的東西。

「這些敕蠻的探子也真是事無鉅細，什麼東家長、西家短的都要記下來。」明琦一邊整理，一邊唸叨。

齊越卻是抄寫出了點靈感。「越是事無鉅細的東西，越能派上大用場。這些細節，往往可以推敲出什麼人可以合作、什麼人可以利誘，又有什麼人可以抓把柄逼迫……知道得越多，就越能掌控一個人。」

「阿越還真是越來越有長進了。」余歲歲在一旁誇讚道。說著，她拿起幾張敕蠻文原稿的情報，攤在桌子上。「你說得對，細節很重要。你們看這裡，這幾張紙的材質，和其他紙都不一樣，摸起來質地更好、更硬，而且左下角都有一個狼頭標誌。我覺得這幾張裡，一定有什麼重要的情報。」

祁川連忙接過來，仔細看著。

「這個……好像是一封暗探上封的手令。」她凝神翻譯著。「裡面提到一個名字……嗯……有些生僻，大概叫……哥稚那。情報是四年前的，要懷墟城的敕蠻暗探幫助這個叫哥稚那的人和他的同伴，以及一批貨物，順利通過懷墟，進入中原。」祁川說著，有些奇怪地問：「可他們進中原幹什麼呢？還帶著貨物，是要做生意嗎？」

明琦聽罷笑道：「那這敕蠻商人的派頭挺大的呀，做個生意還要暗探保駕護航，難不成做的是什麼見不得人的勾當啊？」

余歲歲的腦子裡猛地閃過什麼。

明琦說者無心，可聽者有意，真是一語驚醒夢中人！

「四年前……」她倏地看向齊越，語氣激動。「阿越，四年前，正是我們在童縣，遇到潘家和兩個從敕蠻來的商人密謀見面的時候，是不是？」

齊越也「噌」地一下站了起來，雙眼染上光彩。「沒錯，就是四年前，和情報的時間剛好對得上！」

余歲歲一拍桌子。「這個哥稚那不是商人，他一定是敕蠻的貴族！而且，一定與暗探有著密切的聯繫！」

「所以，這也就能解釋，為什麼潘家在邊關十多年，還能放任敕蠻暗探如此猖獗！」齊越激動地補充道。

「那杜永寶和這個哥稚那，又有什麼關係呢？」祁川疑問道。「歲歲妳說過，敕蠻的暗探發生了內訌，那這個哥稚那到底是杜永寶的同夥，還是她的敵人呢？」

余歲歲也沒有頭緒，正想繼續翻找時，突然聽到外面傳來動靜。

「噓！有人！」余歲歲渾身一凜，示意三人停下手上的動作，不要發出聲音。

四人小心翼翼地屏住呼吸，側耳聽著外頭的動靜。

只聽外面似乎進來很多人，在看到院子裡的屍首時非常驚駭，隨即嘰哩咕嚕的一陣爭論。

敕蠻人！余歲歲四人更緊張了。

透過窗框的縫隙看出去，院子裡的敕蠻人拎著刀走來走去，似乎在屍體上翻找什麼，互相還偶有交談。

終於，他們應該是確定了什麼結論，並沒有再進入屋中，而是快速地離開。

誰知他們剛一出門，祁川就一把抓住了余歲歲的手腕，低聲道：「歲歲，快跟上他們！」

沒有問為什麼，余歲歲毫不遲疑地點頭，抓起佩劍就朝外奔去。

那幫敕蠻人是騎馬來的，而且跑得很快，於是余歲歲四人也上了馬，不遠不近地跟著。

直到此時，他們才有機會問祁川，到底聽到了什麼。

祁川神色凝重地說：「他們是來追杜永寶的……不，不是杜永寶，應該是……寶詠公主！」

「什麼？公主?!」余歲歲、齊越和明琦三人皆一臉震驚。

「恩化的地方誌裡有提到過，十年前，敕蠻的寶詠突馭部落因反抗敕蠻大可汗的政令被全族絞殺，這個寶詠突馭部落，和寶詠公主有關係嗎？」余歲歲問道。

祁川點點頭。「在敕蠻，稍微大些的部族首領就可以稱為可汗，他們的子女也能稱太子、王子或公主。只有部族裡最受寵的公主，才能以部族的名字命名。」

余歲歲有些怔然，突然就想起了昨天在將軍祠裡與寶詠公主的對話，她是那樣的志得意滿、英姿勃發，卻不想，她竟是被絞殺的部族裡逃過一劫的公主！

「那些人說，只有寶詠公主死了，他們主上才能順利奪得大可汗位。」祁川眉頭緊皺。

「他們稱呼的主上是……哥稚那王子。」

祁川說完，其他三人的心中都升起了一絲不祥的預感。

牽扯敕蠻的奪位之爭，不僅意味著寶詠公主的生死難料，同樣也意味著大雲與敕蠻的這場戰爭，前途難卜。

第二天上午，余歳歳四人就來到了秦泉城下。

距離他們不遠處的前方，正是昨晚後來的那一批殺手。

他們本就穿著普通大雲百姓的服飾，在經過城門時，更是四散開來，隱沒在進城的百姓隊伍裡，老練地回答著守門軍士的問題，因此很快就順利地進入了城中。

此時的秦泉城裡，街道上人來人往，很是熱鬧。

因為殺手們入城時是分頭走的，於是余歳歳四人也分別跟著幾批人，以防萬一。

余歳歳一路跟蹤著殺手中領頭模樣的人，見他在城中繞了幾圈，最終進入了一間胡同裡的民房。

民房低矮，余歳歳搓了搓手，攀上了牆，躲在屋簷之後。

院子裡，殺手頭領單膝跪地，應該是用敕蠻語在行禮。

寶詠公主端坐在屋前，身邊站著她的幾個手下。

「我說過，在大雲不要說敕蠻話。這裡是邊關，這麼敏感的時候，難道不怕隔牆有耳嗎？」寶詠神態高傲，語帶訓斥。

「是，屬下知錯。」那頭領一副謙卑的樣子。

余歲歲暗暗一笑，在房頂上調整了個姿勢，豎起了耳朵。

寶詠公主還真是貼心，這下子也省得她什麼都聽不懂了。

「你們主子這麼心急，是在質疑我的能力嗎？」寶詠很不滿。

頭領連忙解釋道：「公主息怒，王子絕非這個意思。之前大可汗倉促命令西域十國南侵大雲，前後耽擱月餘，我們已經失了先機。王子好不容易掌握了國中的精銳，為保勝局，自然是急需靖遠、懷墟和秦泉三城的佈防圖，這才命屬下來取。」

寶詠沈思了一會兒，才開口道：「要圖可以，待今晚秦泉的佈防圖到手後，我親自回敕鑾交給他。」

「公主要回敕鑾？」頭領一愣。「可主上說，還有三城的佈防圖——」

寶詠打斷他。「你以為大雲的人都那麼好騙？靖遠的佈防圖是花十金購得的，懷墟的佈防圖是懷墟的探子自己查出來畫的，秦泉的圖還不知真假。哥稚那急什麼？恩化的余璟才是他的第一勁敵，破了恩化，有這三城的佈防圖就足夠用了。他有這份閒心，還不如想想怎麼對付余璟！我幫他毀了余璟的秘密武器，卻連我自己的安全都保證不了？我倒要親自問問哥稚那，他是不是忘了我們向長生天發下的毒誓了？」

屋頂上的余歲歲一邊聽，一邊在心中分析著寶詠說出的各種線索。

這個哥稚那王子，應該是當年在寶詠突馭部落被絞殺後，救下了寶詠一命，後來兩人立下盟約，共同合作。

哥稚那想當敕蠻的大可汗，而寶詠估計是想要報仇，於是這場侵犯大雲的戰爭，就是他們達成目的的手段。

然而不知道什麼原因，哥稚那如今要背棄盟約，殺掉寶詠。可看寶詠的意思，她似乎還不知道想要殺自己的是哥稚那。

取七城佈防圖應當是哥稚那安排給寶詠的任務，估計是想最後再利用一次寶詠，然後棄若敝屣。

也許哥稚那也未必是真的需要佈防圖，正如寶詠所說，只要攻下恩化，就等於勝利了一半了。他們只要再聯合西北的蠻軍，拿下七連城就如同探囊取物。

余歲歲猜測，這個哥稚那恐怕也是個道貌岸然的偽君子。如果他在敕蠻殺掉寶詠，定會引起一些人的詬病；可如果寶詠死在大雲，那能作的文章就多了。

想通了這個，余歲歲再看院中的情形，就不由得帶上了些看戲的心態。

哥稚那詭計多端，寶詠同樣心機不淺，這兩個人的博奕，也不知道會是誰更勝一籌？

院子裡，哥稚那派來的殺手頭領被寶詠說得無話可接，只得按她說的照做。

寶詠不愧是公主，看殺手的樣子就如同看奴隸一般。「好了，你可以走了。今晚拿到圖，我們立刻繞道回敕蠻。」

「屬下知道了。」

殺手頭領走後，寶詠也回了屋。

余歲歲等了一會兒，便悄悄地潛了出去。

來到她和祁川三人約定會面的地方，三人已經早早等在了那裡。

「歲歲，妳終於回來了！這麼長時間，我還以為出什麼事了。」祁川關切道。

余歲歲心情很好地說：「我沒事，倒是聽到了不少消息。現在我算是知道，為什麼敕蠻遲遲不開戰了？因為他們國內也不太平，正忙著爭權奪利，倒是給了我們緩衝備戰的機會。對了，你們跟著的人，都去了什麼地方？」

「都是一些無關緊要的地方，似乎只是為了藏身，並沒有找到他們在秦泉城的暗探據點。」齊越道。

「那我們就再等等吧，他們晚上才會行動。鷸蚌相爭，各懷鬼胎，正是我們的機會。」

「歲歲，這一次我們提前偵知了消息，要不要通知秦泉營守將，讓他幫忙出兵圍剿暗探？」祁川提議道。

「先等等。」余歲歲搖搖頭。「秦泉營如果出動，動靜太大了，萬一驚動了他們，只會功虧一簣。今晚等他們在據點會面後，我們再去不遲，到時也能將他們一網打盡。」

四人訂好計劃後，便等著夜幕的降臨。

當天色漸漸暗下來，街上的行人也陸續減少後，寶詠公主和幾個下屬才從民宅中悄悄出來，趁著夜色，朝城西而去。

余歲歲帶著祁川、齊越和明琦四人，跟隨在他們身後，不多時，便到達了城西的一個鋪子。

只見寶詠公主上前敲了敲門，裡面的人將門開了一條小縫，確定了她的身分，這才將幾人領進門去，隨即警惕地再次將門緊閉。

余歲歲幾人停在了街邊拐角，並沒有跟得太緊。見他們進去後，她朝四周看了看，隨後順著牆頭，四個人手腳麻利地爬上了房頂。

院子裡，此刻正聚集著近二十個敕蠻的暗探，個個都身著黑衣，準備充分。

余歲歲觀察著，這些人大概能分成三批。一批是寶詠帶來的人，一批則是哥稚那派來的殺手，還有一批便是秦泉城裡的暗探。

「圖呢？」

余歲歲聽到寶詠公主朝一個人問道。

那人將懷裡一個匣子用雙手遞送過去，寶詠公主接過來，迅速打開檢查。

「公主，秦泉佈防圖已到手，我們是否可以直接離開了？」問話的是白天那個殺手頭領。

寶詠點了點頭。「可以了。」

殺手頭領似是鬆了一口氣，稍稍退後半步，與秦泉暗探頭目站得更近了些。

余歲歲幾人在屋頂上居高臨下，將他們的動作看得一清二楚。

寶詠雖說可以走了，可卻遲遲沒有動作。余歲歲知道，她是在等自己來，幫她剷除異己。

根據前兩次在靖遠和懷墟的經驗，余歲歲判斷，秦泉的暗探恐怕也是寶詠想要剷除的人。雖然不知道為什麼，但她能確定寶詠的想法。

而且，寶詠雖然並不知道哥稚那的殺手要殺她，但似乎也並未打算利用哥稚那的殺手去殺秦泉的暗探。看來她相對之下更信任哥稚那，當然也沒有完全信任。

區區一個暗探組織，就能集合敕蠻的三股勢力，余歲歲想著，敕蠻國內的權力糾葛大概也是如此複雜。

「公主？是有什麼問題嗎？」殺手頭領又問道。

寶詠眉頭微皺。余歲歲怎麼還不來？按時間，早該到了呀！難道是她留下的線索不夠明顯？

正在她不得其解之時，外面突然喊殺聲四起，鋪子的門被「砰」地撞開，幾隊大雲士兵魚貫而入。

院子裡的殺手瞬間聚攏在一處，拔出身上的武器，做出防禦姿態。

屋頂上，余歲歲幾人也驚住了。

「怎麼回事？這是……秦泉營的士兵嗎？」

「看著像。」齊越道。
「秦泉營的人怎麼找到這兒來的？我們有誰去報信了嗎？」余歲歲震驚不已。
「沒有啊，我們今天一整天不是都在一起嗎？」明琦道。
余歲歲也覺得自己問了一句廢話。「難道說，秦泉營早就盯上了這群暗探？也早有準備，要今晚收網？」
說話間，院子裡就已經打起來了。
寶詠和殺手頭領的武藝是眾暗探中最強的，因此雖然秦泉營的士兵砍倒了好幾個暗探，也仍舊不能傷到他們二人。
「歲歲，怎麼辦？要下去幫忙嗎？」祁川看著大雲的士兵連連失利，有些心急。
余歲歲還沒說話，便聽見門外一聲高喊，一個身著大雲將軍戰袍的中年男子走了進來。
「蠻夷賊子，速速投降，否則殺無赦！」
寶詠一刀殺死自己身前的一個士兵，怒極的眼神盯向那個將軍。擒賊先擒王，以將軍為質乘機出逃，這是她眼下最好的選擇。
余歲歲顯然也想到了這一點，手臂支起身體，就打算隨時跳下去幫忙。
可萬萬沒想到，就在寶詠傾身殺向那將軍的一瞬間，一束刀光在她身後劃過，血珠飛濺之下，寶詠的身體驀地停滯在了原地。
她不可置信地低下頭，看著穿胸而過的刀尖，嘴角流出鮮血。

「原來……」她艱難地回頭，盯住出刀的殺手頭領。「你們和布猞……早有勾結……」

「咚」的一聲，寶詠的身體轟然倒地。

她的幾個屬下還沒從震驚中恢復過來，就被幾個殺手迅速結果了性命。

院子裡，再一次安靜下來。

而那來「鋤奸」的大雲將領，笑著走向殺手頭領，從懷中掏出一個匣子。「真正的佈防圖，閣下笑納。」

殺手頭領接過匣子，臉上勾起一個笑容。「韓副將，多謝了。」說著，他蹲下身，翻找著寶詠和她屬下的身體，找出另外兩個城池的佈防圖來，大笑道：「哈哈哈哈，主上神機妙算，三城的佈防圖均已落在我們手中！韓副將，你沒有忘記，我們還有一個約定吧？」

「當然。」韓副將招招手，將身後一個小兵召了過來。「立刻回營傳令，就說恩化遇險，出兵增援！」

「是！」小兵得令，轉頭跑開。

「事情我都辦妥了，秦泉的守將范敬已經被我秘密扣押，如今整個秦泉營聽我號令。」韓副將說道。「閣下，你們也應該不會忘記對我的承諾吧？」

「將軍放心，等哥稚那王子做了大可汗，到時您就是七連城唯一說了算的。」

「好！」韓副將心滿意足，大手一揮，帶著士兵們，連同殺手們，一起離開。

直到他們走遠，藏在房頂上的余歲歲等人才敢動上一動，大口的呼吸起來。

「沒想到，秦泉的副將居然私通敕蠻，簡直罪該萬死！」祁川氣得要命。「歲歲，我們現在怎麼辦？」

余歲歲看看下面，神色凝重。

剛剛那個姓韓的副將已經說了，他們要去恩化，名為增援，實為偷襲。

沒想到千防萬防，家賊難防。

那個哥稚那王子掌控了敕蠻的精銳主力，所以他們一定已經約定好了，敕蠻主力在恩化北邊攻城，而秦泉的內奸則帶著秦泉營的士兵在背後捅刀。

一旦父親一時不察，將秦泉營的軍隊放入恩化，那就是禍起蕭牆破金湯！

「我們去秦泉營。」余歲歲說道。

「去秦泉營？」其他三人都很驚訝。「我們不應該趕回恩化去報信嗎？」

余歲歲搖搖頭。「從這裡趕回恩化，我們的速度頂多也就比他們早半天，半天時間，我們什麼準備都做不了。爹爹在恩化已經做了萬全的戰備，因此敕蠻軍何時開戰的消息，對他並沒有特別大的作用，反而是秦泉營被內奸欺騙利用，才是如今最要緊的事。如果我們回恩化報信，爹爹要抵禦敕蠻，無暇分兵解決秦泉之事，就只能緊閉城門，不許秦泉營進城。這樣一來，敕蠻內奸和那個韓副將就會在秦泉營內蠱惑人心，很有可能引發最終的叛亂。」

齊越不解。「那我們就告訴他們，韓副將是內奸，和敕蠻的暗探勾結在一起，讓他們不要助紂為虐啊！」

「要是韓副將反咬我們一口，說我們通敵叛國，故意栽贓罪名呢？」余歲歲立刻反問。「一個是朝夕相處的副主將，另一個是可能連面都沒見過的別軍主帥，就算我爹這幾年在七連城的威望很高，可真到了這個時候，你覺得士兵們會更願意相信誰？就算不反咬，一旦內奸在秦泉營中散佈緊張的情緒，讓士兵們都知道，他們未得將令就出兵恩化已是既定的事實，而恩化城又對他們大門緊閉，這就等於告訴他們，這時候即便反悔，通敵叛國的罪名也已經坐實了。」余歲歲眉頭緊皺地說：「人在自認為孤立無援的境地中，往往會做出衝動的選擇。他們可能會破罐子破摔，覺得既然罪名洗脫不掉，不如就乾脆真的坐實，還能拚一個前程。人心難測，大戰在即，我們不能用這個去冒險。這個時候，行差踏錯一步，就是萬劫不復。」

祁川也點了點頭。「妳說的有道理，那我們到了秦泉營後，又要做什麼呢？」

余歲歲抿了抿有些乾裂的嘴唇，連日的奔波和心力交瘁，就連她如今自認為已經是很強健的身體，都多少有點吃不消了。

「剛剛那個韓副將說，秦泉營守將范敬被他扣押了，如果我們能救出范將軍，由他親口說明韓副將通敵，那麼就算被蠱惑的士兵心存猶疑，作決定時也不會過於衝動了。」

三人一聽，也覺得這個辦法更好，當即便跟著余歲歲跳下房頂。

余歲歲一下來，第一個就看向了寶詠公主。

剛剛的一切發生得太快，而站在她的立場上，又確實沒有出手相救寶詠的必要，再加上寡不敵眾，所以她沒得選擇。

可拋開立場，僅從一個普通人的角度來說，如寶詠這樣一個算是有勇有謀的人才，居然是因為自己人的爭權奪利而死，讓余歲歲打從心底感到同情與惋惜。

「也是一個奇女子。」祁川看懂了余歲歲的想法，在一旁感慨道。

余歲歲正要附和，便見地上寶詠公主的身體抽搐了一下，竟然又睜開了眼睛！

「她還沒死！」余歲歲驚訝不已，立刻朝她奔過去。「你們先去，我一會兒跟上！」她朝祁川等人道。

「可……」祁川有點擔心。

「沒事的，我一個人應付得來。記住，你們也不要輕舉妄動，先探查清楚營中的情況再行動。」余歲歲囑咐著。

「好吧。」祁川三人不得已，便先行離去。

余歲歲跪坐在寶詠身旁，抱起她的身體。「寶詠！寶詠，妳怎麼樣？」

寶詠咳出兩口血，虛弱地看向她。

余歲歲看著她的傷勢，多少猜到一點。剛剛她定是被臟腑中的血一時閉住了氣，這才如同死去一般。而這會兒勉強醒來，卻不知是迴光返照，還是生機尚存？

面對這樣的寶詠，余歲歲無法考慮更多。她只知道，她做不到就這樣把一個還有一口氣的人扔下不管。

「寶詠，妳撐一下，我帶妳去看郎中。」余歲歲想要將她扶起來。

但是寶詠卻拉住了她的衣袖。「妳……果然不笨……知道我……是誰。妳……是余璟的……女兒？」

余歲歲點點頭。

「真好……」寶詠虛弱地扯出一個笑容。「不用救我，妳和我……只能是敵人。我絕不會，向我的敵人……低頭。」

余歲歲看著她，眉頭微挑。「誰說我要救妳了？我是要把妳帶回去治好，再關起來嚴刑拷打，直到妳說出你們的秘密為止。」

「呵……」寶詠輕笑了一聲。「妳還真是……不一樣……不過，還是……別白費力氣了。妳就是救活了我，我……也什麼都不會說，最後，妳、妳還得殺我……」

寶詠的聲音很輕很輕，氣息也很微弱，每說一個字，都要耗費渾身的力氣。可她仍舊慢慢地說著，語氣帶著不可磨滅的堅定。

「為什麼？」余歲歲問她。「哥稚那已經背叛了妳，妳還要效忠於他嗎？」

「效忠？」寶詠一笑。「我和他，只是訂立了盟約，他違背了盟誓，自有長生天去懲罰……我生來，便是敕蠻寶詠突馭部族的女兒，我效忠我的父汗、我的族人，效忠北地……豐美的水草、成群結隊的牛羊，還有……大漠戈壁裡的胡楊……」寶詠說著，雙眼愣愣地望著天空，好像眼前又一次看到了她日思夜想的故鄉。「十年前，父汗錯信了人心，被鐸骨部落的先可汗頡鵜和大可汗害死……我以為，我能為他報仇，洗刷寶詠突馭部落的冤屈……卻沒想到，又一次栽在了……大可汗的兒子哥稚那，和頡鵜的兒子布狢的手上。原來，我和父汗一樣……都好傻……如果我再聰明一些、厲害一點，是不是……就能保護父汗，讓父汗好好地……活著……陪著我……」說到最後，寶詠的意識越來越模糊，聲音也轉變成了喃喃低語。

余歲歲心中立刻就是一酸，生出些感同身受。

此刻的寶詠，也不過是一個思念父親的女兒，一個……像自己一樣，拚了命想保護自己父親的女兒！

「余歲歲……」寶詠突然叫出她的名字。

她低頭，不解地看向寶詠。

「有一天，你們會殺了哥稚那，對嗎？」

余歲歲堅定地回答道：「當然。我們也和妳一樣，永遠忠於自己的國家、自己的同胞，忠於巍峨的山巒、澎湃的江河，還有豐沃的田野大地。任何想要破壞、傷害它們的人，都會被我們打敗。」

寶詠輕輕笑了起來。「那就好。這樣……妳也算替我報仇了。自己的敵人替自己報仇，多好的事啊……」

余歲歲一時竟不知該作何情緒，只能哭笑不得地說：「妳想得倒挺美的。」

寶詠笑回道：「也許，如果沒有戰爭，妳和我、大雲的女子和敕鑾的女子，也會是……朋友吧？」

余歲歲也笑了。「會有那麼一天的。」

「可是……這太難了……」寶詠喃喃道。有人的地方，就會有無盡的貪婪和慾望，就會滋生爭奪和殺戮，引起無邊的仇恨與報復，周而復始，永無止境。她最後又看了一眼天邊的陰雲，像極了小時候父汗送她的那隻灰色兔子，活潑而自由。「我好想……回家啊……」

感覺到寶詠拽著自己衣袖的手漸漸滑落，余歲歲眼眶溫熱，眨了眨眼，忍住了內心情緒的翻湧。

余歲歲將寶詠重新放回到地上，站起身來，嘆了一口氣。

秦泉營副將叛國，囚禁主將，待此事捅出，今晚在這裡發生的一切都會人盡皆知。寶詠身為潛入大雲的敕鑾暗探首領，她將會被如何處置，可想而知。

她，再也不可能回家了。

第二十四章

余歲歲在秦泉的街上走了很久，按照白天一併探查過的，來到了秦泉營外。營外的樹下，祁川、齊越和明琦早已等在那裡。

「怎麼樣？寶詠她……」見余歲歲回來，祁川立刻問道。

余歲歲輕輕頷首。「她死了。」

三人的神情沒有太驚訝，這也是早已預料的結果。

齊越將目前的情況告訴余歲歲，分析著。「師姐，我們剛才已經去過了秦泉的將軍府，裡面一切正常，所以范將軍應該就是被扣押在了軍營中。我大致估計了一下，韓副將帶走的是營中大部分的兵力，還剩兩千餘人，但不知道他們是被蒙在鼓裡，還是也被韓副將收買了。」

「士兵要全部收買不太可能，最多也就是將官被收買。而且韓副將要率軍偷襲恩化，他一定會把跟他最親信的兵力帶在身邊。」余歲歲道。「對了，左右衛軍在我們離開恩化前，有沒有什麼消息？」

「聽師父說，左衛軍已陸續分兵向東，右衛軍也在都渭和良湘，正在往靖遠挺進。」齊越道。「算大軍的腳程，這兩天應該已經到靖遠了。玄武衛的重甲兵，如今應該也已到都渭和良湘了。」

余歲歲點點頭。「難怪哥稚那急於現在開戰，他必須趁著兩邊接收消息的時間差，突然襲擊，並在右衛軍到達前攻下恩化，才能有勝算。所以說，我們也沒有太多時間了。就現在吧，我們進去救范敬，拿爹爹給的權杖開路。如果遇到阻攔，可以出手，但先不要傷及性命。」

「好。」

四人準備好武器後，余歲歲掏出懷裡的權杖，走在最前打頭陣。

秦泉營門口守衛的士兵，看見四個手持武器的人堂而皇之地走過來，立刻舉起槍，高聲質問。「什麼人！」

余歲歲高舉起權杖。「恩化營余將軍的使者，有事面見范將軍。」

守門的士兵一個遲疑，余歲歲四人就已走進了大營。

「你們站住！等我前去通報！」守衛追上前。

余歲歲遞出一個眼神。

齊越反手就將守衛撂翻在地上。「事急從權，對不住了，兄弟！」

守衛立刻要大聲呼叫，卻被齊越眼疾手快的一個手刀給砍暈在地。

另一個追過來的守衛，也被明琦幾下撂倒，拍暈在地上。

正值夜晚，大營裡留守的士兵也多數在睡覺，四人只刻意躲過了幾次巡邏的軍隊，就還算順利地來到主將的營房之外。

「我們要進去嗎？」祁川問道。

余歲歲反而站住了。「不，再等等。」

祁川正覺得不解時，營門口方向便喧鬧了起來。

「不好了，有人襲營！」巡邏兵的喊聲由遠及近，附近幾個營房中，接連有人跑了出來。

「大將軍，有人襲營！」一個將領來到主營房外通稟。

余歲歲四人小心地往後避了避。

只見主將的營房裡沒有動靜，反而是一側的房中有人打開門出來問道：「怎麼回事？」

「李校尉，有人襲營，營外的守衛被襲擊，韓副將領兵增援，還要請大將軍定奪啊！」

李校尉一皺眉。「大將軍這幾日身染重疾，現已服藥睡去，叫是叫不醒的。你們馬上叫醒所有留守軍士，一定要找到偷襲的人。」

那人領命而去。

李校尉站在原地，眉頭緊皺，神情很警惕地看著四周。

過了一會兒，他從屋裡叫出來一個士兵。「事情可能有變，范敬不能留了，立刻動手！」

士兵領命回屋。

余歲歲見此情形，便知機會來了，她立即道：「動手！」

話音一落，四個身影迅速從角落裡殺出。

余歲歲和齊越撲向李校尉，祁川和明琦則是一閃身躍進了主將的屋中。

李校尉毫無防備，立刻被齊越一招擒住，拖進側房，被按跪在地上。

齊越手腕一發力，李校尉的下巴就被卸了下來，只能嗚嗚地叫著，說不出話來。

余歲歲上前一步，朝李校尉嘴裡塞了一個什麼東西，齊越配合著捶向他的前胸，李校尉瞬間被迫吞下了那個東西。

這時，祁川和明琦也走了進來。「范將軍就在隔壁，看守他的人已經解決掉了，但范將軍人醒不過來。」

余歲歲低頭看向李校尉。「剛才給你吃的，是穿腸爛肚的毒藥，你唯一的選擇，就是交出范將軍的解藥，我饒你不死。」

李校尉立時瞪大雙眼，嗚咽著，眼神投向一旁櫃子的抽屜。

祁川立刻上前翻找，拉出抽屜，找出一只青花小瓷瓶來。

余歲歲伸手接過，先倒出一顆扔進李校尉嘴裡，見他並無下意識的躲避，便還給祁川，讓她們去給范將軍服下。

而她則拿起紙筆，在案桌上寫著什麼。

不一會兒，一張供述秦泉營韓副將和李校尉通敵叛國的供詞就寫好了。

「齊越，讓他畫押。」余歲歲將紙遞過去。

齊越拉起李校尉的手指，手中匕首一劃，就將他的拇指劃開了一道口子，然後反手按在了供詞上。

「讓他把他們在軍中所有參與者的名單都寫出來，不寫就殺了。」余歲歲繼續威脅道。

這時，明琦跑來報信，范敬醒了。

余歲歲點點頭，讓齊越和明琦在這兒看著李校尉，她自己則出門，轉進了范敬的房中。

「你們……」范敬坐在床上，臉色還有些蒼白，看著屋裡的兩人，有些愣怔。

「范將軍，我是恩化城守將余璟余將軍之子，這是我爹的權杖。」余歲歲舉起權杖。「我們幾人奉命探查敕鑾探子而來到秦泉，意外得知了貴營的韓副將私通敕鑾，如今已帶兵前往恩化。由於事出緊急，不得不出此下策，希望范將軍能馬上隨我們前去追趕，避免釀成更大的禍事。」

范敬看著余歲歲，愣了半晌，面露狐疑。「你是余將軍之子？可我怎麼聽說，余將軍只有一個女兒？」

余歲歲吃驚。大意了，居然是個知情人。

「是，我就是他女兒。」余歲歲一秒切換回女聲，毫不猶豫地承認。「現在還有什麼問題嗎？范將軍也不想因為韓副將通敵叛國而牽連自己和家人，並讓秦泉營無辜的將士們被連累污名，死不瞑目吧？」

范敬重重地嘆了一口氣。「是我一時不察，誤中小人奸計，這才——」

「現在說這些已經沒用了。」余歲歲毫不猶豫地打斷他。「范將軍只需要告訴我，目前營中都有什麼人可以信任就夠了。」

范敬想了想。「最能信任的，是我的親信衛隊，但衛隊長已經被他們殺了。至於其他人，很多都不清楚內情，而他們有什麼人，我也不知道。」

「有人信任就行。」余歲歲點頭。「請將軍立刻召他們前來，再叫所有士兵在校場集合，我們解決完內鬼，就可以出發了。」

范敬只是剛剛醒來時有些懵，這一會兒也恢復了些，腦子轉得也快了，身上一軍主將的氣質慢慢顯露出來，朝余歲歲點了點頭。

很快地，秦泉營的所有軍士，都集合在大校場。

這時，齊越和明琦也押著綁縛好的李校尉走了上來。

臺下的軍士看到李校尉，立時驚訝不已，忍不住竊竊私語了起來。

此時的天光已然大亮，范敬最信任的親衛隊守在校場的四周，所有人都盯著臺上的范敬，不知道他要幹什麼。

余歲歲從手裡接過齊越讓李校尉寫的名單，遞給了范敬。

范敬一看，眉頭就是一緊。

好傢伙，從上到下、從將官到士兵，有韓副將帶走的，也有留守在這裡的，整個秦泉營居然被他們滲透得像個篩子！范敬的臉立時就黑了。

「諸位，這幾天，營中一直有人告訴你們，本將身染沈痾，臥床不起。現在本將告訴你們，這就是放屁！」范敬朗聲對臺下道。「老子好得很，沒病沒災，是這幫孫子私通敕蠻，為了自己的榮華富貴，要讓弟兄們給他們當替死鬼！」范敬指著李校尉。「若不是恩化城余璟將軍的使者追蹤敕蠻的探子到此，我秦泉的將士們，都要被他們栽上通敵叛國的罪名！」范敬指著余歲歲道。「本將手中，有他們買通的人員名單。本將知道，你們有些人也是一時糊塗，鬼迷心竅，本將軍願意給你們一個機會。只要你們改邪歸正，從此絕不行此叛國之事，一心奮勇殺敵，本將不會追究你們和你們家人的任何罪責。」說著，范敬反手撕掉了手裡的名單。

臺下一片譁然，眾人又是將信將疑，又是探討著誰才是其中的內鬼。

「余姑娘，妳看這樣還行嗎？」范敬偏頭，低聲朝余歲歲問道。

「范將軍果然是大將風範。」余歲歲點點頭。

這一招是她和范敬討論的辦法。留守在營中的，除了李校尉一夥，本來就不是韓副將的親信。如今正是用人之際，貿然動手，只會令軍心不穩。

而在來之前，范敬就已經讓親衛隊直接殺掉了營中他確定是韓副將親信的人，至於其他這些嘍囉，給一個機會，比直接殺了更有意義。

之所以當眾演這一齣戲，也是為了告訴這些人，范敬已經看過了名單，知道他們是誰。

只要他們肯改，自然既往不咎；如若不然，他們和他們的家人都會遭殃。

這樣一來，眼看著李校尉被抓，范敬也平安無事了，這幫人心裡自然會有所掂量。

「余姑娘才是神機妙算，不輸令尊啊！」范敬回讚一句。

余歲歲微微笑了笑。

剛才兩人交談幾句才發現，范敬居然是她爹的「粉絲」，早就看過京城傳過來的畫本，而在余璟到恩化後有幸得見，又被他的人格魅力折服。

「范將軍過獎了。」余歲歲謙虛道：「不過眼下還不夠，還得再來一齣戲。」

范敬正奇怪，就見余歲歲朝齊越道：「將李校尉帶過來！」

齊越聽命，押著李校尉走到了演武臺的中央。

此時的李校尉下巴已經被喬回，但口中塞著布條，無法說話。

余歲歲抬手，將他的布條拿出來，低聲警告道：「大勢已去，毒藥在腹，該說什麼，不用我提醒你吧？」

李校尉點點頭。

余歲歲這才轉過身，將李校尉剛剛畫押的供詞拿了出來，將手印展示給臺下眾人。「李校尉已認罪招供，對韓副將和自己的罪行供認不諱！我說的可對嗎，李校尉？」

李校尉點點頭。「是我……是我被姓韓的蠱惑了，我……我不是有意的。」

余歲歲一挑眉，並不管他如何為自己開脫。

見李校尉開口承認，又親眼見到按了紅手印的供詞，臺下眾人這才轟然炸開了。

余歲歲等了一會兒，才朗聲道：「諸位！范將軍仁義大度，對一時糊塗之人願意既往不咎。只是如今韓副將帶兵偷襲恩化，一旦他陰謀成功，秦泉營便永遠要背上通敵叛國的罪名，你們和你們的家人也會被人唾罵，永遠抬不起頭，死也不清不白！這些人自私自利，為了自己的榮華富貴，不顧大家的死活，我們絕不能讓他們得逞，讓他們享受了一切，而我們卻要替他們承受罪責！」

一番話說完，臺下唾罵聲更盛，卻並不再糾結找出自己身邊的內鬼，而是指著李校尉，恨不得當場撕吃了他。

李校尉嚇得心驚膽顫。

余歲歲卻微微一笑，看向范敬。「范將軍，可以了。」

范敬點點頭，大喊一聲。「來人，將李校尉按軍法推出去斬首！」

李校尉猛地抬頭，瞪大雙眼，不可置信地看著余歲歲，只見她笑容依舊，卻令人遍體生寒。

他猛地大叫一聲，掙斷綁縛他的繩索，凶狠地朝余歲歲撲去。

余歲歲向後一躲，手裡的供詞卻被他搶去。

李校尉拿到供詞，就立刻撕了個粉碎，正想再攻擊余歲歲時，范敬大步上前，長劍抽出，瞬間劃過李校尉的咽喉。

李校尉的身體立時頓住，捂住喉嚨，想要說什麼，鮮血卻從手指縫裡一點點噴出來，最後，轟然倒地。

臺下立時爆發出解氣的呼聲。

「傳令！出兵追擊，殺叛徒，證清名！」范敬舉劍高喊。

「殺叛徒！殺叛徒！」臺下的將士們跟著高聲呼喝。

余歲歲懸了一個晚上的心，終於放下了一點兒。

半炷香後，秦泉營留下一千人守營，范敬帶著另外一千人，從北門出城，直奔恩化的方向而去。

余歲歲四人也騎著馬，跟在隊伍的前部。

「剛剛范將軍已經飛鴿傳書給靖遠守將，如果右衛軍在，便請他們先分兵接管秦泉，同時通報前方戰事，請右衛主力大軍也迅速出兵，爭取兩日之內從靖遠到達恩化。」齊越說道。

余歲歲點點頭。「給恩化的傳書呢？送出去沒有？」

「師姐放心吧，范將軍都安排妥當了。」

祁川這會兒才找到機會，問起剛剛的事情。「對了歲歲，剛才我聽妳說，給李校尉餵了毒藥，妳哪來的毒藥？」

余歲歲笑道：「什麼毒藥？那是我順手從地上捏起濕土搓成的圓球，騙他的。」

「噗！」明琦在一旁笑出聲來。「歲歲，妳也太損了！」

余歲歲聳聳肩，也不謙虛。「我招數多著呢，好用就行。」

四人齊齊笑起來，前一晚的陰霾多少消散了一些。

余歲歲抬頭看著天邊的朝陽，心情舒暢許多，正想低頭整理韁繩，卻突然眼前一黑，頭腦一陣眩暈，整個人向前栽倒。

「師姐！」齊越眼疾手快地扶了她一下，這才免去她摔下馬。

余歲歲直起身子，晃了晃頭，剛才的眩暈感已經不見了。

「師姐，妳沒事吧？」齊越一臉擔心。

「沒事，可能是一宿沒睡，睏了。」余歲歲搖搖頭，沒有太過在意。

齊越見她臉色還行，也就不再多問。

恩化城。

陳容謹和潘縉進來時，余璟正在營房中拿著一張字條看，神情凝重。

「將軍，前方斥候來報，敕蠻大軍突然出現在恩化以北，正向恩化挺進。」潘縉稟報道。

「我已經知道了。」余璟抬起頭，將字條遞給二人。「這是歲歲和阿越從秦泉傳來的消息。」

潘縉和陳容謹一眼掃過，面上都是一驚。「秦泉營副將通敵？將軍，這……」

余璟抬手，止住兩人的話頭。「雖然敕蠻詭計多端，但我們已充分備戰，右衛軍也已從靖遠趕來，無須過度驚慌。容謹，速命軍士將弩機抬出。敕蠻自以為毀了我們的秘密武器，那就讓他們嚐嚐弩機的威力。」

「是！」陳容謹應道。

「李初，」余璟又看向潘縉。「你速派一營士兵嚴守東城門，秦泉到恩化只能走那裡，告訴他們，如果沒有確切的消息，絕對不可放任何人進城。」

「明白！」潘縉領命。

「走吧，去將臺，擂鼓聚將，準備迎戰！」余璟說著，抓起架子上的佩劍就要往外走。

「將軍。」陳容謹想了想，還是叫住了余璟。「將軍，上次敕蠻奸細毀弩機時，故意殺了幾個玄策衛的士兵，鄧將軍對此一直頗有微詞，並以此為由，一直在玄策衛中說將軍的壞話，您……」

余璟沈吟了一下後，正色道：「鄧章心胸狹窄，但並非大奸大惡之人，如今大敵當前，他身為主將，該拎得清輕重緩急的。更何況，聖旨在上，他只能聽我的！」

陳容謹的神情有些擔憂，卻也覺得余璟說的沒錯。

鄧章再過分，也不至於在這種時候拎不清。

三人齊齊往外走，余璟的臉色卻是越發沈鬱。

潘縉心思細膩，不由得開口問道：「將軍……是在擔心余姑娘嗎？末將以為，不如派兵出東門，和范將軍的軍隊做個照應？」

余歲歲四人到底勢單力薄，再是有范將軍手下的人幫助，可面對韓副將帶走的近萬秦泉軍，終究是變數太大。

他們能不能勸回被矇騙的秦泉軍、能不能趕在韓副將到達恩化前揭穿陰謀，這一切不僅影響著恩化的戰局，也影響著余歲歲等人的生死，自然也就影響著余璟的心。

余璟停住腳步，看向潘縉，語氣和緩卻不容置疑。「記住，身為一軍之將，永遠不要讓你的情感，代替你的理智作決定。一旦恩化城出兵，事情就會被推到一個絕無轉圜餘地的地步，你這是變向在逼反秦泉營。記住我的命令，沒有確切消息，命東門守軍絕對不許開城門，更不許派一兵一卒，違令者斬！」

「那如果范將軍和余姑娘沒有成功呢？」陳容謹追問道：「到那時，不僅恩化要受兩面夾攻，余姑娘恐怕也……」

余璟深吸一口氣，忍住嘴唇的微微顫抖。「只要恩化緊閉城門，以秦泉營的實力，沒有半個月是攻不下來的。飛鴿傳書也是為了要提醒我，韓副將可能會以援軍名義騙開城門，禍亂恩化。所以，沒有兩面夾擊的可能。」

「可我問的是余姑娘。」陳容謹還不死心，盯著余璟，似乎想要看透他真正的想法。

「她是將軍的女兒，是將軍唯一的親人。」

余璟挺直身體，看向北邊的天空，牙關緊咬，臉頰上透出凸起的顴骨。「戰場之上，處處都是親人，也處處都不是親人。」說完，他頭也不回的大步離開。

潘縉和陳容謹對視一眼，都從對方眼中，看到了對余璟由衷的敬佩。

傍晚時分，恩化城外的山谷。

范敬帶來的一千兵馬正坐地休整，余歲歲幾人和范敬站在一旁的山石上遠望。

「剛剛收到恩化的傳書，敕蠻大軍攻城猛烈，但恩化有弩機相助，目前優勢明顯。余將軍已經命人嚴守東城門，以防韓副將騙開城門，入城作亂了。」范敬說道。

余歲歲心裡又安下一點心，卻沒有多問恩化的情況，反而道：「那韓副將他們呢？」

「就在前面紮營，應該也已經收到弩機沒有被毀的消息了。」范敬道。「以我對他的瞭解，他現在是要暫時休整，然後連夜行軍至恩化，配合敕蠻主力的行動。」

「您是說，敕蠻主力有可能會在今夜攻城？」余歲歲問道。

范敬點點頭。「敕蠻騎兵實力強盛，但論起攻城，卻不是他們的強項，更不擅長夜間攻城。往年大雲與敕蠻的幾次大小戰役，我們的很多將領之所以對敕蠻並不畏懼，就是仗著我們城池堅固。敕蠻雖然多年來一直覬覦大雲，厲兵秣馬，實力不小，可余將軍弩機試驗成功，對敕蠻的勝算可謂更大。但這一次，事情沒有那麼簡單了。余將軍的傳書中特意提到，敕蠻軍時隔多年再次大舉進犯，攻城的戰術雖不夠嫻熟，但足以造成大的危害。白天的時候，恩化尚可仗著弩機占據優勢，可到了夜晚，弩機就派不上什麼用場了。」

余歲歲的心一下子又提了起來。

范敬的分析是對的。弩機的箭矢是特製的，對於如今的恩化來說，算是稀有資源，當然要省著用。黑夜裡看不到目標，當然就失去了效用。

「您的意思是，敕蠻大軍是得了高人指點，備戰多年，已習得了攻城之法？」

「我也不能肯定，但目前的一切跡象都表明，敕蠻人並不再是往年那般毫無章法的打仗了。從他們派西域十國突襲西北三縣十鎮就能看出來了。」范敬道。「就如余姑娘今日說起的，若不是他們國內自己生了變，給了我們準備的時機，現在邊關是個什麼境況，誰也不敢保證。」

「那將軍，我們也不能等啊！一旦讓韓副將鼓動了秦泉營的兵將，他們就成了恩化東邊最大的禍患。而右衛軍都在靖遠方向，也就是恩化西、南，與東邊隔著兩座山，根本無暇顧及。還有赭陽關那個修羅場，如今更是不知道情況如何……」余歲歲急道。「最要緊的是，我們誰都不希望秦泉營真的走上通敵叛國的不歸路啊！」

范敬長呼出一口氣。「我何嘗不知道？但我們只有一千人，如果不智取，就是以卵擊石。韓副將的能力並不比我差，我們只能等，等天黑！」

余歲歲心急如焚，卻也只能按捺下來，看著天邊的夕陽，第一次迫切地希望它趕緊落下。

夜幕悄悄降臨。

當范敬得到前方的回報，確定韓副將已經動起來時，立刻命令一千兵馬熄滅所有火把，用布條包住馬蹄，人銜枚，馬摘鈴，杜絕一切發出聲響的可能，隨後追擊。

韓副將帶著秦泉營也行軍極快，直到逼近恩化東城門，范敬的人馬才追上了他們。

因為韓副將是打算做戲以騙取恩化守軍開門的，因此並沒有立刻擺出攻城的隊形，反而是派人前去城門喊話。這倒是給了范敬等人時間，悄悄逼近秦泉營的後軍。

本來兩方就都是秦泉營的士兵，衣服、武器和旗幟都是一樣的，因此後軍並沒有在第一時間發現不對。

夜色之中，韓副將所帶秦泉營的士兵舉著火把站在原地，而范敬則將大多數人留在後軍，自己帶領著親信衛隊以及余歲歲四人，貓著腰，迅捷地穿過黑暗，朝前軍而去。

一步一步的，他們離韓副將越來越近，甚至可以聽見恩化北門傳來的震天聲響。

敕鑾趁夜攻城了！

余歲歲和身邊的齊越交換了一個焦急的眼神，卻都知道，越是這個時候，越要沈得住氣。

韓副將派去交涉入城的使者顯然並不順利，許久都沒有回來，韓副將開始心急起來。

他身邊的馬上，正是穿著秦泉營兵服的敕蠻殺手頭領，此刻也催促道：「韓將軍，是不是消息洩漏了？為什麼不開城門？」

韓副將皺眉解釋。「余璟此人雖看著溫厚，可心計極深，這種時候，他未必會上當。」

殺手不耐道：「那還等什麼？我們的軍隊已經在攻打北門了，韓將軍，還不命令眾軍攻城！」

話音剛落，恩化城半空便響起了一陣急促的鼓聲，一聲聲如悶雷般打在所有人的心上。

黑暗裡的余歲歲猛地停步，看向齊越，用眼神詢問他，這是什麼情況？

齊越豎耳靜聽，越聽，臉色越糟。

七連城之所以叫七連城，不光是因為地理位置相互拱衛，最主要的就是一方有難，可向六方求援。

而這個鼓，指的正是西北——赭陽關！

「哈哈哈哈！」前方的殺手頭領爆出一聲大笑。「韓將軍，赭陽關開戰了，命令眾軍攻城吧！大雲的末日就要來了！」

同一時間，藏身暗處的范敬一個暴起，從黑暗中跳出，手中的長槍一個刺出，直衝韓副將的面門——

「殺！」

「你——」韓副將只來得及說出一個字，就滿臉驚恐地被范敬的槍尖挑下馬來。

他的反應也極快，落地後一個後滾翻，拉開與范敬的距離，重新站起，抽出腰間的佩刀。

身邊的殺手頭領雙眼驀地瞪大，露出狠戾的目光，舉刀朝范敬刺去。

「噹啷」一聲，他的刀被一把斜角裡橫出的長劍擋住，他順著劍身看過去，是一個相貌俊秀的小兵。

「你是什麼人？」殺手頭領直覺，能擋住他這一刀的，絕不是一個名不見經傳的小兵。

穿著士兵服色的余歲歲手腕一個用力，挑開他的刀身，一個反手又攻向殺手。「哪來那麼多廢話！」

整個前軍剎那間就亂作了一團。

隱藏在暗處的范敬親衛隊早已得了范敬的將令——將名單裡那些跟著韓副將來恩化的將官全部斬殺，以儆效尤。因此范敬他們一動手，親衛隊就直接不由分說地對準了早就盯上的目標。

另一邊，范敬和韓副將打得難捨難分，兩人的實力不相上下，一時間也分不出勝負。

而祁川、齊越和明琦也都各自和敕蠻的殺手纏鬥在一起。

前軍雖然亂了，但中、後軍卻並沒有大事。

在范敬的號令發出的一刻，被他留在後軍的人馬就出手控制住了中、後軍。本來就都是一個營的兄弟，再加上變故來得太快，於是中、後軍的士兵多數選擇了觀望，等待著前軍的消息。

只一會兒功夫，余歲歲和殺手頭領就過了幾十招。

感覺到了余歲歲武力上的壓迫，殺手頭領死咬著牙關，恨不能使出十二萬分的力氣。

而余歲歲也知道自己遇到了一個很強勁的對手，這個殺手比起當初太子和幾個皇子派出的殺手來說，簡直是天壤之別。

突然，對面的殺手頭領為了強行向她欺身，不得已露出了身側臂下的一處破綻，余歲歲反應迅速，手腕一轉，挽出一個劍花，迷惑對方之後，不偏不倚地刺中了殺手頭領的一側肋骨。

「啊！」殺手頭領吃痛，下意識撤後一步，捂住傷口。

余歲歲乘勝追擊，抬劍又準備要向前刺去。

就在這千鈞一髮的關鍵時刻，一股強力的眩暈卻突然襲上她的頭頂，伴隨著劇烈的頭痛，像尖利的錘子密密麻麻地不停敲打著她的頭骨。

余歲歲的身形猛地一晃，險些跌倒在地，眼前也頓時成了一片漆黑，右手不自覺地脫力，長劍脫手，「噹啷」一聲，掉在了地上。

殺手頭領反應是何等的迅捷，又如何會錯過這稍縱即逝的大好機會？他立即掏出懷中隨身的飛鏢，振臂一擲，目光露出陰鷙的期待，死死地盯著飛鏢前進的方向。

「歲歲！」

離余歲歲最近的明琦眼睜睜地看著飛鏢飛向余歲歲的面門，而余歲歲卻閉著雙眼，身體搖晃，不躲不避。

明琦也顧不得自己身前的殺手，身子一轉，左手拚命地伸長，想要將余歲歲拉開。

就在飛鏢離余歲歲只有一寸的剎那，明琦的手指碰到了余歲歲的袖子，她渾身的力氣都聚集在三根手指尖處，拚命向後一拉。

「噗」的一聲悶響，飛鏢插進了余歲歲的左胸。余歲歲的身體猛地一歪，口中噴出一口鮮血，向後轟然倒地。

明琦也在同一時刻重心不穩，撲倒在地上。

而在明琦的身後，本和她正在交戰的殺手見此機會，刀刃已高高舉起，砍向她的後背！

「啊！」

閉眼等死的明琦聽見慘叫聲，驀地睜開眼睛，就見齊越長槍在手，護在她們的身前，那個殺手的刀被挑飛，人也倒在地上，胸前有一個深深的血洞。

另一邊，趕來的祁川飛起一腳，踢起余歲歲脫手的劍，直插殺手頭領的前胸，立刻送他上了西天。

明琦死裡逃生，猛地回過身，一骨碌爬起來，就衝向了余歲歲。

「歲歲！」她一開口，不禁淚流滿面。

此刻的余歲歲雙眼緊閉，臉上的血色一下子全部褪去，只剩蒼白。胸口處赫然插著一支巴掌大的飛鏢，嘴角殘留著一絲血跡。

「歲歲！」祁川也跑了過來，蹲下身，顫抖著探向余歲歲的鼻息。「還、還活著，她還活著！」

齊越目眥欲裂，看著不省人事的余歲歲，長槍在身後打了個旋轉，一個回身，就攻向了旁邊的韓副將。

本來和范敬難分勝負的韓副將猛地被他襲擊，立刻處於下風。

齊越長槍耍得勁風陣陣，招招都下了死手。

終於，伴隨著一聲悶哼，韓副將連多言的機會都沒有，胸膛被齊越刺了個洞穿，悄無聲息地死去。

結束戰鬥的齊越一把丟開槍杆，轉頭便撲倒在余歲歲的身邊。

「師姐、師姐！」

范敬也快步而來，面露擔憂和佩服。

一個小姑娘，一路追殺暗探，不畏艱險，出生入死，多少男兒都自愧不如？不愧是余將軍的女兒，當真是虎父無犬女啊！

「你們不要動她，她胸口中了鏢，血都堵在傷口那裡，一旦拔出飛鏢，恐怕會性命不保！」范敬急忙提醒幾個孩子。「等我穩住秦泉營的勢態後，我們立刻去叫開城門。」

余歲歲本來就是四個人裡的主心骨，如今她受了重傷昏迷，其他三人也只有不停點頭應是。

祁川紅著眼圈，摸上余歲歲的額頭。「老天，她在發燒啊！所以，這些天她一直在發燒對嗎？我怎麼都沒發現呢……」

恩化城，北門城樓。

城下喊殺聲陣陣，一聲聲木樁捶擊城門的悶響打在所有人的心上，連天的羽箭帶著燃燒的火焰，飛上城樓，點起一個又一個火苗。

城樓一角，余璟的心口猛地一痛，像針刺進了最疼的一處地方，痛得他險些站不穩。左玄策將軍白鴻漸眼疾手快地扶了他一把，關切道：「余將軍，沒事吧？」

余璟捂住胸口，背上甚至被疼痛激出了冷汗，但他還是強壓下去，隨意地擺了擺手。

白鴻漸嘆了口氣。「剛剛鄧將軍說的話，你也別往心裡去，他也是氣急了。」

余璟平復了一下，之前他和鄧章，確實因為攻城的事在城樓上吵了一架，但他並不是因為這個而心煩。

不知道為什麼，他心裡總有一種不祥的預感。

城外的號角又一次吹響，白鴻漸也心急如焚。「余將軍，敕蠻新一輪的攻城又要來了，剛剛赭陽關也用烽火傳了信，你得想個辦法啊！」

余璟遠望了一下城下星星點點的火光，敕蠻大軍攻城的威力比之前強了幾十倍，確實給予恩化城極大的壓力。

「白將軍，不是我不想辦法。敕蠻大軍兵臨城下，恩化城是我們最大的屏障，我們除了死守，沒有第二個選擇。恩化的地形，你不是不清楚，兩面的崇山峻嶺就是上天賜給我們的最佳防禦，敕蠻的軍隊無法展開夾攻。只要我們守住正面的進攻，敕蠻大軍根本奈何不了我們。可一旦我們失去了這個屏障，以我們目前的兵力，還有赭陽關的威脅，面對敕蠻的鐵騎，我們根本沒有勝戰的優勢。」

白鴻漸也知道余璟說的是對的，可越是這個時候，人心就越容易浮躁。

其實他自己沒有余璟的實戰經驗充足，便也願意聽從指揮，可鄧章那個脾氣……

「大將軍，敕蠻軍攻上來了！」一個士兵跑來稟報。

「我讓你們準備的火油都備好了嗎？」余璟問道。

「是，全都備齊了，只等將軍一聲令下。」

「好。」余璟看向白鴻漸。「走吧，白將軍。」

隨著城樓上一聲將令，幾十個士兵抬著巨大的火油桶在城垛的空隙裡向下澆，借著雲梯爬上來的敕蠻士兵瞬間被火油淋了個透。

「放！」余璟高聲呼喝。

後面等著的士兵們一個跨步上前，齊齊將手中舉著的火把朝下擲去，火光倏地沖天而起，無數被火焰包裹著的人滾落雲梯，墜落城牆。

恩化城的上空，被火光燃亮了半邊天。

隨著雲梯被燒毀，敕蠻軍死傷慘重，這一輪的攻城不得不再次以失敗告終。

恩化城北門恢復了一些暫時的平靜。

「將軍。」這時，潘縉找了過來。「右衛軍已出發支援赭陽關，剩下的已經到了南門，正在陸續安排進城。」

「好。這一波攻擊敕蠻吃了大虧，休整也需要時間，我先去見右衛將軍，你和副將、白將軍要盯緊城防。」余璟吩咐道。

「對了，將軍，齊兄弟和范將軍在東門遞了消息，秦泉營已被收服，韓副將等內奸被殺，范將軍在組織秦泉營回防。我去確認過了，東門那邊沒事了。」潘縉道。

余璟肉眼可見的神情一鬆，點了點頭。「好，這件事就交給你來處置，辦妥就好。」說著，就往外走。

潘縉看著余璟的背影，神情卻一點也沒有放鬆。

那件事，還是不要現在告訴他好了。

就在余璟要走下城樓的時候，忽聽城外敕蠻大軍再次吹響號角，余璟和潘縉均是一愣，立刻返回城樓查看。

「這是敗退的信號？」潘縉眉頭一皺。「敕蠻軍要跑？」

白鴻漸也快步走過來。「余將軍，怎麼回事？是敕蠻退兵了嗎？」

余璟神色凝重。「這確實是退兵的信號，但……敕蠻怎麼會這時候退兵呢？」

「會不會是因為東門事敗，他們見沒了良機，剛剛又死傷慘重，所以準備改去赭陽關？」潘縉猜測道。「畢竟敕蠻主力在恩化，赭陽關只有西域十國的軍隊，他們的戰鬥力，確實不太行。」

余璟緊緊地盯著遠處的敕蠻大營，火光點點，正在向後移動，確實是在後撤。

打了一天一夜，敕蠻的確是連吃敗仗，畢竟恩化城堅池固，他們退敗也情有可原。

可為什麼，他心裡總有一種不好的預感？

余璟問道：「李初，昨天早上斥候的探報說，到達恩化城下的是敕蠻的三萬前鋒軍，他們的主力還在後面，至少三日才會到達，對嗎？」大軍作戰，前鋒打頭陣是常用的戰術，敕蠻也不例外，但……「你覺得，就這一天一夜的交手，前鋒軍的兵力像是有三萬嗎？」

「將軍的意思是？」潘縉不解。

「事情有些不對，傳令所有人嚴守城防，絕不能放任何人出城！」

余璟剛說完，便聽見城樓下突然傳來一陣喊殺聲，幾人低頭一看，一片黑壓壓的人影自城樓下魚貫而出，朝遠處後撤的敕蠻軍追擊而去！

「怎麼回事？是誰出城?!」余璟大驚失色。

一個士兵渾身是血地跑上來，氣喘吁吁道：「將、將軍，鄧將軍帶玄策軍殺了北門守城的弟兄，出、出城追擊敵軍，說要……要為死去的將士報仇！」

「啪」的一聲，余璟一掌重重拍在城牆之上，滿臉怒容。

白鴻漸呆愣在當場，難以置信自己聽到的一切。

「這就是敕蠻的計策！北邊的沙東山，是恩化周圍唯一的最佳設伏地，起初我盯上過這個地方，但因為最易攀爬的部分在敕蠻境內，我們能去的路全都被堵死，大軍更無法接應伏擊部隊，所以不得不放棄。」余璟說道。「敕蠻是佯敗，撤退時陣型並不散亂，為的就是要引誘我們出城追擊，他們的前鋒軍有一部分是在沙東山設伏，就等著一舉殲滅我們！他媽的鄧章！他若不是真蠢，就是內奸！」余璟怒不可遏，第一次吼叫著罵出了聲。「點兵，給我追！追回來我要親手殺了他！」

「將軍！」潘縉急忙阻攔。「一旦出去，就算我們追上了，不入伏擊，立即掉頭回城，敕蠻軍也有可能反身追擊我們啊！後面就是敕蠻的主力軍，到時、到時……」

余璟當然知道潘縉是什麼意思，他一把按住潘縉的肩膀。「恩化就交給你了，告訴右衛將軍，敕蠻不退，就是我死在城樓下，也不許開城門，聽明白了嗎？」

潘縉愣住了，半晌都說不出話來。

「聽明白了嗎？」余璟大吼一聲。

「是！末將聽令！」潘縉嘶吼著應道。

余璟又拍了拍白鴻漸，而後轉身，頭也不回地奔下了城樓。

他不是不知道這一個決定有多麼冒險，只要出了這個城門將生死難料，而且也不會再有退路。

可鄧章已經帶兵追出去了，事實既成，覆水難收。與其眼睜睜讓鄧章帶兵去送死，不如拚死一搏。

沒過一會兒，余璟帶著身邊的副將、陳容謹和恩化營大部分兵力，也開城往北追去。

看著如火龍般快速奔襲而去的大軍，潘縉站在城牆之上，連邊關凜冽的冷風吹在臉上都感受不到疼了。

「潘……李大哥！」

一聲呼喊，從身後傳來。

潘縉回頭，竟然是齊越。

「齊兄弟，你怎麼來了？余姑娘呢？她現在怎麼樣？」潘縉連忙問道。

齊越雙眼赤紅。「飛鏢插得很深，血都壓在一處，郎中不敢拔，恐怕……凶多吉少了。」

潘縉如遭雷擊。「怎麼、怎麼會……」

齊越忍住悲痛。「師姐從來到邊關後，就沒有好好休息過，思慮太深，心力交瘁，又水土不服。加之這次去追敕鑾暗探，連日奔波，沿途風雪交加，寒氣侵體，身子早就受不住了……李大哥，師父呢？如果師姐這一關真的過不去，總要讓他們見……最後一面吧。」齊越艱難地說出這四個字。

潘縉覺得身體都在發顫了，再看天邊，不知何時竟又一次飄起了雪花。

今年的這個冬天，雪似乎比往年格外的多。

「將軍他……出城追敵了。」潘縉艱難地開口。「敵軍佯敗，鄧將軍中計，將軍這一去，恐怕也……」

齊越的臉色霎時轉為灰敗，腳步有些趔趄，一步步地後退著，然後突然轉身跑了下去。

將軍府裡，此刻已經忙成了一團。

祁川、明琦和余宛宛在余歲歲的床前守著，床榻上，余歲歲的衣服已經被剪開，胸前的傷口讓人不敢直視，一看便覺得觸目驚心。

明琦聽見齊越的腳步聲，趕緊出去。「怎麼樣，齊公子，余將軍來了嗎？」

齊越斂下眼眸，搖了搖頭。「師父出城了。」

「啊？」明琦滿臉愁容。「那怎麼辦啊？郎中說，一旦取出飛鏢，生死難卜，如果真的……那我們怎麼跟余將軍交代啊！」

齊越看向屋內，一層紗簾隔住了他的視線。

他突然就想起當年，他一個人戰戰兢兢地躲在水缸下面，當水缸被掀起，他以為自己暴露，再難活命的時候，看到的那兩張關切的容顏。

原來，已經過去這麼多年了。

他從一個孩子，長成了如今的模樣。可記憶裡，余璟和余歲歲看向他的目光，從來都是那樣的溫柔與寵愛。

阿越！

阿越……

齊越好像又聽到了師父和師姐的聲音。

他其實一直很惜命，因為他還有家仇未報，恨意未消。

可他現在才突然驚覺，他最該記得的，不該是那些仇恨，而是師父和師姐給他的大恩！

齊越的目光猛地一定，繞過明琦，就衝進了內室。

明琦在後面追著要攔他都沒能攔住。

「先生！」齊越一個箭步衝到郎中面前，直挺挺地跪了下去。

祁川和余宛宛趕緊擋住床上的余歲歲，不解地看著齊越。

「先生，求你救我師姐，不能再等了！」齊越紅著眼睛。

「可是……取出飛鏢是有風險的，在下必須得到親屬的同意啊！而且，就算……就算是……也得讓親屬見最後一面啊！」郎中猶豫不決。

齊越可以理解郎中的考量，可他只知道，再拖下去，就不是生死不知，而是必死無疑了！

「先生，我就是她弟弟，親弟弟！」齊越抬頭，堅定地說著，而後看向周圍的三人。

「請各位做個見證，我齊越願以親弟弟的名義作保。如果姊姊得救，我此生願以命相護，保她一世安穩周全！如果……如果姊姊不幸……我願在余將軍面前自盡賠罪！」

一番話，說得祁川、明琦和余宛宛都忍不住掉了眼淚。

祁川哽咽著看向郎中。「先生，你快救人吧！歲歲和余將軍不是不明事理的人，就算真的救不回來，歲歲不會怪你的，我們也會去向余將軍賠罪，你快動手吧！」

郎中看著眼前的幾人，嘆了一口氣，重重地點了點頭。

齊越鬆了一口氣，起身朝祁川三人作了一揖，而後一步三回頭地退了出去。

等郎中備好藥材、細布等物品，便讓祁川幾人按住余歲歲的身子，他自己則謹慎地用手掌握住了飛鏢。

「三……二……一……」

鮮紅的血液噴湧而出，飛濺在周圍幾人的身上、臉上。

郎中迅速拿出細布，死死按壓在余歲歲的胸口，鮮血瞬間殷紅了一整塊細布，郎中又拿過一塊，繼續按壓，如此重複了四、五次，才終於止住了傷口的出血。

抹了一把汗後，郎中將碾碎的草藥敷在了余歲歲的傷口上，然後包紮妥當。

忙完了一切，他這才去探余歲歲的脈搏。

「怎麼樣，先生？」祁川急切地問道。

「脈象微弱，還不好說。如果能撐過今天，也許還有活命的機會。」郎中道。「我去煎藥，請各位姑娘費心照料。」

「先生放心吧。」祁川點頭。

明琦甩了甩發軟的雙臂，眼淚順著臉頰流下，暈開了臉上被濺到的血痕。

她看了看窗外的天色，天已經亮了，雪花還在隨風飛舞著。「歲歲這麼厲害，一定可以撐過去的，對吧？」

「當然！」祁川答得斬釘截鐵。

突然，去外頭換掉盆裡的血水，又走進來的余宛宛大呼一聲。「歲歲，妳怎麼了?!」

祁川和明琦低頭一看，只見余歲歲口中不停地滲出大口大口的血，瞬間染紅了床榻。

「郎中！郎中——」祁川驚恐地叫著。

很快地，郎中和齊越相繼衝進了房中。

「先生，她怎麼了？她這是怎麼了啊？」明琦急得哭了出來。

「快，把她的頭抬起來，不要讓血堵住呼吸！」郎中說道。「小心，不要扯到了她的傷口。」

三人剛將余歲歲的頭抬起來，便見她「哇」地吐出一口濃稠的血，然後頭一歪，徹底沒了動靜。

「歲歲？歲歲——」祁川瞪大眼睛，撕心裂肺地喊著。

郎中也愣了，顫巍巍的手指摸上余歲歲的脈搏，立時如被針扎一樣的彈開。

「怎麼了？你怎麼不號脈了？她還有救是不是？她沒事的，沒事的對不對……」祁川盯著郎中。

郎中結巴著。「我、我……」

齊越看著面色蒼白、毫無生機的余歲歲，牙齒死死咬住嘴唇，一轉身，頭也不回地跑了出去。

「齊越？齊越！」明琦追了兩步，又停下，捂著臉，偏過了頭落淚。

第二十五章

齊越跑出屋子後，本是要去找潘縉的，卻在經過佘璟的書房時，聽到了裡面的聲音。

「段將軍，不是我不出兵去救，是佘將軍臨走前下了死命令，任何人皆不得擅開城門。」潘縉說著。

「那難道就讓大軍死在城外嗎？」右衛將軍段哲語氣痛心。

「佘將軍又如何願意看見這樣的結果？可鄧將軍他……」潘縉嘆了口氣。「段將軍，我剛剛仔細想了想，大將軍不是個莽撞的人，他心智機敏，當時之所以立刻選擇率大軍跟著追過去，未嘗沒有殲敵的打算。依著大將軍的性情，他該是想著既然大錯已鑄成，不如將錯就錯，帶大軍一同追擊敕蠻前鋒。他們佯敗誘敵，我們也可以後發制人。」說著，他放緩了語氣。「是，敕蠻在沙東山占盡了優勢，提前設伏，主力又近在咫尺，大將軍的計策會很難很難。但現在，我們必須，也只能相信大將軍！」

段哲喟嘆一聲。「老佘還是跟當年一樣……」

話音落下，兩人都有些愣怔。

段哲當年和佘璟之所以有緣結識，正是因為皇帝派二人到邊關押送潘家人回京。而此刻站在面前的，就是潘縉。

氣氛有些詭異，兩人誰都沒有開口說話。

突然，書房的門被推開，齊越走了進來。

「段將軍、潘大哥，讓我帶人去救師父吧？」

段哲認得齊越，當下有些愣神。

倒是潘縉，聲音一沈，阻止道：「齊兄弟，不要胡鬧。」

齊越搖搖頭。「我沒有胡鬧。沙東山東南方有一個風口，非常隱蔽，而且越是風雪天氣，越難通人。但只要能過去，就能通到山體的另一邊，而那一邊正是沙東山最好攀爬的一側。」

潘縉微微凝眉。「此事我也聽余將軍提過，可風口極為狹窄，最多一次可過兩人，並不適合大軍通過和作戰。」

「我知道。」齊越點頭。「所以我想，請二位讓我帶人前去，攀爬沙東山，解決敕蠻的埋伏，助師父一臂之力。」

「這……」段哲和潘縉都有些猶豫了。

「段將軍、潘大哥，沒有什麼情況會比現在更糟糕了，不是嗎？」齊越反問道。

段哲和潘縉對視一眼，都從對方眼裡看到了動搖。

「你有多大把握？」

齊越正色道：「只要我不死，便一定成功！」

潘縉被他撼動了，點了點頭。「好，人由你來選，即刻出發。」

齊越一拱手，轉身就要離開。

「等等！余姑娘……怎麼樣了？」潘縉關切地問道。

齊越身形一滯。「……我會把師父，帶回來給她的。」

潘縉心頭一震，腦袋「嗡」的一聲。

齊越一心救人，不顧自己死活，是不是意味著……余歲歲已經死了？

沙東山谷。

漫天風雪，地上的雪厚度已經淹沒了腳踝。

余璟、副將和陳容謹貼在山谷的石壁上，旁邊癱軟在地上的，則是鄧章。

「將軍，山上的伏兵好像有一會兒沒動靜了。」副將小聲說道。

余璟看了看山谷裡的遍野橫屍，內心悲痛又憤怒。「這會兒風雪太大了，他們也得避一避，再等一會兒，我們就往回走。」

他凌晨帶兵追出來，一路追到沙東山前才攔住鄧章。

當時余璟一劍挑下了鄧章的頭盔，直接剝奪了他的指揮權，由他的副將張副將暫代。

而那個時候，伏擊圈就在面前，佯敗的敵人也近在咫尺，他們可謂是進退兩難。

於是余璟便實行了他的計劃，讓大軍死死咬住敵人，硬生生將敵人困在山谷裡整整三個時辰。

就是這三個時辰，敕鑾的前鋒軍死傷過半，山上的伏兵因為怕傷到自己人，更是無法按原定計劃攻擊，只是大雲士兵也損失慘重。

終於，敕鑾前鋒軍帶著幾千殘兵勉強逃出山谷，他們也才迎來了第一波伏擊。

敕鑾的山谷伏擊，不外乎就是滾石、圓木等砸下來，傷及士兵和馬匹，因為余璟早有防備，再加上風雪天的幫忙，並沒有造成太大的損害。

一場漫天的大錯，到底因為余璟的力挽狂瀾，扭轉了最慘的結局。

只是風雪天既給了他們幫忙，同時也給了他們困難。

風雪太大，馬相當於無用了，而且如果待得太久，一旦開始凍僵，大軍的戰鬥力就會急速下降。

因此沒過一會兒，余璟便傳令，大軍開始回轉，輕裝簡行，快速返回恩化。

可剛走沒多久，後軍就派人趕了上來。

「將軍，守著沙東山北山口的敕鑾軍又追過來了！」來人給余璟遞上一個東西，回稟道。

其實余璟一點都不意外，因為敕鑾計劃佯敗，要的就是這個結果。

大雲軍不追，他們就繼續攻城，不會改變計劃；大雲軍追了，他們就伏擊大軍，全殲後返回恩化繼續攻城。

如果不能全殲，那就趁殘兵逃回來的時候追擊。倒是恩化城若開城門，他們可乘機攻入；若是不開，讓恩化城的士兵眼睜睜看著自己的同袍被殺死於城下，也是攻心上策。

按敕蠻的計劃，他們怎麼都不會輸。

只是敕蠻低估了余璟的厲害，沒想到自己反倒折損了過半人馬。

但現在余璟要跑，他們還是會按計劃追的。

不過讓余璟關注的，卻是另外一件事——守在沙東山北口的敕蠻軍，是如何這麼快就得知己方跑了呢？

於是余璟下令停止前進，在原地等候。

這裡離沙東山東南角已經很近了，來的時候因為方向不對，余璟沒有機會探查這裡，但現在可以了。

東南角的風口，只要通過去，就又能多一個轉機。余璟想著，一個人朝那個方向走去。

越接近風口，風雪越大，掛在臉上，連眼前的路都看不見。

余璟走著走著，身體就被巨大的風力阻擋，竟是前進不了一步。

正當他站在原地思索對策的時候，突然，一群影影綽綽的人影從風口裡相互扶持著，走了出來。

余璟愣了一下，閃身躲在一個山石後，靜靜地觀察。

等他們越來越近，余璟才認出，為首的那個，正是自己的徒弟齊越！

「阿越！」余璟驚喜地走了出來。

齊越看到余璟，雙眼也迸發出驚喜，可隨即就染上了濃濃的悲傷與愧疚。「師父……」

「你怎麼在這裡？」余璟問道。

齊越扯出個笑容，將他和段哲、潘縉的計劃告訴了余璟。

「山上的伏兵，已經被我們全部解決掉了。」

余璟聞言大喜，朝齊越和他帶來的士兵連連稱讚。「做得好，不愧是我帶出來的兵！阿越，你可是替我解決了一大難題，現在，我有時間和他們好好算算帳了！」余璟說著，卻見齊越的神情鬱鬱寡歡，登時有些疑惑。「怎麼了？是不是恩化出什麼事了？」

齊越連忙掩飾神情。「沒有，師父。我只是在想剛剛的事情。」

姊姊的事，他還是等回城再說吧。余璟身上繫的是無數將士的性命，如果他此時說了，姊姊也會生氣的。

余璟沒有再多想，反而很能理解地說：「我明白，你沒有打過仗，自然一時間接受不了，不過之後就會好多了。我有一個計策，需要你們去執行……」他湊到齊越的耳邊低聲耳語。

齊越越聽，眼睛越冷，心情好了不少。「師父放心，我一定不辱使命。」

余璟點點頭，轉過身，回到了大部隊中。

「將軍，我們是不是該出發了？」副將來問余璟。

余璟卻道：「不，我們回去。」

「回去？為什麼？」暫領玄策衛的張副將驚訝道。

「既然他們追過來了，那就回去繼續對敵。」余璟一挑眉。

接著，便傳令下去，命眾軍回轉。

看見余璟殺回來的時候，敕蠻的前鋒也壓根兒沒有想到。他們剛在余璟手裡折了過半人馬，士氣本就不足，這會兒又被殺了個回馬槍，因此打沒幾下就跑了。

敵人一跑，大雲士兵們的士氣反而被激發了上來，追著敕蠻人，將他們又追出了沙東山北口。

而余璟，卻繼續讓軍隊待在山谷裡，並沒有離開。

他將鄧章和玄策衛張副將叫來，當著所有士兵的面道：「今日將士之折損，盡賴於你二人，如今我們在此處，關係著恩化城的存亡。你們，要給戰死的將士們一個交代。」

余璟在軍中威望很高，即便是玄策衛，也有很多人都折服於他。士兵們並非傻子，都明白今日這場慘痛的戰役本可以不用這麼打的。

如果不是余將軍帶兵追過來，他們早就成了敕蠻軍手下的亡魂了。

因此他們心中對鄧章，難免生出了許多怨氣。

「余將軍，你是不是弄錯了？我還勸過鄧將軍不要這麼做啊！」張副將率先發問。

「勸？」余璟挑眉。「你是火上澆油吧？如果我沒猜錯的話，你是敕蠻的奸細吧？給谷外的敕蠻軍傳消息，說我們要離開的人，就是你！」說完，他一把抓住張副將的手腕，揮刀迅捷地卸了張副將的外甲，露出他裡面破了邊的內襯。隨後，余璟從懷裡掏出一個布條，上面是用血寫的敕蠻文情報。「現在，你還有什麼話可說？」

「你……你早就懷疑我了？」張副將大驚失色。

余璟點點頭。「所以我才會讓你來暫代鄧章，並派人嚴密監視你。你的布條我截了下來，送給敕蠻那邊的，是我讓人抄寫的。」

張副將這才反應過來，難怪剛才後撤時，余璟特意把陳容謹留在了最後。整個軍中，只有陳容謹最懂敕蠻文！

這下子，張副將整個人癱倒在了地上。

士兵們個個義憤填膺，一個內奸、一個莽夫，讓他們失去了那麼多戰友，他們怎能不氣憤？

由於這兩人平日裡在軍中也是作威作福，因此當下竟無一人為他們說話，都叫喊著要求以軍法處置他們。

余璟安撫所有將士，答應回恩化後就執行軍法，然後又將張副將叫起來，讓他再寫一份假情報，送往谷外。

當一切準備妥當後，余璟再次命大軍向南撤退。

敕蠻大軍收到的情報是——余璟真的打算撤退回城了，而且因為軍隊傷亡慘重，戰鬥力已經近乎沒有。

敕蠻大喜，正好主力大軍的前軍也已到達，興奮之下，便再次追入沙東山谷。

進入山谷後，果然山谷裡空無一人，只剩無數骸骨。敕蠻將領更確信了幾分，追趕的速度也更快了。

可他們沒想到，余璟的大軍就隱蔽在沙東山谷口處到恩化城道路的兩側，看著他們一步步地從山谷裡走出。

終於，一聲哨聲響徹山谷，余璟一聲令下，谷口處的大雲士兵立時殺出，將長龍一樣的敕蠻軍隊霎時截成兩半。

前鋒軍已經走出了好幾里地，驀地受到攻擊，本就不穩的軍心再而衰、三而竭，直接崩潰，幾乎不費任何力氣，就被全殲。

而山谷裡，是敕蠻主力的前軍。他們這次來還沒有打過一場仗，本來應該比連續作戰多日的大雲軍體力充沛，但萬萬沒想到，他們自以為安全的山上竟落下了他們自己先前埋伏用的山石、滾木，沒有反抗之力的士兵抱頭鼠竄，隊形全部毀掉，死傷無數。

天公作美，已是傍晚，大雪已停。

當山上的滾石、圓木落盡，大雲的士兵們呼號著殺入谷內，帶著對亡魂的追思，和對敵人的仇恨，殺得人頭滾滾，刀都卷了刃，鮮血將山谷裡的雪地染成了「血地」。

大敗的敕蠻主力倉皇後撤，一場佯敗，最終轉為了大敗！

余璟看著潰退的敕蠻軍，胸中一股鬱氣總算能吐了出來。

世間之事，本就禍福相依。敕蠻自以為在大雲經營暗探多年，因此十分信任情報，如今便是成也情報，敗也情報。

這次敕蠻大軍雖然定有懂兵法的高人指點，但任何兵法都要真正的靈活運用。

可惜那位高人，授了敕蠻人以「魚」，卻沒有授之以「漁」，所以又怎麼比得過玩了幾百、上千年兵法的中原人呢？

更何況，是敕蠻侵犯大雲，大雲乃正義之師，自然有浩然正氣，便是在士兵的精氣神上，也遠超敕蠻的士兵。

這場勝利，應該會給陰霾了一個月的邊關，帶來一絲清朗吧？

余璟是披著夜色，回到恩化城的。

冒險出擊，將計就計，將必敗之仗打成了大勝，所有人都不得不承認，他是邊關當之無愧的主帥！

進城門時，負責上山打伏擊的齊越，也從後面趕上了余璟。

他看得出來，雖然余璟痛心損傷了那麼多的士兵，可獲得了勝仗，多少也是高興的。

可越是這樣，齊越的話，就越開不了口。
直到進了恩化營，齊越知道，再瞞也不可能了。
「師父，我……有話和你說。」
余璟見他神色不對，立時就是一驚。
剛剛在沙東山谷時，就見他不對勁了，那時余璟以為是恩化出了事。
可眼下已經回了恩化，他還是這副模樣，難道是……
余璟一把抓住齊越，手指不自覺地用力。「歲歲，是不是歲歲……」
齊越「咚」地一下，跪倒在地，眼淚奪眶而出。
「師父，你殺了我吧！」

余歲歲覺得，自己作了一個很長的夢。
她好像躺在一個如媽媽一樣溫暖的懷抱裡，一如小時候被輕輕搖晃、拍打著，耳邊響著舒緩溫柔的搖籃曲。
這樣的感覺太過舒適，讓她總想就這樣沈溺在其中，什麼都不用做、不用思考，只需要安靜地躺著、睡去。
可冥冥之中，心口處卻總有一種隱隱約約的撕扯之感，好像有什麼東西在牽絆著她的心神，讓她不能輕易的離開。

是什麼呢？余歲歲想要一探究竟。

於是她順著心口的一束光點，一點一點地尋過去。

光線越來越亮，也越來越寬敞，余歲歲的腳下不由得加快了速度，試圖離那光源近一些、再近一些……

就在她伸手觸碰光源的一剎那，一股強大的力量突然將她整個人都吸了進去。驚駭之下，余歲歲下意識掙扎，可身體好像被綁住一樣動彈不得，她只能張開口大聲地呼救——

「媽媽……」

一聲嚶嚀，床邊打瞌睡的余璟一個猛起，低頭看向床上的女兒。

只見被子下蒼白瘦削的小臉一點點染上血色，鬈曲的長睫毛輕輕顫動，然後慢慢地睜開，露出兩隻水墨一樣晶瑩的眼瞳。

「歲歲！」余璟輕輕呼喊一聲，以為自己還在作夢。「妳……妳醒了？」

「爸爸？」余歲歲有些迷茫地看著頭頂余璟憔悴又擔憂的臉色，腦袋還兀自懵著。「你鬍子好長啊……」

余璟愣怔一瞬，隨即大出一口氣，心房瞬間被巨大的驚喜填滿，腦子裡一片空白。他盯著女兒，嘴角咧出個大大的笑容，眼圈卻是赤紅的。

他抬手摸了摸自己的臉，聲音有些嘶啞。「是長了，歲歲覺得不好看，我一會兒就把它修了。」

余歲歲點點頭，又覺得躺著說話難受，便想撐著身體坐起來。沒想到手臂剛一用力，胸口處立時傳來一陣劇痛。「啊……」

「妳別動！」余璟嚇了一跳，立刻按住她。「妳傷還沒好，別亂動，傷口迸開就糟了。」

余歲歲眨了眨眼睛，腦海裡竟對余璟說的一切都十分茫然。「我……受傷了？」

余璟神色一黯，便對余歲歲講了她受傷的前因後果。

余歲歲這才感覺到，昏迷前的記憶在漸漸回籠。

余璟目不轉睛地盯著女兒，儼然把她當成了一個易碎的瓷娃娃。「歲歲要喝水嗎？想不想吃東西？」

余歲歲想了想。「先喝水吧，感覺不是很餓。」

「好！我倒給妳。」

余璟連忙起身，先小心地將余歲歲扶起來，靠坐在床頭，又到一旁的桌上倒了一杯熱水。將熱水在兩個杯子裡來回翻倒幾次，又捧在手裡吹了一會兒，感覺溫度適宜了，這才遞給余歲歲。

看著女兒大口大口的喝著水，余璟才覺得這些日子以來快要涼透的心，漸漸暖和了起來。

「當時看到妳的樣子，受了那麼重的傷，流了那麼多的血，爸爸……爸爸……」余璟眼神放空，語氣忍不住哽咽，那天深刻的記憶再一次重現眼前。

他的女兒啊，小小的姑娘，那麼纖瘦的小身板，怎麼能有那麼多的血呢？

余璟見過了多少生死、多少傷，可他從來沒有像那天一樣，那樣的害怕、恐懼，甚至遍體生寒地顫抖過。

那樣的感覺，他這一輩子，都不想再感受第二次了。

「都是爸爸不好，我竟然都沒有發現妳的身體不對勁，還交給妳那麼危險的任務，是爸爸害妳受了這麼重的傷，是爸爸失職了。」余璟盯著余歲歲，好像一眨眼她就會不見。

他一遍遍地指責著自己，懊悔、氣惱，好像這樣就能替女兒分擔哪怕一點點的疼痛。

余歲歲被他說得也有些想哭了，她將右手從被子裡伸出來，拽住余璟的袖子。「爸，不要這麼說，不是你的錯。這些也是我自己想要做的事，能幫到你一點點，我就很開心了。」

見余璟依舊很是自責，她頓了頓，岔開了話題。「你剛剛不是說，阿越以為我死了，心有愧疚，帶兵去沙東山，還幫了你一個大忙嗎？你還沒說完呢，我想聽嘛！」

余璟見余歲歲嘴巴微嘛著，還是一如既往的撒嬌、任性的小模樣，一時間心都要化了，恨不得滿足她所有的要求。

「好好好，我說。」余璟笑道。

隨後便將他們在沙東山利用內奸張副將做巧計，引誘敕蠻主力前軍進入沙東山谷，然後讓齊越帶人用敕蠻軍自己的埋伏，大殺了敕蠻主力自己的銳氣之事娓娓說出。

「這一仗之後，半個多月了，敕蠻的主力一直龜縮在沙東山以北，不敢再前進一步。」余璟言語之間，眉宇盡是豪氣。

「半個月？」余歲歲一愣。「我昏迷了這麼久嗎？」

余璟輕嘆一聲。「是啊，半個月，妳把新年都睡過去了。這期間也發生了很多事，歲歲想知道嗎？」

「想！」余歲歲當然點頭。

「從沙東山回來後，因為得知妳受傷，生死一線，所以我暫時讓人看押了鄧章和那個張副將，想要等看過妳後再處置他們。」余璟道。「但沒想到的是，就這半天的功夫，兩個人竟雙雙在牢裡自盡了。」

「怎麼會都自盡呢？這裡面沒有問題嗎？」余歲歲立刻緊張起來。

余璟馬上安撫地拍拍她的肩膀。「妳聽我說就好，不要費心神去想，郎中說妳思慮太過，要好生休息。」

余歲歲無奈，只得拋開雜念，一心聽余璟講述。

「我去看過了，確實是自盡。張副將通敵，必死無疑；鄧章雖然是被矇騙，但陣前違抗軍令，造成大量傷亡，按軍法也是一個死。所以他們如此選擇，也是人之常情。」余璟頓了頓，又道：「還有就是，武館的藍師父，他……他犧牲在沙東山了。」

余歲歲猛然一愣，眼圈霎時一紅。

余璟見狀，又氣自己幹麼非要在這時提這種傷心事，連忙轉了話題。「喔對了，歲歲還不知道吧？赭陽關已經休戰了。西域十國本來就因為敕蠻對戰事一拖再拖而十分不滿，他們的兵力都耗在西北，軍餉、糧草都要他們自己供應，花銷很大，再加上七殿下在南邊，沒讓他們嚐到甜頭，所以打起仗來並不積極。

「妳昏迷的這半個月，右衛段將軍帶著容謹和阿越，自赭陽關西進，先奪永寧縣，切斷西域十國大軍的後路，又揮師南下，一路橫掃，打得西域十國四處逃竄，如今不得不翻山向西，跑回自己老家去了。」余璟說得十分暢快。「就在今天早上，我還收到了段將軍的戰報，他們應該很快就能回到恩化了！」

余歲歲越聽，眼睛越亮。「爸爸是說，阿越也參軍了嗎？」

「可不是？這小子有勇有謀，是段哲親自問我要的人，我還捨不得給呢，只說是先借給他用用！」余璟笑道。

「太好了！」余歲歲笑道。

余璟一挑眉。「妳還不知道，妳受傷那天，我出兵追鄧章，郎中不敢取出妳身上的飛鏢，是阿越跪在這裡，說妳是他的親姊姊，願意一力承擔所有責任，還讓祁川縣主、明姑娘和余大姑娘作證人呢！這孩子有情有義，真是難得啊！」

余歲歲聽得心中也是一暖，齊越對她，正如她對齊越，付出的情分能得到回應，當然讓她開心。

「他是爸的徒弟，不就是我弟弟嘛！」

說到這兒，余璟一拍腦袋。「對了，妳醒來的事情，我應該趕緊告訴縣主她們！這段時間我忙公務時，都是她們輪番來照顧妳的，知道妳醒了，她們一定很高興。」

說著，余璟便喜氣洋洋地叫人來，要他們去給祁川幾人報信，又去吩咐廚房，趕緊做一桌清淡的食物，今晚要好好慶賀一番。

之後的幾天，余歲歲基本上就是醒來、換藥、喝藥、吃飯、睡覺、再醒來……無限循環。

而余璟好像格外悠閒，每次余歲歲醒來，他都守在床邊，陪她說話、聊天、解悶。

祁川幾人也都像是約定好了般，從不來打擾他們父女倆相處的時光。

這天，余歲歲醒來的時候，下意識找尋著余璟的身影，卻在床邊看到了正在倒水的余宛宛。

「大姊姊？妳怎麼在這兒？」

「歲歲，妳這麼早就醒啦？」余宛宛趕緊過去，扶她坐起來，將水遞給她。「妳等著，我去叫余將軍。」

「欸，等會兒。」余歲歲不解地叫住她。「我爹應該忙著公事呢，不用叫他，我這兒又沒什麼事。」

余宛宛的面色有些遲疑。「可是……余將軍說，只要妳醒來，他就要回來的。不過妳今天醒得比前幾天早，他可能沒算準時間。」

「為什麼？」余歲歲驚訝不已。

余宛宛笑了笑。「應該是想多陪陪妳吧？我聽將軍府的親兵說，余將軍這些日子都在將軍府辦公，恩化沒有戰事，不是特別繁忙，所以他就集中時間處理公務，這樣等妳醒的時候，就能來陪妳了。」

說實話，余宛宛看著余璟待余歲歲的樣子實在羨慕，不過她也沒別的想法，只是想到盧陽侯，有些唏噓罷了。

余歲歲聽得愣住了。

她還奇怪為什麼余璟這段時間這麼閒呢，恩化再沒有戰事，可西北還在打仗，城防還是要守，敕鑾主力也還在恩化北邊，隨時可能有異動，怎麼可能沒有公務呢？

回想這幾日，余璟眼底總是帶著青影，她還勸他要多休息，卻原來爸爸竟是擠出了睡覺的時間處理公務，只為了在她醒來的時候陪她沒頭沒腦的說話？

正想著，門口就傳來了腳步聲。

很快地，內室的簾子被掀開，余璟走了進來，看到余歲歲已經坐起，還驚訝了一下。

「歲歲今天醒這麼早嗎？」

余宛宛見他來，便識趣地告辭了。

余歲歲嘴一噘，目光氣呼呼地瞪著余璟，看得余璟一頭霧水。

「怎麼了？是不是怪爸爸來晚了？」余璟連忙走過去，坐在床邊，捏了捏余歲歲的臉。

「你這是幹麼……」余歲歲嘴角一癟，想要假裝埋怨，可一張口，淚珠子就從眼角撲簌簌地往下掉。

余璟嚇得連忙打量她。「怎麼了怎麼了？是不是傷口裂開了？疼了是不是？」

「沒疼，傷口都快好了，什麼事都沒有！」余歲歲哭道。「我就是覺得……覺得……你不用陪我，不用把我當小孩，我不在意你忙工作，我就想你能好好休息、好好睡覺嘛！」

余璟這才恍然聽懂了她的意思，呵呵一笑。「原來是為了這個啊！還說自己不是小孩，一說話就掉金豆子，跟妳小時候一模一樣。爸爸不累，爸爸覺得這樣挺好的。陪妳說說話，也算休息了。」

「不行！」余歲歲一抹眼淚，表情一肅。「你現在就去睡覺！旁邊有軟榻，不睡夠兩個時辰，我就……我就不理你了！」

余璟哭笑不得，試圖討價還價，但拗不過大道理一筐一筐的余歲歲，最後只得乖乖投降，和衣在窗邊的軟榻上躺下。

自從余歲歲受傷後就沒睡過囫圇覺的余璟，幾乎是一沾枕頭，便立刻陷入了睡眠中，鼻腔傳出綿長、平穩的呼吸。

余歲歲看了一會兒父親，見他沈沈睡去，心下安定，隨手拿起床頭的書翻了起來。

余璟覺得，自己作了一個很長的夢。

夢裡，他闊別十幾年的妻子站在他的面前，滿臉恨意，怒氣沖沖。她冷冷地朝自己看過來，口裡細數著他多年來的失職、缺點，指責他不配做一個丈夫、一個父親。

余璟渾身發冷地想要去抓她的手，卻被她狠狠地甩開，頭也不回地消失。

余璟瘋了一樣地想去追，卻只能抓住一點虛空。

景象一轉，余璟眼前又出現了女兒歲歲的樣子。她也冷漠地看著自己，嘴角滿是嘲諷，說他是世界上最差勁的爸爸，如果不是他，媽媽就不會死，她也不會受傷差點死掉，全都是因為他……

「媛媛、媛媛……歲歲、歲歲……」

正在看書的余歲歲，突然聽到余璟慌亂的囈語，馬上抬起了頭。

只見軟榻上的余璟身體顫抖，頭左右擺動，很是不安。

她嚇了一跳，小心撐著自己的傷口，翻身下床，走近前去察看。

「爸？爸爸！你醒醒，你怎麼了？」

軟榻上的余璟一個翻身坐起，睜大雙眼，愣愣地看著余歲歲。

突然，他一把將余歲歲抱在懷裡，聲音顫抖。「歲歲，不要恨爸爸好不好？不要恨我……」

「爸，你在說什麼呀？」余歲歲嚇了一跳，小心地拍著他的後背安撫。

余璟喘著粗氣，平復著自己腦海裡可怕的噩夢。「我、我夢見……夢見妳媽媽了。她說她恨我，恨我害了她，也害了妳。」

「媽媽怎麼會恨你呢？」余歲歲哭笑不得，知道爸爸只是被自己的心結影響了。

余璟搖搖頭。「如果她不恨我，為什麼走了這麼多年，從來不肯讓我夢見她呢？」

「也許……也許是媽媽不想讓我們總惦記著她，想我們開始新的生活。」

余歲歲也只能想到這麼一個牽強的理由來安慰爸爸。

事實上，她也從來沒有夢到過母親。雖然她每時每刻都把母親的樣子和言行銘刻在心裡，但這十幾年來，偏偏一次也未等到母親入夢。

都說「夢由心生」，這話在她和爸爸身上，好像不怎麼靈驗。

似乎是感受到女兒的安慰和親近，余璟逐步從噩夢的恐懼中一點點脫離出來，理智也慢慢恢復過來。

他確定了一下余歲歲的傷口沒有被他的大動作碰到裂開後，便深深地嘆出一口氣來。

「歲歲，我太想她了……」

余歲歲眼圈一紅，雙眼立時蒙上一層水氣。「我知道，我也是。」

這還是第一次，父親在清醒的狀態下，用這樣近乎無助的語氣和她說話。

再沒有了往日如高山一般的偉岸，似乎變成了一個委屈又可憐的孩子。

「爸爸，我有沒有和你說過，你在我心中，是世界上最好的爸爸？」余歲歲歪著頭，含笑看著余璟。

余璟想了一會兒，這話似乎、好像、確實有點耳熟，是在什麼時候聽過呢？

「歲歲不用安慰我，我知道，我有多不稱職。」余璟苦笑。

余歲歲一挑眉。「如果爸爸覺得，因為工作性質而不得不忙碌，但會用幾乎所有的閒暇時間來陪伴家人的父親都叫不稱職的話，那世界上便沒有稱職的父親了。有些人，哪怕成日裡守在家人身邊，都吝嗇那一點點付出，那要他的陪伴有什麼用？你說是吧？」

余璟細細一想，確實是這個道理。

「沒想到，我閨女還挺會安慰人的。」他摸摸余歲歲的腦袋。

「那是！也不看看是誰的閨女？」余歲歲笑道。「所以呢，你也不要再胡思亂想了。媽媽沒怪過你，我也不怪你。等戰爭結束，回到京城後，我們還有大把大把的時間可以一起生活呢！」

余璟被她說的，心裡像塞了一團黏了蜂蜜的棉花糖般，又窩心、又欣慰。

等等……

「恐怕，真等回了京城，妳也沒有時間總跟我待著了。」余璟一臉「幽怨」。

「啊？為什麼？」余歲歲不解。

余璟眼神複雜地說：「按這裡的年齡來算，妳都十六了，已到了成親嫁人的年紀。就算我不在意、妳不在意，可有人……怕是要等不及咯！」
有人？余歲歲心裡一樂。
陳煜在老爸這兒的稱謂，從「殿下」到「煜兒」用了很長時間，沒想到如今一夜之間就退回到「有人」了。
見女兒眉眼之間不自覺流露出來的歡喜，余璟心裡頗有些酸酸的。
陳煜確實是個不錯的孩子，畢竟是他從小看著長起來的，人品、才華都可以放心。
可真要談到嫁女兒，余璟下意識就是捨不得。
這事若是陳煜剃頭擔子一頭熱，歲歲自己沒心思也就罷了，反正有他在，女兒嫁誰、什麼時候嫁，都有他撐腰，絕不許旁人多嘴欺了她去。
可偏偏，歲歲也有那意思的。
而以陳煜的身分和他想要搏的未來，同樣也容不得他不娶、晚娶。
余璟想著，若是他再反對，豈不就成了棒打鴛鴦嗎？
「其實，倒也沒有那麼著急。」余歲歲倚在榻旁。「皇后娘娘和明家一直有意和七殿下聯姻之事，明姑娘為了這件事，還不惜遠走邊關。七殿下如今還做不到自己完全作主，我也並非一定要強求他什麼，順其自然便好。」
她信任陳煜，願意相信他在時刻踐行著當初的約定，但並不代表他們之間就有了什麼承諾。她不想被這些綁縛自己的身心，因此也不願去綁縛陳煜。

「也好，以後的事，以後再說。」余璟點點頭。

那裡到底是皇家，一入宮門深似海，從此萬事不由人。

余歲歲見時間還早，便朝余璟問道：「爸爸要不再睡一會兒？」

余璟正要說話，門外便有人出聲說：「稟報將軍，段將軍回來了！」

余歲歲和余璟對視一眼，欣喜中偏又帶上些無奈。

「段將軍回來，證明西北戰事已結，這是好事。爸爸快去忙吧，我自己待著就好。」

余璟站起身來，頓了一會兒，才道：「好，我早點忙完，早點回來。」說完才大踏步離開。

余歲歲臉上露出些笑意。西北戰事結束，離他們回京之日，應該也不遠了吧？

余璟來到書房門前，還沒進門，就聽見裡面很熱鬧。

他疑惑地推開門，一眼便看見了書桌前站著的一個身影。

「殿下?!」余璟驀地驚住。

書桌前的陳煜倏地一轉身，外衣的下襬在身側轉起一個半圈，比三年前更加鋒芒畢露的少年，在見到余璟的那一眼，大步迎了上前。

「師父！」

師徒二人的雙手在身前交握，一時間激動得心情難以平復。

「師父，三年不見，您、您還好嗎？」陳煜的雙眼微微有些濕潤。

「好啊，我好著呢！」余璟拍著陳煜的肩頭。「三年不見，殿下倒是越發成熟穩重了，體格也健壯了不少，看來沒有荒廢練習。」

陳煜笑道：「師父臨走前的要求，煜兒一刻都不敢忘，只等著師父凱旋之日，再來考校功夫。卻沒想到，倒是我先來邊關見師父了。」

「想考試還不簡單？」余璟笑道。「來了邊關一樣考你！」

師徒倆一別數年，乍一重逢，相談甚歡，一時忘我，看得書房裡其他將領個個目瞪口呆。

他們大多都聽說過余璟是七皇子的武術師父，但並沒有怎麼往心裡去。

皇子的師父多得是，說到底也還是君臣關係，當不得真的。

可誰也沒想到，余璟和七皇子的師徒情誼居然這般深厚，竟真的像民間「一日為師，終生為父」一樣親密。

這下子，一些將領看待余璟和七皇子的眼神，便都有些不一樣了。

一個是皇帝寵信的皇子，一個是威望頗高的將軍，這關係……有些微妙啊！

等余璟和陳煜訴完「別來情誼」，這才談起了正事。

「西域十國勾結敕蠻，侵占我大雲領土近一月有餘。此次西北一役，殲滅西域八萬餘人，剩餘殘兵向西逃竄，短期內再難對我大雲造成威脅。」右衛大將軍段哲最先說道。「因此，目前唯一的威脅，就是恩化以北的敕蠻主力大軍。我覺得，右衛軍新勝，士氣正旺，不如一鼓作氣，直接北出恩化，把這幫蠻子打回老巢去！」

段哲說完，右衛軍底下的幾個將軍也隨聲附和。

余璟看看旁邊的潘縉，自從沙東山大捷後，潘縉、陳容謹幾人都紛紛被提拔，如今潘縉已經是他的副將了。「李副將覺得呢？」

潘縉跨出一步。「回將軍，據末將這幾日的觀察，敕蠻前鋒和主力前軍雖然在沙東山被我方重創，但他們其實並未消滅南侵之心。如今他們又失去了西北的優勢，恐怕會孤注一擲。末將覺得，段將軍所言有理，不如趁著大勝，敕蠻軍還來不及反應的時候，一舉將其拿下。」

余璟沈思了一會兒，這才看向陳煜。「殿下此次北上，是否帶來了陛下的聖諭？」

陳煜點了點頭。「邊關戰事多變，父皇自是信任諸位將軍的能力，何時戰、如何戰，自然是由諸位集思廣益，共同決定。不過……在下倒是有一些見解，想向諸位將軍請教一番。」

見他謙遜客氣，眾人自是又多了幾分欣賞，忙道：「殿下太客氣了，有話直說便是。」

陳煜這才點了點頭，微笑著開了口。「此次雖然是我方失了先機，又因為各種原因才讓西域蠻夷侵占國土，但多虧諸位將軍挺身用命，才保得山河無缺。可挨打之後再還手，終究不是長久之計。此次我們也見識到了，西域各國雖單個實力不強，夾在大雲與敕蠻之間屢屢做牆頭草，來回搖擺不定，可一旦聯合起來，一樣會對我們造成巨大的威脅。

「一直以來，我們與西域的關係都是以利益換和平，但當更大的利益擺在面前時，就會被他們迅速拋棄。有一就有二，今日之事，來日未必不會重演。」陳煜頓了頓，又道：「更何況，大雲與西域有過交集的，也只是幾個離我們較近的、實力較弱的國家，真正離我們更遠、實力更強的，我們其實是沒有什麼商事往來，甚至都沒有交過戰的。」

陳煜說著，周圍的人也都若有所思。

他說的確實是事實，雖然朝廷的說辭總是和「西域十國」怎麼怎麼樣，但真正有交情、來往的，不外乎就是離得最近的那幾個。再遠些的，己方搆不著，對方也不搭理。

「那殿下的意思是？」段哲好奇地問道。

陳煜一抬頭，和余璟的眼神交會一瞬。「我的意思是——右衛軍不打敕蠻，而是乘勝追擊，直搗西域十國！只攻城，不掠地，讓西域十國看到我大雲的戰力，衷心臣服！而等敕蠻主力被我大雲敗於北地後，西域十國就再也不敢做敕蠻的牆頭草了。」

話音一落，眾人俱是驚訝不已，反而是余璟露出了些許欣慰的笑意。

「殿下要打西域？」段哲略有疑慮。「可……自太祖開國，兩國幾乎是約定俗成，戰事從未深入過西域腹地，這是不是……」

陳煜看向他，朗聲反問。「西域十國此次聯兵侵我西北，直逼京城，並未在乎這所謂的『約定俗成』，如此把柄，不正是我們反擊的天賜理由嗎？」

「那殿下何以只攻城而不掠地呢？」另一個將軍問道。

陳煜轉頭看向他。「西域十國的地形狹長縱深，並不適宜中原州府縣制的設立與管轄，即便吞併，管理起來也極為不便。再加上大雲與西域的風俗、文化大相徑庭，一旦管理不善，更會帶來無休無止的麻煩。既然這樣，不如還由他們各自管理各自的地盤，我們可從中分化西域，杜絕他們的聯合，不費人、財之力，何樂而不為？我之所以提議要打這一場仗，只有一個目的，就是要讓西域十國，對我大雲俯首稱臣！」

「稱……臣?!」

陳煜一說完，屋內眾人皆驚。自大雲開國以來，與西域、敕鑾只有時戰時和、訂立盟約的歷史，卻從未有過讓西域俯首稱臣的說法。

可仔細想來，其實並沒有什麼不可以。

大雲開國時，百廢待興，多少年篳路藍縷，一路積攢實力到如今，明君、賢臣在朝，猛將、勇士在外，本就是個蒸蒸日上的光景。

自古以來，中原王朝一旦實力強大起來，隨之而來的就是「萬國來朝」。這樣的盛景前朝有，大雲怎麼就不能有？

這麼一想，眾位將軍立刻心潮澎湃，摩拳擦掌起來。

如果，他們真能等到七皇子所說的那一天，今日在場的這些人，不就是要名垂青史嗎？

「殿下所言，也並非沒有道理。」一段哲有些心動了。「余將軍，你覺得呢？」

所有人的目光，齊刷刷地看向余璟。

陳煜的視線也落在余璟身上，眼神中帶著自信與胸有成竹。

余璟沈思了一會兒後，開口道：「我也同意七殿下的想法。」

陳煜雙眼一亮，心中歡喜。他就知道，他和師父心意相通，他提出此一建議時，就確定余璟一定會贊同他的。

「不過還有一個問題啊……」段哲猶豫道。「這敕蠻人上次在沙東山吃了虧，已經龜縮了這麼久，但總不可能永遠縮著頭不出來吧？之前我們趁著好時機，收回了西北失地，敕蠻恐怕要狗急跳牆，在恩化孤注一擲了。我們右衛若是走了，只留下恩化營和玄策衛……上次玄策衛在沙東山也是元氣大傷的，怕是……」

余璟知道段哲的意思，便道：「按照殿下的安排，右衛軍並不需要全部西進攻打西域，這一場仗應當快打、猛打，所以，段將軍最好挑選右衛中速度與戰力俱佳的軍隊來完成這個任務。至於恩化，玄武軍的重甲兵已在恩化以南待命，再加上恩化、玄策衛和右衛的剩餘兵力，應戰敕蠻主力，應該已經足夠了。待西域安定，恩化便可精銳盡出，直搗敕蠻大可汗的宮殿，也讓他們知道，我泱泱天朝不是好欺負的。」

商議好了作戰計劃後，眾人便繼續商討戰略與戰術，足足談了兩個時辰才作罷。

等眾位將軍離開時，天已漸黑，余璟才想起來，他和陳煜甚至都還沒有吃飯呢！

「殿下長途奔波，我讓廚下做飯，殿下用一些，也算休息休息？」余璟問道。

陳煜輕輕一笑。「師父怎麼與我這麼客氣了？還是叫我的名字吧。」

余璟無奈隨他。「行，煜兒，現在肯留下來吃飯了？」

「還是不了吧。恩化戰事緊，西域的事要早些了結，我和段將軍今晚就出發，先趁夜拿下最近的宿葉城，不給他們喘息的機會。」陳煜道。「反正這一個月，我也是吃住在軍營，沒有那麼矜貴。帶些窩頭、乾糧，路上解決就行了。」

余璟既欣慰他不驕不躁，又覺得十分疑惑。「那又何必急於這一時呢？你和段將軍不是約定了一個時辰後出發嗎？吃頓飯，還是來得及的。」

陳煜的神色有些微妙，眼神也閃爍起來，臉頰都不由得微微泛起了紅暈。「其實……我還想……」

余璟不解地看著他。

「我想著，可不可以……見見余姑娘？」陳煜帶著幾分小心翼翼的語氣，把話說了出來。

余璟的臉色驀地一僵，心裡一時間竟不知道該作何滋味。

合著這小子寧可犧牲吃飯的時間，都要見歲歲一眼？他到底是該高興，還是該生氣呢？

「我是在來的路上，聽段將軍提起，余姑娘她受了傷，昏迷已久。」陳煜臉上流露著擔憂。「本來，我是想著一到就去看她的，還是潘縉說余姑娘前些日子已經醒了，恢復得很快，我這才……」

余璟見陳煜這副模樣，就知道他是實在忍不住了，才提起此事，不由得在心裡感嘆一句——年輕人，就是猴急！

「罷了，想見誰就去見誰，快去快回。」余璟擺擺手，故作無所謂。

陳煜倏地從椅子上竄起來，喜笑顏開。「多謝師父！」

看著陳煜匆匆離去的背影，余璟不由得摸了摸鼻子，哼道：「這小子，搞得我多不講理似的……」

第二十六章

聽說余璟和眾位將軍忙於軍政，余歲歲晚上便是和祁川幾人一起吃晚飯的。

晚飯後，祁川她們回去休息，余歲歲就一個人靠在榻上看書。

這是余璟特意給她找來解悶的話本，雖然不如她自己畫的有意思，但也聊勝於無。

陳煜進來的時候，就看見屋內昏黃搖曳的燭火旁，余歲歲微側著身子，專注地看著手裡的書本，長長的睫毛一眨一眨的，似是看到了什麼有趣的東西，嘴角也勾起了幾分笑。

那如黑色瀑布般的青絲在她腦後隨意的綰起，幾縷髮絲凌亂地垂在頰旁、頸邊，其下若隱若現地露出幾寸白皙細膩的肌膚。

一聲輕微的響動，屋裡的炭盆迸出一點火星兒。

余歲歲披在肩頭的衣服不期然間倏地滑落下來，掉在身後的榻上，露出裡面的中衣，而她卻渾然不覺，依舊沈浸在眼前的書頁裡。

陳煜掀簾的手瞬間就是一滯，喉頭不自覺地上下滾動，周身彷彿被定住了一般，雙腿如灌了鉛，動彈不得。

此時，似是覺得有些涼意，余歲歲伸手去摸肩上的外衣，待手落了空，才扭著身子想看衣服掉到了何處。

陳煜猛地從某種綺麗的幻夢中驚醒，快步掀簾走進去，拿起落在榻上的衣服。碰到布料的一剎那，他覺得指尖都在發燙，只能輕顫著雙手，將衣服小心地重新披回了余歲歲的肩頭。

這時，後知後覺的余歲歲方才驚訝地回頭，在看到自己身後站著的人時，嘴巴驀地張大，滿臉都寫著不可置信。

「你……陳煜？」余歲歲又驚又喜。「你怎麼會在這兒？你……」她激動得就要下榻，甚至連自己左胸的傷都忘了。

「小心！」陳煜眼疾手快地將她扶穩，這才避免她扯動身上的傷口，然後虛扶住她的手肘，神情關切。

余歲歲心中早已被巨大的驚喜所填滿，晶亮的杏眸定定地盯著陳煜，彷彿在確認自己是不是在作夢。「你怎麼會來？是和段將軍一起到的嗎？見到我爹了嗎？可是陛下讓你來的？」

陳煜被她一連幾個問題問得有些發笑，將她扶著重新坐好後，方才一個一個的回答。

「西北失地收復，我向父皇主動請纓，到邊關來與師父會面，今日和段將軍一起進恩化的，剛剛已經和師父見過面，商討過之後的戰事。」

「主動請纓？戰事？」余歲歲抓住關鍵字。「又要打仗了？」

陳煜點點頭，將他們剛剛商議的事情簡要說了一遍。

果然，余歲歲和余璟的想法是一樣的，都覺得陳煜的提議十分可行。以戰止戰，才是永保邊境寧定昌盛的方法。

「所以，現在阿越在永寧縣，平王世子也駐守赭陽關。只要你和段將軍凱旋，是不是就能和敕蠻主力決戰了？」

「是。」陳煜點點頭，神色卻有些不對勁。

「怎麼了？是有什麼問題嗎？」余歲歲察覺了，不解地問。

陳煜看她幾眼，片刻後，長嘆一口氣。「我本來是想和妳……說點別的什麼，結果，還是在說公事。」

余歲歲倏地一愣，心中一記猛跳，臉頰漸漸熱了起來。「那你……要不，現在說？」

陳煜被她弄得有些哭笑不得，臉上的笑意都收不住了。「妳這樣，我就是想說，都不知道怎麼開口了。」

余歲歲故意撇撇嘴，假裝不以為然。「那看來你也不怎麼誠心嘛！」

陳煜神色頓時一愣，一下子直起身子前傾向她，有些焦急地想要解釋。「當然不是！我是真的想和妳說，我……我很擔心妳。妳一聲不響地離了京，我猜妳定是來了邊關，雖然我知道，有師父在，妳一定不會有事，可我就是……就是心有不安。當我聽到段將軍說起妳受傷的事時，我的十分想像，恐都不及妳的一分凶險。莫說是齊越和師父，如果當時我也在，恐怕也會一樣的愧悔難當。」陳煜試探著伸出手，撫上她的手背。「歲歲，我是第一次覺得這麼害怕，如果有一天妳真的不見了，我……我該怎麼辦呢？」

本只是開玩笑的余歲歲，一時間被陳煜的認真告白弄得心軟不已。

她將手翻過來，手心與陳煜的手心相握。「我剛剛……是逗你呢。我這次受了傷，好像嚇壞了很多人，還真是有點過意不去。」

陳煜將她的手握緊了一些。「所以，以後要好好保護自己，天大的事，都不如妳重要。」

余歲歲猛地呆住，被陳煜突如其來的情話驚得不知該如何回應。

可陳煜卻一點異樣都沒有，壓根兒沒覺得自己剛剛說了什麼令人震撼的言語。

「咳！」一聲輕咳從門口傳來。

余歲歲和陳煜順勢抬頭，在看到門邊的余璟的一瞬間，兩人交握的手立時如觸電一般彈開。

陳煜無措地站起身來，身板站得筆直，如站軍姿一般，好像做錯了事的孩子，一臉的驚慌。

倒是余歲歲反應比較正常，咧出個笑來。「爹，你忙完啦？」

余璟的神色說好不好，說壞不壞，打簾進來道：「時間差不多了，段將軍已在軍營等候，殿下是不是該出發了？」

陳煜神色一黯，點點頭。「是，我現在就走。」視線轉向余歲歲。

余歲歲舉起右手，縮在身前，朝陳煜小幅度地晃了晃，面上帶笑，口型無聲地說著「再見」。

陳煜的雙眸不由得因她可愛的模樣染上暖意，笑了一下，告辭離開。

余歲歲這才調皮地看向余璟。「人走啦，可以笑啦！」

余璟一個沒忍住，嘴角泛起一絲弧度，隨即快速隱去。「我只是來看看你們在聊什麼而已，沒別的意思。」

此地無銀三百兩。

「喔，那我勉為其難相信你吧！」余歲歲眼神狡黠。

「妳這丫頭！」余璟被她弄得嚴肅的神色也掛不住了，沒好氣道：「行了，早點休息。明天玄武軍進城，又有事要忙了。」

第二天，玄武軍三萬重甲兵進駐恩化，大將軍程執作為主將，到將軍府與余璟會面。

兩人在京城時素無交集，彼此並不熟知，本著袍澤戰友之誼，余璟十分客氣地接待了程執。

卻沒想到，程執一開口，就是刻薄姿態。

「原來你就是余璟？真是笑話！堂堂大雲的精兵竟被一個油頭粉面之人操弄，只恨鄧兄老實性直，才被你個奸佞宵小害死，污了身後清名！」

這句話一出口，在座的恩化營眾將全都變了臉色。

真要論起來，如果不是他們恩化營的將士浴血奮戰，玄策衛早就送給敕蠻軍當菜吃了，就更別說至今連戰績都沒有的玄武衛了！

沒有余璟、沒有恩化營，哪裡輪得到程執在這裡耍威風？

注意到屬下的義憤填膺，余璟輕輕抬了抬手，以作安撫。

與出身勛貴的鄧章不同，程執是個徹頭徹尾的武將，是靠自己的實力和勇猛，一步一步當上玄武衛大將軍的。

可這份實力裡，有多少是智慧，余璟此刻的心裡不由得打了一個問號。

「程將軍似乎對本將有些誤解？」余璟看向程執，語氣不鹹不淡。

程執橫他一眼。「難道不是嗎？軍中一向以實力說話，你這大將軍的名頭怎麼來的，真當大家不知道嗎？讓你這種人坐上高位，才是為君之人的悲哀！」

余璟心下了然。

他從一介白身迅速升遷，當初的由頭是幾次救下七皇子的性命。這種理由在程執這種耿直到近乎執拗的人看來，自然就是靠關係上位的。

其實余璟並不介意這個，因為他清楚自己的實力，早晚會讓所有人都閉嘴。

事實證明，他也確實做到了。

不過這個程執嘛……

「實力？」余環朝程執一挑眉，緩緩從椅子上站了起來。

見他如此，恩化營麾下眾將立刻露出看好戲的神色。

敢在余環跟前吹噓實力，真是不知道「慘」字怎麼寫！

在眾人聚焦的目光中，余環一步步走向程執。

程執見他過來，不知道他想幹什麼，渾身升起防備。

突然，余環的身形倏地動了。

程執眼前一花，眼神不由得隨著余環疾速移動的身形轉動。只見余環左右一晃，瞬間又繞到背後，復又返回身前，程執被他搞得眼花撩亂，根本招架不住。

幾乎是一瞬間的事，余環圍著程執轉了兩圈後，又重新站回程執身前，手裡不知何時出現了一把刀，余環一揮臂，刀身就架在他與程執中間。

啪！余環用刀身輕輕拍了程執的肩膀一下，便見程執身上的輕甲噼哩啪啦，瞬間掉了個乾淨。

眼瞧著程執轉眼被余環「剝光」，幾個恩化營的將軍沒忍住，低聲捂嘴笑了起來。

程執的臉，一剎那轉為青紫。

這還不算完，余環將刀刃一轉，更貼近程執的脖頸。

程執低頭一細看，右手猛地摸向腰間的刀鞘——余環手裡的刀，正是自己腰間的佩刀！竟不知何時已被拔了出來，而他卻連半分都沒有察覺到！

余環好整以暇地看著程執，彷彿在說——你管這個叫實力？

程執的臉色憋得發黑，卻依舊不肯服輸。「哼，不過是上不得檯面的奇詭之術，一點小伎倆罷了！戰場之上是真刀真槍、以命相搏，豈容你這般耍滑使奸！」

余環勾起一絲笑意。「對於本將來說，方法不重要，管用就行。因此，程將軍想怎麼看我都沒關係，只是在這裡，本將奉旨統帥全軍，而將軍只需負責執行命令就夠了。」

程執的神情一僵，頓時怒從心起。在他看來，余環就是靠關係上位的人，能有什麼帶兵的能力？

至於沙東山大捷，明明是玄策衛損失慘重，可倒讓恩化營和余環摘了桃子，還讓鄧章揹了罵名！

他自認瞭解鄧章，雖然脾氣倔，卻不是個任性妄為的人。誰又知道鄧章出城追敵的行動是不是余環指使的？反正人證、物證皆毀，還不是由得余環胡謅？

余環毫不在意程執在想什麼，一個反手，俐落地將刀重新丟回程執腰間的刀鞘裡，冷聲道：「戰事在即，沒有過多時間寒暄，營房已安排好，程將軍請吧！」

程執狠狠地瞪他一眼，甩袖離去。

他剛一出門，屋裡的幾個將軍就憤慨起來。「將軍，這程執是什麼意思？不就是京城的天子衛軍嘛，不把我們放在眼裡是不是？」

余環示意他們消消氣，說道：「程將軍年過不惑，是名副其實的老將了，有些脾氣也是正常的。」

「前有鄧章，現在又來個程執，他們都有脾氣，那這仗讓他們去打好了！」一個將軍沒好氣地罵道。

「程將軍和鄧章，多少還是不同的。」余璟說道。「程將軍是積功坐到這個位置上，無論是能力，還是威望，在玄武軍中都不容小覷。他脾氣雖執拗，但待士兵是很禮遇，自然也很得擁護。」這也是余璟沒有像對付鄧章那樣對付程執的原因。

平心而論，拋開程執的固執，他確實稱得上是一個好的將軍。在京城時，余璟就聽說過玄武衛治下嚴明，將官欺壓士兵的情況沒有其他軍隊那般嚴重。

不過話又說回來，好將軍不等於一個好的統帥，如程執這樣有勇無謀的人，讓他打仗他會兢兢業業地去打，可讓他運籌帷幄，以他的腦子……怕是不太行。

所以余璟才會不在乎程執的想法，只要求他服從將令即可。

「玄武衛是朝廷費心組建的重甲兵，作用重大，在戰場之上能為我們帶來很多優勢，且玄武衛在歷史上也是克制外敵的一大利器。」余璟朝眾人道。「大戰當前，軍心是重中之重，諸位需得牢記，不要與玄武衛有過多的衝突，一切以大局為重。」

恩化的局勢，果然與當初余璟和陳煜、段哲幾人預測的一樣，西域十國丟了侵占的西北三縣十鎮後，沙東山以北的敕蠻主力軍終於坐不住了。

就在玄武衛進駐恩化的幾天後，敕蠻主力大軍大舉跨過沙東山谷，兵臨恩化城下。

這一次，他們並沒有將全部兵力放在恩化，而是兵分兩路，另一路再次故技重施，攻打西北的永寧縣。只要永寧縣一破，他們將再次威脅赭陽關。

將軍府中，余歲歲站在窗邊，聽著遠處隱約傳來的激戰喊殺之聲，心裡也沒來由多了幾分不安。

按理說，他們剛剛在沙東山獲得了勝利，士氣正盛，而這又是一場守城之戰，應當很有信心才對。可不知道為什麼，她總有一種不祥的預感。

「余姑娘、余姑娘！」一陣呼喚從外面傳來。

余歲歲回過神來，快步走出去看。

門口站著的是兩個余璟的親兵，正把一個綁縛著的人扔在地上。

「余姑娘，您之前不是讓我們盯著城西的竹藝鋪子嗎？有個奸細趁夜攀爬城牆，被守城的軍士盯上，一路跟蹤，發現他進城見的正是這鋪子的老闆！抓人的時候那奸細服毒自盡，就這個老闆活著了。」親兵說道。

余璟將探查城中暗探的事情交給了余歲歲，因此他們遇到這種事都會直接來找她。之前余歲歲受傷，好在城裡也沒出什麼岔子，如今得虧余歲歲好些了，他們這才能來。

余歲歲低頭看了一眼地上的人，果真是城西鋪子的那個老闆。

「好，我知道了，你們去把祁川姑娘和明姑娘請來，其他的事情，交給我就好。」

「是！」

沒過一會兒，祁川和明琦就來了。

「這幫人，還真是不死心！」聽余歲歲說明了緣由後，明琦看了一眼地上的老闆罵著。

祁川也很不解。「之前摧毀弩機失敗了，恩化的佈防圖又拿不到，如今恩化正在打仗，有什麼事值得那奸細甘冒奇險，也一定要送進城裡來呢？」

余歲歲盯著地上的老闆一會兒後，突然幽幽地開口問：「你……到底是哥稚那王子的人，還是……布猞可汗的人？」

老闆驀地一抬頭，眼中露出驚訝，隨即匆忙掩去。

余歲歲倏爾一笑，心裡更加有數了。「你是哥稚那的人。布猞的暗探，可沒有這麼聰明。」

這下子，老闆終於忍不住了。「妳……妳怎麼知道的？」

余歲歲笑了笑。「託了貴國寶詠公主的福，讓我對哥稚那有所耳聞。怎麼，害死了寶詠公主後，哥稚那已經無人可用了嗎？」

老闆見余歲歲真的什麼都知道，臉色就變了。「既然暴露了身分，要殺要剮，悉聽尊便！」

「呵！」余歲歲嘲笑一聲。「你倒是忠心，可你的主子，又把你當什麼呢？他連和他訂過盟誓的寶詠公主都敢冒著被長生天懲罰的代價殺死，像你這樣的螻蟻，在他眼裡又算什麼呢？你們隱姓埋名、客死異鄉，等你們的屍身在野外腐爛、被野狗啃噬，他就踩著你們的屍骨一步步坐上寶座，那時，他可還會記得你們姓甚名誰？」

「不必多費口舌！」老闆神情不屑。「我生是敕蠻的人，死是敕蠻的鬼，絕不會背叛祖先與王子！」

余崴崴搖頭輕笑。「誓死效忠嗎？這話誰都會說，可真等進了牢獄，能堅持的還有幾個呢？可惜了，我給過你機會的。」

老闆被她的一番話說得面露驚恐，可終究還是什麼都沒說，被人帶了下去。

余崴崴看著他被帶走，心知他將會遭受什麼，卻並不憐憫。

對付暗探，並非像對付普通被俘虜的士兵那樣簡單，總有些不可說的手段要用。雙方立場不同，她不需要在這件事上氾濫什麼同情心。

現在她更關心的，是恩化的戰事。

之後又過了幾天，恩化的守城之戰打得越來越激烈，敕蠻主力就好像打不完一樣，發起了一波又一波的攻擊。

恩化再是城池堅固，也禁不住這樣的攻擊，幾日下來，余璟已經命人幾次加固城防了。

余崴崴偶爾聽撤下來的將領說，他們都覺得這回的敕蠻主力極為難纏，排兵佈陣極為眼熟，而且似乎對余璟的一切城防要務都格外熟悉，好像余璟每做一步，都能被他們事先猜到一般。

再這樣打下去，別說士氣越來越低迷，恩化城恐怕也要挺不住了。

就在這個時候，余璟的親兵又一次來報。

「余姑娘，那個老闆受了重刑，挺不住了，要見您。」

余歲歲想了一下，問道：「你可有告訴過他，若是說不出什麼有價值的，我是不會見的。」

這是對付暗探的話術之一。

「是，末將就是這麼說的。」親兵說道。「所以他對末將說起了一個名字，說您聽完後，一定會見他的。」

「誰？」余歲歲目光一利。

親兵遲疑了一下。「……程執。」

「程執？」余歲歲心口猛地一跳。「走，我們去見見他。」她起身，帶著親兵朝外走。

兩人剛走到府門口，就見一隊恩化營的士兵腳下生風地從街道一頭跑過來，個個目光灼灼，滿臉警惕。

余歲歲腳步一停，定睛去看，為首的正是潘縉，後面還跟著一輛馬車。

只見馬車疾馳而來，在府門前猛地剎住，軍士們立刻牢牢圍住馬車四周，如臨大敵。

潘縉大手一揮。「快！把人抬進府中！」

話音一落，兩個士兵立即跳上馬車，掀起車簾，從車裡相繼抬出兩個還在流血的人。

馬車下等待的士兵也趕緊接應，抬過兩人，馬不停蹄地就往將軍府裡跑。

余歲歲和親兵趕緊避讓至一旁，不知道究竟發生了什麼事。

這時，馬車上又下來了一個身影，雖然沒有像剛剛那兩個人一樣嚇人，可也是形容狼狽，手臂上的衣服破了一個大口子，露出裡面滲著血的傷口。

再看他凌亂髮絲下的臉龐——不是陳煜，還能是誰？

「陳煜?!」余歲歲大驚失色，一個箭步就衝了上去。

「這是怎麼了？出什麼事了？」

「沒事。」陳煜沒想到會在大門口撞見她，本來凝重的臉色立刻收斂起來，輕輕搖了搖頭。「一點小傷。」

余歲歲看看他，又看看全副武裝、滿臉警覺的潘縉，心知一定是出了什麼岔子，趕忙道：「先回府，回去說。」說完，她看向一旁的親兵。「暗探的事先等等，一定要嚴加看管！」

親兵領命而去。

余歲歲扶著陳煜，快步朝府內走去。

潘縉也跟在身後，警戒地觀察著四周。

直到進了余璟的書房，讓士兵嚴守門窗，三人才鬆了口氣，坐了下來。

「殿下先稍微休息一下，余將軍馬上就回來。」潘縉道。

陳煜點點頭。

余歲歲從旁邊的櫃子裡翻出金創藥，拿著走了回來，一邊動手給陳煜敷藥，一邊問道：「到底出什麼事了？那兩個人是誰？你不是和段將軍去西域了嗎？」

陳煜配合著將上衣的袖子脫下，默契得像兩人演練過很多次一般，口中回答道：「十國本就兵敗，西域戰事打得很順利，可以說是不費吹灰之力。那兩人是羌孜的王子和月氏的公主，作為使者，要代表十國隨我回京，向父皇呈遞投降臣服的國書。」

余歲歲心下了然，將手裡的細布纏了幾圈，打了一個結，又朝外拉了兩下，鬆了鬆力道。「鬆緊怎麼樣？」

陳煜微一頷首。「正好。」

潘縉站在一旁，看著兩人一氣呵成的動作，一時不免有些愣怔。

雖說早覺察出這兩人有些苗頭，卻沒想到已然到了這般地步。余姑娘能對七殿下直呼其名；而七殿下與余姑娘談起公事也如朝臣、同僚一樣。正事和療傷兩不耽誤，順其自然。

余歲歲把藥放回原處，走回來坐在桌邊，繼續著剛剛的話題。「那你們又是怎麼受傷的呢？」

陳煜深吸了一口氣。「我和段將軍帶兵折返，本來是要直接南下，帶他二人回京。但赭陽關守將送來邸報，說敕鑾進攻永寧，永寧兵力不足，師父要調段將軍馳援永寧縣。」

余歲歲一點頭。「是有這麼回事。當時赦鑾進攻恩化，阿越傳信來，說永寧也遭到攻擊。爹認為，他們是要再次突破永寧，威脅西北。當時爹說，如果你和段將軍回來及時，就可以直接奔赴永寧支援。」

「是，段將軍熟悉師父的用兵手段，所以先行轉道去了永寧。而我們三人，連同護衛隊一起進了城。」陳煜道。「不過目前赭陽關全城戒嚴，說是在抓奸細，進城都頗費了一番周折。」

余歲歲又是點頭。「是。寶詠公主利用我除掉了三城暗探裡的異己，但哥稚那的人手還在七連城作亂。之前爹下過嚴令，七連城全城戒嚴，徹查暗探。我剛剛出去，就是為了見之前在恩化抓到的暗探。」余歲歲問道：「對了，平王世子不是在赭陽關嗎？你可曾問過他目前的情形？」

陳煜搖頭。「我根本沒有見到容謹堂兄。赭陽關守將要我們即刻離開，所以我們只是簡單的休整，就立刻出發了。但沒想到，剛出赭陽關，就遭遇了伏擊。殺手對我們的路線瞭若指掌，打了我們一個措手不及，護衛隊全軍覆沒，兩個使者也身受重傷。我沒有辦法，只得臨時改道，來恩化求援。」他說著，仍覺得心有餘悸。他若是未曾學得余璟那一身好武藝，此刻躺在床上的就是他了。

這時，潘縉也開口道：「是啊，當時城門守衛來報時，我也嚇了一跳。見到殿下，才知出了大事，便立刻稟報了將軍。將軍說，現在的當務之急，就是確保殿下的安全。」

余歲歲面露沈思。
她大概瞭解父親的考量，畢竟皇子遭遇刺殺，這可是天大的事，一旦陳煜出了差錯，後果不堪設想。假如這殺手是衝著陳煜來的，那很有可能會牽扯到內朝奪嫡。
不過，更大的可能，應該還是衝著羌孜和月氏的使者來的。
三人正說著，余璟和幾個將領回到了將軍府，直接來了書房，聽完陳煜的述說。
「你說什麼？派段將軍支援永寧？」余璟皺緊眉頭，看向陳煜。「我沒有下過這個命令！」
所有人都愣住了，表情也瞬間凝重起來。
「可赭陽關守將確實是這麼說的。」陳煜神情嚴肅。
余璟卻更加斬釘截鐵地說：「如果不是今日殿下叫開城門，我根本不知道西域戰事已了。我已有七天沒有收到西域的戰報了，又何來安排右衛支援永寧一說？但就在前幾天，我給赭陽關的陳容謹下過將令，讓他帶麾下軍隊，臨時馳援永寧。」
眾人全都糊塗了，兩邊的說法都類似，但細節卻每個都對不上，這肯定是中間出了大岔子啊！
「諸位將軍，可否容我說兩句？」余歲歲突然站出來。
眾人知她幫著余璟處理暗探之事，自然不會阻攔。
「剛剛，就在七殿下進城的時候，我得到消息，說前些日子抓到的城中敕蠻暗探，因為熬不過重刑，要招供。」余歲歲說道。「這次開戰後，諸位都有一種感覺，覺得敵人對我們很是瞭解。而現在，明顯是有人在恩化和赭陽關之間利用消息差，做了什麼手腳，故意引開右衛大軍，刺殺七殿下和西域的使者，這種手段，十有八九是暗探所為。我認為，我們是不是先聽一聽那個暗探要招什麼？」

暗探給余歲歲提了程執的名字，結合如今的情況，程執是內奸的可能性很大。可余歲歲卻不能在這裡當眾說出來，不然就是提前定罪。本來恩化的將領對程執就不滿，如果先入為主，最後卻錯怪了人，那她罪過就大了。

余璟和幾個將領對視一眼，覺得余歲歲說的有些道理。

「也好。此事實在重大，剛好北城門的敕蠻軍打了一夜，正在休整，我們也趁這個機會，弄清楚到底是怎麼回事。」余璟說道。

很快地，城西鋪子的老闆就被帶進了府裡。

幾天不見，老闆已被重刑折磨得不成人樣，那濃重的血腥味，別說余歲歲，就連征戰沙場的幾個將軍聞到，都有些受不住地偏過了頭。

「既然決定要說，就乾脆俐落的全部說出來。我們省事兒，你也免再遭皮肉之苦。」余歲歲朝那老闆道。「你放心，只要你招出實情，馬上就會得到醫治，也會給你安排好後路。」

老闆虛弱地看她一眼，點了點頭，緩緩開口。「我說了……是程執。他跟玄策衛的張副將一樣，早就是我們的人了。不光是他，還有他的外甥，付奎。」
余歲歲心裡一頓，這名字好像有點耳熟……
旁邊的一個將軍驀地一拍桌子。「付奎居然是程執的外甥？他娘的，還以為只有外頭來的有問題呢，合著內奸都偷到咱們老家了！」
余歲歲一個激靈，可不是嗎？這付奎就是赭陽關的守將啊！
一個姓程，一個姓付，不知情的人，自然很難把兩人聯繫在一起。
余璟雙眉微擰，帶著幾分懷疑。「如果付奎是內奸，為什麼西域十國打下西北的時候，你們不直接讓他開城獻關？那樣你們不是早就舉兵中原了嗎？還有，你們上次同時攻打恩化和赭陽關的時候，他也沒有任何行動。為什麼是在這一次才動手呢？」
老闆看了余璟一眼，似驚嘆於他的敏銳，隨即嘆了口氣道：「起初，我們主上並未在國內掌權，自然不肯把戰爭的成果拱手讓人。上一次，主上計劃了在赭陽關和秦泉營同時動手，卻沒想到你們反應太快，根本沒來得及。所以這次，主上等程執一到，就又計劃了行動。程執手裡掌握的是你們的重甲軍，極為難得。程執答應，會將重甲軍獻給主上，主上也許諾，等中原到手後，封他做異姓王，列土封疆。」
余璟臉色一沈。異姓王，列土封疆，確實是極大的誘惑啊！
「殿下，此事……」余璟看向陳煜。程執可是皇帝極為信任的臣子啊！
陳煜內心也是五味雜陳。「這裡是邊關，我並無軍職，無權僭越，一切軍政要務，請余將軍作主便是。」

這也算是個許可，余璟便點了點頭，看向潘縉。「去請程執將軍暫回將軍府，就說我有事相詢。」

「將軍，這是不是太客氣了？」一個將領不忿道：「他通敵叛國，害了我們多少弟兄的性命，按軍法也是陣前殺頭啊！」

「前有鄧章，後有程執，這幫天殺的就是不讓我們好過！」

「就是！」另一個將領附和道：「程執和付奎假傳將令引開右衛軍，還刺殺七殿下，分明就是罪大惡極、證據確鑿，還有什麼好問的？」

幾天下來，恩化打得太苦太累，所有人都是一肚子的火氣和怨憤，如今知道是內奸害得他們如此，怎能不氣極？

余璟連忙以手勢安撫，苦口相勸。「我知道諸位將軍的憤怒，本將也很憤怒。可大家不要忘了，程執不是鄧章，他手裡的重甲軍一旦在恩化反叛，恩化將不堪一擊。現在只能以巧計暫時控制住他，然後對重甲軍繳械，才能將危害降到最低啊！」

大家一聽，也慢慢平靜下來，同意了余璟的說法。

潘縉得了命令，轉身離開。

余璟這才在屋中和眾人商議著，以最快速度控制程執和重甲軍的辦法。

大約過了半炷香，潘縉卻火急火燎地跑進書房，神色慌張得甚至失了血色。「殿下！將軍！程執他……叛逃了！」

「叛逃?!」

一時間，所有人全都震驚地站了起來，竟覺得他是在胡說八道。

「怎麼回事？說清楚。」余璟問道。

「末將剛剛按大將軍的命令前去請程將軍，但白將軍說，程將軍在大將軍回府後沒一會兒就離開了城樓，回了軍營。」潘縉道。「於是末將便前往軍營中，卻發現本該在營中的玄武衛全都不見了蹤影！末將一問，守營的軍士說，程將軍行色匆匆地回去後，不多時便點了玄武衛軍士離開營房，朝城西而去。末將隨後又追到西門，監門衛士說程將軍拿著大將軍令，說是要去赭陽關平叛！」

聽完敘述後，一個將領一拍桌子。「定是程執收到了什麼消息，察覺事情敗露，這才直接叛逃！」

「大將軍，事已至此，你還猶豫個屁！程執率玄武衛叛逃敕蠻，整個七連城都要被他們賣了！」

另一個將軍卻出言反駁。「那你要大將軍怎麼辦？城外敕蠻大軍壓城，怎麼可能分兵去追程執？況且程執在玄武衛中威望很高，殺了程執，玄武衛怎麼辦？」

「程執他賣國求榮，殺他也是天經地義！他威望再高，難道玄武衛的將士能甘願獻上身家性命陪他反叛？」先前的將領回道。「一人反叛，全家獲罪，程執他鰥寡孤獨，難道這些將士也不要爹娘妻兒了？」

余璟也是前些日子和程執發生矛盾時，才聽說程執自幼父母雙亡，拉拔他長大的姊姊也很早就因病去世，他娶的妻子更是沒給他留下一兒半女就撒手人寰。

當時說這話的人是白鴻漸，他在京中時與程執有過不少交集，說這些也是想要勸告余璟，程執脾氣暴躁，天生的天煞孤星的命，犯不著與程執一般見識。

而如今程執突然冒出來一個外甥，又在這個節骨眼上真的帶兵離開恩化，所有的事情都撞在一起，由不得他不起疑心。

就在所有人都因為程執的突然叛逃一事議論紛紛時，又一個士兵跑來稟報——

「大將軍，城外的敕蠻大軍開始後撤了，城樓上的幾個將軍拿不定主意，請您前去！」

余璟和幾位將軍又是一驚，當下也來不及思考程執的事，只得匆匆離開。

余歲歲追出兩步，看著余璟匆忙的背影，不由得嘆了口氣。

明明前後不到一個時辰，可事情的變化卻快得令人猝不及防。

戰事、暗探、內奸……她爸就是大羅神仙，此刻也不可能全盤兼顧，也沒有更多的時間讓他去前前後後地想個明白了。

此時的屋中，除了府裡的親兵，就只剩下余歲歲、陳煜和那個親兵。

陳煜走到她身邊，面色有幾分凝重。「歲歲，妳是不是發現了什麼不對？」

余歲歲回頭望向他。「殿下也感覺到了？」

陳煜微微點了點頭。「師父要思考的事情太多了，若在平時，他肯定早就發現疑點了。」

余歲歲扯了一下嘴角。「現在，恐怕只有咱們兩個『閒人』能把真相弄清楚了。」

陳煜一挑眉。「可妳身上還有傷，師父不會同意的。」

「你不是也有嗎？」余歲歲掃過他的胳膊。

一旁的親兵聽得雲裡霧裡。「殿下、余姑娘，你們……在說什麼？」

余歲歲笑了笑。「那個店鋪老闆呢？」

之前因為要商議控制程執的辦法，因此余璟便讓人先把老闆帶走了。

「喔，暫時押在旁邊的偏房，末將安排了兩個人看管。」親兵回道。

「我們去看看。」余歲歲叫上陳煜。

打開偏房的門，只見那老闆趴在地上，渾身的刑傷觸目驚心。

看守的軍士上前踢了兩腳，口裡斥責著。「快起來！起來回話！」

老闆一動也不動。

軍士還要再踢，陳煜連忙叫住他。「不必了，他已經死了。」

「什麼?!」跟過來的親兵一驚，連忙跨進門，蹲下身去探老闆的鼻息，果然，人已經沒氣了！「這……難道是用刑太重，沒挺住？」親兵滿臉懊惱。

余歲歲搖搖頭。「去請郎中先生來吧。如果我沒猜錯，他應該是被毒死的。」

軍士連忙去請郎中。

郎中一查，果然是中毒而亡。

「可這……這怎麼可能？」親兵不可置信。「關押的時候都搜過身了，連嘴裡也搜過了，不可能藏毒啊！」

余歲歲看了看陳煜。「要麼，毒藏在一個更隱蔽的地方，你們沒搜出來；要麼，就是有人給他送來了毒藥。」

「有人？程執嗎？」親兵猜測道：「他知道事情敗露，所以一邊自己逃跑，一邊讓人除掉人證？」

余歲歲沒有說話，而是讓他們都先離開，把屍體處理了，只自己和陳煜留在這裡。「殿下覺得呢？」

陳煜思索了片刻後，緩緩開口道：「當然不是程執。他已經要叛逃了，人證留與不留，又有什麼區別？妳早猜到，這個人會死吧？」

余歲歲點點頭。「是啊，他若不死，程執的身分還有待商榷。可現在他死了，就是板上釘釘了。」

其實大多數人在判斷一件事情的時候，往往會不由自主地跟隨著事情發展的順序來作決斷，就像那個親兵一樣。

先聽到老闆為了求生，供出程執和付奎，而陳煜在赭陽關經歷的一切，更是老闆供詞的佐證；然後，再聽到程執叛逃，心裡都會信上七、八分，畢竟在戰事如此吃緊、大軍壓城的節骨眼上，突然帶兵出城，還是去往赭陽關，誰會不起疑心？等到最後，再親眼見證老闆的死亡。

用正常人的思維順著想下來，事實就是——程執聽聞陳煜回來，心知通敵事敗，心虛叛逃，臨走前還安排毒殺人證。

這個計劃安排得確實很精妙，可就是因為一切都發生得過於順理成章，才讓余歲歲覺得有哪裡不對。

「其實剛剛我就覺得，那老闆的供詞，有一個很大的疑點。」余歲歲說道。「程執和付奎的關係，朝中人都沒幾個知道，可一個敕蠻探子卻能這麼清楚？而且殿下還記得嗎？他把玄策衛的張副將及付奎、程執，都稱呼為『我們的人』。」余歲歲追寶詠那一趟收穫頗豐，知道敕蠻暗探裡一共有三股勢力，分別是寶詠、哥稚那和布猞。寶詠的勢力之前隸屬於哥稚那，現在也都被消滅了；而哥稚那和布猞達成了合作。換言之，敕蠻暗探就是哥稚那的勢力！「既然程執和付奎都是哥稚那的人，那麼當初西北被侵占，只要付奎開城獻關，哥稚那就是厥功甚偉，付奎只會投奔哥稚那，他又怎麼會擔心功勞被別人搶去？」

陳煜也隨聲附和道：「是啊，赭陽關反叛，邊關注定陷落，到時父皇和朝廷一樣會像現在這般，派衛軍出兵，玄武衛定然也在其列。到時候程執大可不費任何事，只需要帶著重甲兵開赴邊關，直接投奔敕蠻便好，又何苦繞這麼大一個圈子？」

「就算真有什麼事絆住了哥稚那，那我們再退一步，不提開城獻關的事。」余歲歲繼續道：「就說第二次吧，敕蠻先鋒軍攻打恩化，聯手秦泉的韓副將作為策應，而另一邊也讓西域十國進攻赭陽關。其實當時我們誰都措手不及，我和范將軍一路追趕，我爹也是收到阿越的信後才知道秦泉出了大事，而敕蠻馬上就打過來了。

「我爹的動作就算再快，又如何快得過赭陽關的付奎？他直接開城，反攻恩化，再截斷右衛的來路，和正面的敕蠻主力配合。敕蠻主力只需一面強攻恩化，一面繞道赭陽關，再加上玄策衛張副將的內應，更不用說程執已在七連城了，這贏面一樣很大啊！」這辦法，連余歲歲一個不懂兵法的人都能想得到！「可結果敕蠻幹了什麼？付奎『老老實實』地在對抗西域十國，還放右衛軍過去把西域打了個屁滾尿流；敕蠻的主力大軍在沙東山後面磨磨蹭蹭；恩化的敕蠻先鋒軍玩了一招佯敗誘敵，而那個張副將什麼有用的事都沒做，就鼓動著鄧章出城追敵，最後反倒是讓恩化贏了一戰。」余歲歲面露困惑。「細想想，他們的行為真的很不符合常理。如今程執叛逃，敕蠻軍居然又撤了？他們到底想幹什麼，我是真的一點兒也想不明白了。」

「如果……」陳煜凝神思索著。「我們不去想他們這麼做的理由，就按照目前的現狀推斷，接下來會發生什麼事？敕蠻會得到什麼好處？」

余歲歲順著陳煜的思路往下想。「敕蠻軍回撤，恩化危機解除，爹就能騰出手，去處置程執的事。程執是叛逃，爹肯定必須派兵去追，而要可以控制住重甲兵的，自然得是一支不小的隊伍。程執與赭陽關的付奎一旦會合，就可以同時隔開右衛和七連城。到那時恩化空虛，永寧腹背受敵，敕蠻主力就能逐個擊破……不對、不對，還是有哪裡不對。」說著說著，余歲歲又覺得有哪裡說不通。「程執已經在恩化城了，他重甲兵在手，就算不能開城獻關，也足以引發恩化內訌，協助敕蠻軍破城。而付奎只要處理掉陳容謹，前去襲擊永寧，一樣是逐個擊破啊！程執有什麼必要再跑去赭陽關呢？」余歲歲扶著頭，感覺腦細胞都要死光了。這也不對、那也不對，敕蠻說到底不就是為了侵占大雲嗎？來來回回搞這麼複雜的操作到底是在幹什麼？有這功夫，哪怕死磕恩化城，城牆早就能給他們撬開一個口子了啊！

「……等等！」余歲歲腦海裡突然閃過一個念頭，猛地抬頭望向陳煜。「我明白了！是我們想錯了！」余歲歲雙眼發亮。「我們被真正的幕後主使帶進了一個思考上的陷阱，先入為主地認為程執就是內奸，可如果他不是呢？」

陳煜眸色一震。「什麼意思？」

余歲歲的語氣有些激動。「你想，假如程執不是內奸，那麼敕蠻的一連串行為就可以這麼解釋——開戰最初不讓付奎獻關，是因為程執即使到了邊境，也只會和七連城的守軍一起對抗敕蠻，他們沒有勝算。第二次，敕蠻的目的並不是恩化，而是為了誘鄧章出錯，同時消耗玄策衛的兵力，一箭雙雕。雖然我爹力挽狂瀾，反將了敕蠻一軍，但鄧章死了，他們的目的就達到了一半。程執與鄧章關係匪淺，鄧章之死，他對我爹成見極深。程執本來就是個有勇無謀、一旦對一個人有了偏見就油鹽不進的人，在他的心裡，一直認為是我爹誣衊了鄧章。」余歲歲分析著。「而這個時候，付奎才第一次開始行動。先刺殺殿下，卻讓殿下能夠回到恩化報信，進而與暗探的證詞相呼應；另一邊則用假軍令把右衛誆走。而程執清楚地知道，我爹沒有下過右衛支援永寧的將令，那麼在程執眼中，他現在面臨的就是——第一，邊關的主將，也就是我爹，與他有矛盾；第二，我爹有栽贓鄧章的『前科』，且已經讓鄧章揹上了罵名；第三，付奎假傳軍令，甚至涉嫌刺殺皇子，他和付奎的關係可能或已經被人知道，那麼這時，他會怎麼想？」

陳煜不由得一拍掌。「他肯定會擔心自己和鄧章一樣被『陷害』，而且有付奎在，他的罪名說不定坐得更實！」

余歲歲狠狠點頭。「所以，西門的監門衛士說，程執要去赭陽關平叛，當時我們聽起來覺得這像是個謊言，可現在想，這也許就是程執的實話！程執已經鑽入牛角尖，在他看來，唯一能證明自己清白的方法，就是大義滅親，親自處置付奎。而這樣一來，才是真正落入了對方的圈套。」

陳煜深吸一口氣。「所以，從一開始，這個計劃的最終目標，就是騙走程執的重甲軍？可妳的這個猜測，還有一個地方說不通——程執可是在師父回府不久後就離開的。潘縉當時在城門接上我，只安排了一個小兵去給師父報信，且只說了我被刺殺。以程執的心機城府，這麼短的時間如何能聯想到師父要利用此事陷害他？最起碼也是要等到潘縉後來去請他來，師父控制住他、問過話後，才會有此想法吧？」

余歲歲立時一笑。「殿下是不是忘了，假如程執不是內奸，那麼恩化城就一定還有一個隱藏得最深的內奸！只有這個人能利用鄧章之事挑撥程執；也只有他，能在第一時間將殿下和付奎的事情告訴程執，他一定也知道程執和付奎的關係，故意激程執出城；同樣的，也只有他能神不知、鬼不覺地在將軍府裡毒殺了那個暗探。」

「那他會是誰？」陳煜瞪大雙眼。

余歲歲搖搖頭。「我不知道，但程執應該很信任這個人，他也一定是我爹信任的人。罷了，究竟是誰，留給我爹去查吧。現在的當務之急，是把程執追回來。這件事，我爹不能做，恩化營的所有人也都不能做。」余歲歲上前一步，道：「殿下，你身分不同，代表著陛下。只有你出面，才能勸回程執，安他的心，安玄武衛的心。」

陳煜明白余歲歲的意思，他毫不猶豫地點頭。「當然，事關邊境安危，我義不容辭。」

余歲歲粲然一笑。「那好，我陪你一起。」

陳煜立刻反對。「絕對不行，妳傷還沒好！」

「你有我瞭解敕蠻的暗探嗎？你的功夫有我好嗎？」余歲歲挑眉一笑，兩個反問，直接堵得陳煜啞口無言。

他有些挫敗，只要是余歲歲想做的事，別說他了，怕是連余璟都攔不住！

「等我給我爹留一封信後，我們馬上就走！」

很快地，兩人收拾好行裝，叫上了祁川和明琦，出城朝赭陽關的方向奔去。

直到傍晚，余璟和一眾將領才回到將軍府，神情都是一樣的沈悶。

「將軍，敕蠻後撤六十里，一時半刻恐怕不會攻城了，咱們立刻派人去追程執吧？」一個將領提議道。

隨後，其他人也紛紛附和。

余璟捏了捏皺緊的眉頭，沒有說話。

一個白天的焦頭爛額，讓他的腦子過分負荷，頗有些招架不住，可現在空閒下來，他反而覺得事情有些不對了。

雖然他一時半刻想不出頭緒來，可某種直覺告訴他，現在絕不能下令去追程執。

突然，他的目光落在旁邊案桌上的一個信封上，上面分明是女兒的字跡，寫著「父親親啟」。

余璟拿過來，抽出信箋，展開一看，目光漸漸深凝起來。

「將軍，真要是讓程執跑了，那我們可就有大麻煩了！」桌前的幾個將領還在堅持不懈地進言。

左玄策衛將軍白鴻漸見余璟神色凝重，趕緊讓眾人噤聲，自己上前關切道：「將軍，可是出了什麼事？」

余璟搖搖頭。「沒什麼，一點無關緊要的事。」

「那就好。」白鴻漸放了心。

「白將軍，」余璟突然叫住他。「你和程將軍認識多久了？」

白鴻漸想了想。「好多年了吧？當初在京城，我、鄧章，還有程將軍關係都還算不錯。他比我們的年歲大些，和我兄長年紀相仿。」

余璟了然。白鴻漸是禁軍白統領的弟弟，和鄧章一樣，皆出身勛貴，能和程執這樣的寒門子弟交好，也是挺難得的。

「程將軍的脾氣，一直這麼暴躁嗎？」余璟又問道。

白鴻漸又想了想。「還好吧，都說他是天煞孤星，命硬、脾氣硬。自從前些年他的夫人過世後，他性格就越發乖戾了。我也沒想到，他居然會做出這種事來。」

余璟點點頭。「程將軍孑然一身，付奎這個外甥，算是他唯一的親人了。」

「是啊！」白鴻漸嘆道：「要不是因為這個外甥，他何至於走到今天這一步啊！」

第二十七章

夜幕漸漸落下，夜晚無月，伸手不見五指，山路崎嶇陡峭。不得已，余歲歲幾人不敢再趕路，只得找了一處空地，休息過夜。

陳煜手臂有傷，余歲歲胸前有傷，因此生火的事就交給了祁川和明琦，還有……偷跟過來的余宛宛。

看著遠處忙碌的三個身影，陳煜湊近余歲歲，低聲耳語。「妳是說，余大姑娘是去找容謹兄的？」

「她不知怎麼聽到了赭陽關的事，又聽說陳容謹下落不明，這才偷偷跟了來。要不是下午那會兒被我發現了，她不知跟到什麼時候呢！」余歲歲有些無語。

劇情大手在男女主身上真是一點都沒手軟！

本來余歲歲以為，當初余宛宛跟著自己一行人來邊關後，一直安安穩穩地待在恩化將軍府，就可以避免在邊關和陳容謹上演原著裡「美救英雄」、「英雄救美」等等哭天搶地的狗血劇情，誰知道兜兜轉轉，居然還是躲不掉。

陳煜看余歲歲神情無奈，卻是會錯了她的意，小聲道：「容謹兄為了余大姑娘，不惜遠走邊關；余大姑娘性情雖柔弱，倒是為了容謹兄也甘願冒險，實在是情深意切。如此有情人，定要終成眷屬才是。」

余歲歲偏過頭看了陳煜幾眼，眼睛快速眨了幾下，怎麼感覺這人話裡有話一樣？拿陳容謹和余宛宛的關係，來類比他們兩人嗎？

陳煜目光灼灼，盯著余歲歲。他都說得這麼直白了，歲歲應當明白他的意思吧？

「殿下？」余歲歲看著他，露出個笑來。

陳煜一臉期待。「嗯？怎麼了？」

余歲歲猛地把臉湊近陳煜，兩人的鼻尖盡在咫尺，彷彿動一下就能碰到。

陳煜的心撲通撲通地劇烈跳動起來。

余歲歲目露狡黠，輕輕啟口。「你從西域這一路回來，又是打仗、又是刺殺的，都沒來得及洗漱吧？眼角有眼屎喔！」

陳煜猛地向後一撤身子，手同時揉上兩邊的眼角，再拿到面前細看，哪裡有什麼眼屎？再抬頭，身邊的余歲歲早站起來跑遠幾步，然後倏地轉身，歪頭朝著他笑，一臉詭計得逞的得意模樣。在她身後，生好的火堆照出些光亮，將她整個人籠罩在光暈之中。

陳煜表情一鬆，露出幾分無奈、幾分寵溺的笑容。

余歲歲滿意地回身往火堆旁走。想騙她說肉麻的情話？作夢吧哈哈哈！

剛走到火堆前，突然，一陣清晰的馬蹄聲從山路的另一側傳來，余歲歲臉上的笑意驀地收起，換上警惕。

陳煜從地上一個躍起，快步走過去站在她身邊，雖沒有動作，但姿態呈保護的樣子，凝神靜聽。

祁川、明琦和余宛宛三個人也停下了手上的動作。

「是戰馬！」陳煜壓低聲音。「快，把火熄了。」

幾人趕緊動手，三下五除二地把剛生的火撲滅，而後伏低身子，大氣都不敢出。

馬蹄聲越來越近，聽得也越來越清楚。馬蹄的步伐非常整齊劃一，即使能聽出馬匹不少，卻聽不出實際的數量。

又過了一會兒，馬蹄聲漸漸遠去，眾人才終於鬆了一口氣，背後的衣服都被冷汗浸濕，彷彿是和死神擦肩而過。

畢竟在這樣敏感的戰時，七連城守軍都不敢擅動，深夜從山裡經過的戰馬隊伍，多半是敵非友。而他們五人中武力最好的余歲歲和陳煜都帶著傷，躲著才是硬道理。

「這個時候，會是什麼人？」祁川爬起來，撫了撫胸口。

「我們繞過去看看。」陳煜說道。

五人摸著黑，來到了山路的另一側。

余歲歲掏出懷裡的火摺子，劃了好幾下才點起來，然後遞到陳煜手中。

陳煜蹲在地上，就著微弱的火光趴近細看，土層上果然留下了非常深的馬蹄印。

「這麼深的馬蹄印，負重不輕啊！」他說道。

余歲歲立刻接話。「難道是玄武衛？玄武衛騎兵與坐騎均披重甲，因此印跡很深。可是，玄武衛走在我們前面，怎麼會在我們之後才經過這兒呢？」

陳煜也說不出個頭緒來。「不如，我們順著他們的來路去看看？」

余歲歲想了想，點了點頭。

邊關地勢高，天空就顯得較低。尤其是在這樣烏雲密佈、無星無月的黑夜，就格外令人覺得壓抑。

半夜的寒風颳在身上，即使五人身披著厚厚的披風也覺得遍體生寒。再加上時不時從山林裡傳來的不知名野獸的叫聲，更顯得有些可怖。

陳煜走在最前，拉著余歲歲的胳膊，余歲歲身後是余宛宛，再之後是明琦和祁川。五個人相互拉著，才能克服一些心中的不安與恐懼。

突然，陳煜停了下來。

「怎麼了？看到什麼了？」余歲歲心裡一慌。

陳煜沈吟了一下。「太黑了，沒看到什麼，但是……聞到了血腥味。」

余歲歲這才發現，自己剛剛竟不自覺地屏住了呼吸，此刻猛地鬆懈，一股血腥氣立刻撲面而來。「一定是出事了，快看看到底怎麼了！」

陳煜依言，拿著火摺子，緩緩蹲下身，往地面上來回照著，想要找到血腥味的來源。

就在他的火摺子一點點移動的時候，突然，兩隻圓瞪著、佈滿血絲的眼球驀地出現在火摺子的光線之下！

陳煜猝不及防地被嚇了一下，身子下意識一縮，饒是他見慣了沙場屍橫遍野的場面，一時也很難對眼前的場面緩過勁來。

余歲歲感覺到手腕上陳煜的手猛地一緊，立刻焦急道：「怎麼了？」

陳煜忍了忍胃裡的翻滾。「這裡……有很多死人，妳們別過來。地上還有對付騎兵的伏槍、絆索等陷阱，別傷著妳們了。」

隨即，他鬆開了抓著余歲歲的手，獨自一人，往更深處走去。

余歲歲站在原地，沒敢亂動，心裡卻忐忑不安地看著前方的一片黑暗，哪怕根本看不見任何人影。

不知道過了多久，陳煜才舉著火摺子，走了回來。「我們回去吧，回去再說。」

重新回到之前的空地後，祁川等人再次生起火堆，五人湊到火堆旁，汲取了一些暖意，這才覺得身上的緊繃有些許的放鬆。

「表哥，你看到了什麼？快給我們說說！」祁川好奇不已。

陳煜沈吟一下，道：「如果我沒猜錯的話，應該是玄武衛重甲軍的一個小隊。那裡是一處隱蔽的小山谷，只有一條路經過，有人在山谷裡設置了伏擊騎兵的陷阱，挖了陷坑，還佈置了伏槍和絆索。這些陷阱通過自動的機括設置，根本不需要由人為操縱，在騎兵馬隊經過的時候，只要馬蹄踏中機關，就能立刻觸發，要麼被伏槍插中，要麼被絆索絆倒，或者踩空，掉入深坑。這一隊玄武衛不知道為什麼，偏離了大部隊的路線，走到了這裡，正好踏入了陷阱之中。而早已埋伏在此的人則趁人仰馬翻之時，進入谷中，一個一個將他們殺死，然後脫掉了他們身上的重甲，帶走了還存活的戰馬。」陳煜描述道：「我在山谷裡看了一下，馬匹的屍體很少，而且重甲都被剝去，應當是穿戴在了伏擊之人帶來的別的馬身上。他們這樣做，應該是想要假冒玄武衛的士兵，混入玄武衛中。」

「那會是誰呢？」祁川又問道。

「應該是敕蠻的殺手。」余崴崴說道：「我們的猜測被印證了，程執恐怕真的不是內奸。他們費盡心力地把程執誆出恩化城，就是為了引他去赭陽關。而他們再派人混入玄武衛中，一旦程執到了赭陽關，估計就會被他們控制起來，到時候，玄武衛就落入他們手中了。」

「那我們現在該怎麼辦？」明琦急道。「我們沒有火把，對這一片山路也不熟悉，不能像他們一樣趕路啊！」

「可真要等到天亮，恐怕就晚了。」余崴崴的目光，緩緩落在眼前的火堆上。

雖然用來生火堆的木柴，和正式的火把沒有辦法相比，但終歸也是可以拿來照明的，湊合著用也行。

就這樣，五個人一人舉著一根木柴，身上又帶著一根，雖然小心翼翼、身形怪異，但也總算能跌跌撞撞地上路了。
可走了整整一夜，每人的兩根木柴都燒了個精光，也沒尋見玄武衛的半點蹤影。
眼見已經到了赭陽關城下，五人心裡都有些焦急。
「陳煜，你說程執如果明知付奎反叛，他會帶兵進城嗎？」余歲歲不解地問道。
「如果是我，我不會。但程執……不好說。」陳煜說道。「付奎是他在這世上唯一的親人，又是拉拔他長大的姊姊唯一的血脈，程執如今更想做的，肯定不是殺掉這個反賊，而是勸付奎回頭是岸。程執並不知道，對方是衝著他的玄武衛而來，因此如果付奎讓他進城，他應該會答應，而且會認為帶著玄武衛進城，更能控制局勢。」
余歲歲看了看守衛嚴苛的赭陽關城門，不由得越發擔心。「現在，付奎以抓奸細為名，嚴查入城之人的身分，我們不能就這樣堂而皇之的進去。」她看向陳煜。「尤其是你，付奎軍中應該有不少人認得你。」
「那怎麼辦？」余宛宛沒了主意。
余歲歲看看陳煜，又看看其他幾人，目光漸漸地落在明琦的身上。
明琦有點莫名其妙地撓了撓頭。「歲歲，妳看我幹麼呢？」
余歲歲眼睛一亮。「明琦，妳的上妝手藝可是一絕，咱們去找一處山裡人家，喬裝改扮一番再進城吧！」

說幹就幹，五人騎馬來到赭陽關附近的山中。

赭陽關本就地處偏僻，周圍的山脈連綿不絕，深山裡的百姓多靠打獵為生，平日裡戰火也波及不到，因此日子還算平順。

五人找到一個小山村，用銀錢買了幾套衣服，分別換上。

山野裡沒什麼胭脂水粉的東西，不過本來他們也是要扮演山裡的百姓，所以不需要太多的修飾。

明琦找來燒炭的木條，在余歲歲和祁川的眉毛上畫了幾筆，又畫了鬢角，抹了些炭灰，灰撲撲的，便算是改扮成了「土裡土氣」的男人。

余歲歲還嫌不夠，拽了自己的幾根頭髮，剪成一段段的，模仿鬍子黏在嘴上。

到余宛宛的時候，因為她的氣質太過文弱，一雙小鹿眼睛隨時都水靈靈、哭唧唧的，不似余歲歲和祁川的眼神那般英氣堅毅。

明琦實在沒辦法，便還是讓她扮成山村的婦人模樣，又怕她的身段惹來麻煩，往她衣服裡塞了不少東西。余宛宛倒也明事理，死命往自己臉上、脖子上抹了不少灰，看不出昔日的白淨和秀麗了。

到了陳煜，明琦和余歲歲都犯了難。

陳煜長相極為英朗，劍眉星目，稜角分明，若還是扮男人，仔細一瞧就能瞧出本來的模樣來。付奎認得他的樣貌，這樣太危險了。

可若是扮女人……明琦撇撇嘴。陳煜作為男人可以說是好看的，可扮成女子……嘖，那畫面太美，她不敢看啊！

最後還是余歲歲想了個辦法，乾脆把陳煜畫成了個老頭。

陳煜倒也豁得出去，花大錢從幾個老人家那裡買來了白色的頭髮和鬍鬚，將自己黏成了一個花白鬍鬚、花白眉毛的老頭子。頭髮有點難辦，就找了頂草帽戴上，再把露在外面的頭髮，用村民糊牆的糯米灰兌土刷了上去，能亂真即可。

五個人扮成了一家五口，陳煜是父親，余歲歲的身量在四個姑娘中最高，便是大哥，余宛宛是大嫂，祁川和明琦分別是二弟和三弟。

就這樣，幾人順順當當地過了赭陽關城門的檢查，進了城內。

赭陽關雖然屢遭戰火，余璟也曾派人秘密轉移城中百姓，但因為赭陽關在七連城中位置最偏，所以還是有很多百姓沒有離開。

五個人找了一家客棧暫時住下後，便向店小二打聽消息。

「打仗？誰說要打仗了？」店小二聽了幾人的問題，有些疑惑。

「我們來的路上，聽說有軍隊進了城，就覺得是不是又要開戰了？」余歲歲說道。

店小二恍然大悟。「喔，你說那個啊！早上是有大軍進城，而且可威風了，那身上、馬上，全穿著銀色的鎧甲，太陽一照都閃閃發亮的，刺得我眼睛疼呢！」

余歲歲和陳煜對視一眼，看來玄武衛真的是今早進城的，他們終究還是差了一步。

「不過，我沒聽說要打仗啊！我們城裡的付將軍今早還照常有說有笑的去吃麵呢！要真是打仗了，他能那麼悠閒？」

余歲歲點點頭。「不打仗就好，我們來給老爹看病的，真怕再打起來呢！」

店小二一蹙眉。「敕蠻人現在在西北，離我們還遠呢，怕什麼？不過……前段時間城裡倒是有點亂，付將軍還下了令，誰要是違反了宵禁，抓到就殺頭呢！」

余歲歲連忙追問道：「喔？是因為抓奸細嗎？我們剛剛進城的時候，查得特別嚴，聽守門的軍爺說，是為了抓奸細呢！」

店小二點了點頭。「是要抓奸細，聽說，軍營裡還有敕蠻的內奸呢！」

五個人均是一愣，這事也能人盡皆知？

「內奸？」余歲歲故意露出疑惑。「什麼內奸啊？」

「我聽對面酒鋪的小二說，軍營裡的軍爺們去喝酒的時候聊天，說也是外頭來的一個什麼官兒，姓陳吧，是內奸，已經叫我們付將軍給殺了！」店小二隨意地一擺手。

「咚」的一聲，余宛宛手裡的茶杯摔在地上，陳煜的身子也猛地挺了起來。

余歲歲趕忙假意斥責余宛宛。「怎麼回事？喝個茶都喝不安生，沒見過世面的娘兒們！」說著，往小二手裡塞了個銀錁子。「我們知道了，多謝小二哥，你忙去吧，我們也要休息了。」

小二拿了錢，往懷裡一藏，也沒在意婦人的舉動，歡天喜地的離開了。

待他一走，余歲歲迅速起身把門關上，神色驚疑。

「付奎敢殺平王世子？怎麼可能！」重點陳容謹可是男主耶，他怎麼可能會死？

余宛宛的眼眶已經蓄起眼淚，滿面悲痛。

明琦不忍，拿袖子幫她擦了擦，以免她哭花了偽裝。

陳煜沈聲道：「如果付奎已經決心反叛，還有什麼不敢做的？容謹在邊關只是個小將，如果不主動說明身分，付奎未必會知道，或者……他也可以裝作不知道。」

「剛剛店小二說，付奎還有說有笑地去吃麵，看來是覺得赭陽關的一切都盡在掌握中，恐怕朝程執下手也沒幾天了。」余歲歲皺眉道。

陳煜握了握拳頭，赭陽關的情勢已然超出了他們的預期，本來還想在城中暗伏幾天看看情況，現在看來，恐怕來不及了。「我有一個想法，如今容謹生死不知，程執又危在旦夕，我們乾脆一不做、二不休，先拿下付奎。待拿下付奎後，我去說動程執，只要玄武衛在我們手裡，赭陽關的守軍不足為慮。」

余歲歲想了想，也覺得可行。「好，我跟你一起。對了，剛剛小二說，付奎照常去吃麵，這應當是他的一個習慣。如果能在外面動手，會比我們到軍營或是他府中要方便得多。」

陳煜點了點頭。「也好，那我們就打聽一下，他去什麼地方吃麵吧。」

有了計劃，余歲歲就出了房門，再次找到店小二閒聊，然後話題不著痕跡地引到了付奎吃麵的事情上。

「剛剛我那老爹聽到個『麵』字，就饞得不行，你們那個什麼將軍吃的麵好不好吃啊？我也去給我老爹買一碗。」

店小二一聽，像是突然打了雞血一樣，脖子一伸，口沫橫飛地說著。

「那肯定好吃啊！不然付將軍會天天去嗎？不過其實城裡人都知道，他才不是為了那碗麵，是為了那個麵條西施！」

「麵條西施？」余歲歲愣了一下，她似乎嗅到了八卦的味道。

「是呀！」店小二道：「就在咱們這條街東邊的路口，擺了一個攤子。那老闆娘就是這赭陽關的人，似乎是因為不能生娃，就讓婆家給休了。我聽人說呀，付將軍自從吃過那家的麵後，就像著了魔似的，天天朝那兒去！可那老闆娘呢，也不搭理他，付將軍給錢，她就給他做麵，再多的話，那是一句也不說的。」

「喔，原來是這樣。」余歲歲大概明白了些。「那看來，這麵確實挺好吃的吧？明天我也去嚐嚐，沒準兒還能遇見付將軍。我長這麼大，還沒見過將軍這麼大的官呢！」

店小二同情地看了他一眼，說道：「那你算是說對了，真要想見付將軍，就去那麵攤，準能見到！除了之前打仗的時候，他每天早上都去。」

余歲歲得到了自己想要的消息後，朝小二道了謝，便回了屋子。

大約到了中午時分，余歲歲就和祁川一起出門，按照小二說的地點找了過去。可走到了街東口，只見到搭好的棚子，還有灶臺和桌子，卻沒看見有人。兩人站在原地等了一會兒，還是不見人來，不由得奇怪起來。

「按小二說的，應該就是這裡啊！怎麼沒有人呢？」余歲歲左右張望著。

這時，一個從旁邊路過的老大娘停下了腳步，上下打量了他們兩眼，問道：「兩位兄弟幹什麼的？」

余歲歲一愣。「喔，我、我們吃麵。」

老大娘一臉了然。「我一看就知道你們是來吃麵的，也是衝著什麼西施的名頭來的吧？」

余歲歲笑了笑，算是默認了。

「你們啊，來得不巧了！想看西施？沒有。吃麵？也沒有。」老大娘擺了擺手。

「啊，這是為什麼？」祁川有些焦急。

她們兩個人是先來踩點的，本來還想著跟賣麵的老闆娘打聽打聽付奎的情況，只等著明早一舉擒住他呢！

聽他這麼一問，老大娘就不高興了。「哪有那麼多為什麼？人家賣的是麵，又不是賣笑！憑什麼你們想看就得看，想吃就能吃啊？不許人家家裡有點事啊？」

見老大娘一臉嫌惡地看著她們，余歲歲這才反應過來，許是老大娘把她們也當作那些癡迷「麵條西施」美色的臭男人了。

「哎呀，大娘，您誤會我們了，我們沒別的意思！」余歲歲趕緊解釋道：「我和我兄弟是外地來的，來給我們老爹瞧病。這家裡老爹病著，有些忌口，但就想吃點兒有味的。我們也是聽人說起這兒的麵好吃，連城裡的大將軍都愛吃，這不是想著來買一點，盡盡孝心嘛！」

這話一說，老大娘的神情立即緩和了不少，畢竟很多老人對孝順的年輕人，總會有一種天然的好感，當下臉也不拉著了。

「嗐，那倒是我誤會了！」老大娘道：「不過呀，你們也別等了，三娘家裡出了點事，下午、晚上都不會出攤了。」

「出事？」余歲歲連忙追問道：「是什麼事啊？」

老大娘嘆了一口氣。「還不是她那沒良心的兄嫂不幹人事！三娘叫之前那金鐵家的給休了後，她兄嫂連家門都不給人進，逼著三娘自己討生活。要不是我收留她住下，不定現在過著什麼日子呢！現在呢，見三娘能賺錢了，又上趕著來要錢，還想著把她再嫁一戶人家收彩禮錢呢！哪有那麼好的事啊！三娘呀，性子烈，剛才他們找人來鬧，她直接拎著刀就找上門去了，說是不斷關係不甘休！我瞅著那一家子窩囊廢，估計挺不了多久，明早興許三娘就回來了。」

余歲歲聽著就覺得有趣，沒想到這個三娘還是個奇女子呢！

「不過啊，我勸你們也別抱那麼大希望。」老大娘話鋒一轉。「三娘說了，她的麵條就是普通的麵條，沒有多好吃，不是什麼大將軍說好，就一定好的東西。那姓付的像隻臭蟲一樣成天黏著三娘，要不是我勸著三娘利用這名氣多賺點體己錢，早把他打出去了！哎呀，我不跟你們說了，家裡還燒著菜呢！」

老大娘唸唸叨叨地說了一通後，又風風火火地走了。可話裡話外，都是對三娘的維護和讚賞，可見這個三娘，應當也是個不錯的女子。

既然人不在，余歲歲和祁川只得先回到客棧，再商議對策。

「按那個老大娘的說法，麵鋪的那位三娘子，聽起來是個行事瀟灑爽利的女子，也和付奎並未有什麼關係。如果我們請她幫忙，應該可行。」余歲歲朝陳煜道。

「這倒不失為一個方法。但程執是今早進城的，我怕一旦有什麼變故，明天付奎不去麵鋪吃麵，我們的計劃就失敗了。」陳煜說道。「我在想，今晚我們想辦法先潛入將軍府一趟，起碼對付奎的現狀有一個大致的瞭解，之後再作決定。」

余歲歲同意道：「行，那今晚我跟你一起去。」

夜幕降臨，余歲歲和陳煜帶著繩索和飛爪，趁著夜色出了客棧。

因為赭陽關有宵禁，兩人都換上了黑衣，貼著牆根，小心翼翼地避開巡邏的士兵，最終一點點接近了付奎的將軍府。

將軍府的正門把守森嚴，兩人只好繞道側牆根下，借助著工具，翻上了將軍府的牆頭屋頂。

七連城的將軍府，建築的構造大體相同，兩人一進府，就直奔內院。

本想先找到付奎的住處，卻意外地看到付奎從一間正屋裡出來，走向了一個廂房。

「舅舅，是我。」付奎站在門口，敲響了房門。

房門打開，露出程執的半張臉。

另一處的房頂上，余歲歲和陳煜看得真切，兩人立即起身，往廂房的屋頂上移動。

待躍上了廂房的屋頂，兩人隨即順著繩索滑下來，躲在牆角的窗下，屏息聽著裡頭的動靜。

「舅舅！您這是什麼意思？」

屋裡傳來付奎生氣的聲音。

「您可是從小看著我長大的，我是什麼樣的人，您怎麼會不清楚？現在，外人說一句我勾結敕蠻、通敵賣國，您就信了？到底您是我的舅舅，還是別人的舅舅？」付奎振振有詞。

屋外的余歲歲不由得在心裡咋舌，這付奎的一番話還真是字字往程執的心上戳。

對於程執這樣幾乎失去了所有親人的人來說，自然視付奎極為重視，而付奎對他的這一番道德勒索，就能得到很有用的效果。

果然，程執的語氣就軟了三分。「我當然相信你，所以我才來找你，就是為了從你嘴裡聽一句實話啊！」

「哼，舅舅來找我，就是不信任我了，又何苦說這些？舅舅既然已經在心裡定了我的罪，那就把我抓起來，殺頭了事吧！」

程執一噎。「你！奎兒，你娘死的時候，託我好好照看著你，這麼多年來，你雖是我外甥，可我卻把你看成了我的兒子。你是我在這世上唯一的親人，難道從你嘴裡，我連一句實話都聽不到嗎？」

付奎哼了一聲。「實話？實話就是我不是內奸！」

「可七殿下和西域的使者遇刺是怎麼回事？你為什麼假傳軍令？敕蠻的暗探又為什麼會把你招出來？」程執再問道。

窗外，余歲歲和陳煜對視一眼，都從彼此眼裡看到了瞭然。

看樣子，他們猜的果然沒錯。恩化府的內奸另有其人，而且還趁著他們審問城西老闆的時候，把事情透露給程執，這才嚇得程執在衝動之下，帶兵前來赭陽關。

那個內奸就是拿捏住了程執和付奎的這層關係，料定程執捨不得殺掉他世上唯一的親人，反而會想要勸他回頭是岸，這才炮製了這一齣「程執叛逃」的戲碼。

這個計謀，說起來再簡單不過，但每一步都是契合著這場騙局裡每一個人的心態來設計的。看來，設這個局的人，當真很瞭解程執，也很瞭解邊關的局勢。

屋裡，付奎和程執的對話還在繼續。

「舅舅欸，您也不想想，七皇子是離了赭陽關才遇到了刺殺的，這怎麼能怪我呢？我管赭陽關的事就已經夠焦頭爛額的了，哪有空去管他的死活？」付奎辯白道。「再說軍令，我確實是接到了恩化來的命令，讓右衛軍轉道永寧，怎麼能說我是假傳軍令呢？難道那余璟翻臉不認，就能往我身上潑髒水了？」

余歲歲暗暗心驚，這話一說，程執的疑心怕是也要消去八、九分了。

不知道這幕後的主使者是誰，當真是把程執的心思摸得透透的。

「再說了舅舅，敕鑾的暗探招出了我，那就會是我嗎？萬一是敕鑾人使的反間計呢？」付奎繼續道：「誰知道是不是那個余璟為了對付您，故意安排人這麼說，好給您也栽一個罪名？」

程執陷入了沈思。「是啊，恩化營人人都說余璟聰慧過人，當初在京城，陛下也那般稱讚過他。他這麼聰明，為什麼第一時間想到的不是敕鑾在使反間計，而是來定我的罪呢？」

余歲歲和陳煜在窗外聽見，恨不得衝進去拍醒程執。這平日裡不動腦子的人，一旦動起腦子來，還真是非一般的可怕！

付奎見程執聽信了自己的話，眼裡露出幾抹得意，使出最後的殺手鐧。「舅舅，我看，其實是余璟他自己通敵叛國，才急於把罪名栽贓在您跟我頭上吧。」

「怎麼說？」程執追問。

付奎冷笑道：「前些日子，我在城裡抓了個內奸，您猜是誰？正是余璟派到赭陽關來的一個陳校尉。連自己的手下都是內奸，他又何來的清清白白？」

程執一愣，並不知道付奎說的陳校尉是誰，卻疑問道：「余璟派了兵到赭陽關？」

「是啊！」付奎道：「您瞧，余璟什麼都不告訴您，不就是打算讓您替他揹鍋的嗎？」

程執有些遲疑。「可……我雖然看不上那小子，也知他為人狡詐，但他確實不像是會通敵之人。這些日子我看著他鎮守恩化，手段一樣狠決，並未對敕蠻有絲毫留情啊！」

「舅舅啊，您這個人就是太容易相信別人了！」付奎一臉無奈。「您都知道他為人狡詐了，怎麼會知道他不是在您面前演戲、偽裝呢？」

程執沈吟了一會兒。「看來，這件事一定有蹊蹺。這麼一說，我到你這赭陽關來，確實有些衝動了。」

付奎眼神一閃，沒有接話。「好了舅舅，天色已晚，您先休息吧。其他的事，咱們之後再說。」

付奎從程執的房裡出來後，並沒有回到自己房中，而是繞到一個偏僻的院子裡，打開了一個地上的機關，順著臺階，走了下去。

一路跟過來的余歲歲和陳煜見此，便知將軍府裡有一座地牢。

「現在付奎雖安撫住了程執，但依程執的性子，說不定這會兒還想著要返回恩化去呢！」余歲歲道：「我估計，付奎很快就會對程執下手的。」

陳煜點頭表示贊同。「我們若是要擒拿付奎，就得避開程執。就剛剛的情形，若是讓他看到我們抓付奎，沒準兒逆反之心和誤解會更深。看來，我們還是不能在將軍府動手。」

余歲歲揉了揉發疼的腦袋。但凡程執有點腦子，也不至於一點兒想法都沒有，還讓他們這般費盡心機。

陳煜遠遠看著偏院，眉頭皺緊。「這付奎挖地牢做什麼？又怎麼會去了這麼久？」

余歲歲思索了一陣，突地眼睛一亮。「欸，你說有沒有可能陳容謹沒死，就被關在這地牢之中？」

陳煜愣了一下。「可能嗎？付奎留著他做什麼？」

余歲歲調整了一下姿勢，面向陳煜。「你還記得嗎？剛剛在屋裡，付奎提起陳容謹時，用的是『陳校尉』這個稱呼。程執久在京城，付奎若是說出陳容謹的名字，程執馬上就能知道他是平王世子，又如何會相信平王世子通敵呢？」

陳煜也恍然大悟。「是了，所以付奎一定知道容謹兄的身分！可越是這樣，不越應該殺了他嗎？」

余歲歲聳聳肩。「或許是為了給自己留條後路，又或許是為了別的什麼。但總之，陳容謹不會死的。」

陳煜不解。「妳怎麼如此肯定？」

余歲歲含糊道：「哎呀，反正我就是知道。」

正說著，付奎從地牢裡走了出來，朝自己的臥房走去。

以為探聽不出別的什麼消息了，余歲歲和陳煜正打算離開。

沒想到就在此時，一個付奎的親兵小跑而來，擋住了付奎進屋的步伐。

「將軍，有貴客到！」

付奎臉色一變，神情鄭重起來，似乎連身上的肌肉都繃緊了。

余歲歲和陳煜立刻察覺到他的不尋常，直覺來的這人一定不簡單，便決定繼續等著，一看究竟。

沒過一會兒，親兵領著兩個全身披著黑色大斗篷的人匆匆走了進來。若是仔細看，他們斗篷的帽子下面，連臉都蒙著黑布。這麼見不得人，一定有大秘密！

余歲歲和陳煜本想如法炮製，偷聽三人的談話，可沒想到付奎這次竟非常謹慎，聲音小得幾不可聞，另外兩人更是未曾脫下過斗篷。

實在沒辦法，余歲歲和陳煜只好離開了將軍府，決定還是等到明早，趁付奎去麵鋪吃麵時再行動手。

第二天，余歲歲五人起了個大早，安排著去麵鋪抓人的計劃。

還是由余歲歲和祁川打頭陣，假裝去吃麵；陳煜和明琦藏在一旁；而余宛宛則駕著眾人在城中剛買的馬車。只要一得手，就立刻把付奎抬上馬車，躲在城中偏僻的地方，之後再由陳煜去見程執，控制赭陽關。

聽店小二說，付奎到攤子吃麵從來都只帶著一個親兵，想來是不想帶那麼多人影響到他撩妹，這倒是更加方便了他們抓人的計劃。

一切準備就緒後，余歲歲和祁川便來到了麵鋪。

離攤子還有幾步遠的時候，兩人就看見棚子下的灶臺上，一口大鍋敞著口，正煮著麵湯。湯已經沸騰了，冒起一縷一縷的輕煙，風吹過，將香氣帶得更遠。

濃濃的香味鑽入鼻尖，余歲歲不由得吸了吸鼻子。

昨天那位大娘怕是說得有些謙虛了，這樣的香味，麵又怎會不好吃呢？

再看灶臺前，一個女子背著身，正在水盆裡洗著些什麼。纖細有致的身姿來回忙碌著，卻一舉一動都像是有著別樣的風情。

難怪城裡人叫她「麵條西施」，光是一個背影，就覺得一定是個美人了！

「歲歲。」祁川拉了拉余歲歲的袖子，朝另一條街努了努嘴。「付奎來了。」

余歲歲不著痕跡地偏了偏頭，餘光朝那個方向一掃。

果然是付奎，穿的是便服，身後只跟著一個侍衛。他臉上帶著自以為風流倜儻的笑容，可長相卻又著實令人不敢恭維。堂堂的領兵主將，居然透著一股獐頭鼠目的猥瑣氣質。

莫說三娘那般美人看不上他了，但凡是個眼睛不瞎的女子，都不會瞧上眼的。

「三娘，來碗麵，要料最多的那種！」付奎大搖大擺地坐到桌前，語氣一副熟稔。

「知道了。」忙碌的三娘頭也沒回地應了一聲，語氣不鹹不淡。

余歲歲見狀，也領著祁川走了過去。

「大姊，妳這都有啥麵啊？能給我們來兩碗不？」余歲歲時刻不忘自己是個山裡漢子的人設，站到灶臺前，一臉憨厚。

只見那三娘將一捧洗好的野菜從水盆裡撈出來，甩了幾下水後，放到一旁的案板上。隨即拿起旁邊的乾淨麻布擦了擦手上的水，然後緩緩轉過身來。

三娘笑得和善，語氣溫柔。「兩位兄弟吃些什麼？麵裡能加野菜、山菌和臘肉，想要雞蛋也成。」

就在三娘轉過頭來的一瞬間，余歲歲整個人就像被雷劈了一樣，整個人死死地被釘在原地，半分都動彈不得，腦子裡發出劇烈的轟鳴，彷彿渾身的血液都在逆流。

她就像乾枯水窪裡的魚，失去了水源，只能拚命地張著嘴，試圖汲取更多的氧氣，才能緩解胸口如窒息般的感覺。

余歲歲一雙眼睛瞪得又圓又大，直勾勾地盯著面前女人的那張臉。

那是一張她永遠都不會忘記的、母親的容顏啊！

三娘見對面這男人不說話，只盯著自己，臉上不由得透出幾分不耐，暗惱又是個癡迷自己美色的無聊之人，原本和善的神情也褪了下去。「兩位，到底吃什麼！」

祁川見佘歲歲半天都不說話，神情又極為詭異，也不知道發生了什麼事，是否生了什麼變故，只得自己開口道：「喔，我們、我們吃最便宜的就行。」說著，就要拽著佘歲歲去找座位。沒想到拽了好幾下，佘歲歲竟紋絲不動，祁川不由得急了，低聲道：「大哥！大哥你幹什麼呢？」

佘歲歲身子一抖，被祁川拉著，趺趺撞撞地坐在了另一張桌子旁。

祁川掃過旁邊付奎不悅的神情，急得扣住佘歲歲的手腕，低聲道：「歲歲，妳在想什麼？付奎就在身後，我們該動手了！」

此時的佘歲歲，耳朵裡早已全然聽不到外界的半點聲音，她的眼前、腦海、心中全都是記憶中媽媽的模樣，還有此刻三娘的那張臉。

媽媽離開她的時候，只有三十多歲。在佘歲歲的記憶裡，她見證過父親的老去，可媽媽的模樣，從來都是那個年輕的、美麗的樣子。

而那副樣子，又在一年一年的思念裡，逐漸被打磨得略微模糊，好像加了一層朦朧濾鏡的照片般，抹去了她的疲憊、病容，還有一切歲月的痕跡。最後，只剩下了一個最完美、最夢幻的模樣。

眼前的三娘，就是那個完美、夢幻模樣的鮮活存在。

不再是只能在記憶裡拚命回想的影子，也沒有回憶裡機械似重複的一顰一笑，反而充滿了無限的生命力和豐滿的血肉與七情六慾，逐漸和那個遙遠的、永遠沒有可能再觸碰的人，融為了一體。

一碗麵驀地放在面前，一滴淚順勢滴進了熱騰騰的湯中。

余歲歲好像突然回到了小時候的飯桌前，她搬來自己的小板凳，乖巧地坐在桌邊，托著下巴，滿懷期待地等著媽媽端上來的那碗麵條。

「歲歲，好吃嗎？」媽媽溫柔地問她。

「好吃！」余歲歲快樂地回答著。「媽媽，我還想再要一個荷包蛋。」

「不行，今天妳已經吃了兩個雞蛋，吃多了不消化。想吃的話，我明天早上給妳煎。」

媽媽笑著，拒絕她的要求。

「好吧……」她裝出失落的樣子，試圖引起媽媽的憐愛。

可媽媽總是這樣「鐵石心腸」，說不許，就是不許。

就像那一年的病房裡，她死死地拽著媽媽的手，哭著、喊著讓她不許走，不許丟下她，可媽媽還是要走，說走就走。這一走，就再也沒回來了……

「歲歲？歲歲！」

恍惚間，余歲歲聽到有人在叫她，帶著幾分焦急、幾分擔憂。

是媽媽嗎？是媽媽的聲音嗎？

余歲歲抬起迷茫而期冀的雙眸，在對上祁川眼睛的那一刻，眼裡的光彩一瞬間消失殆盡，滿心的希望被一盆冰水澆滅，陡然心碎。

「歲歲，妳到底怎麼了？」祁川抓著她的肩膀。

余歲歲眼珠一動，靈魂回到現實。她已經不在麵鋪前，而是在客棧的房中了。

陳煜、祁川、明琦和余宛宛都站在她的床前，關心地盯著她。

「我怎麼……在這裡啊？」余歲歲愣愣地問道。

祁川嘆了口氣。「妳的狀態實在不對勁，就像……就像是失了魂一樣，怎麼叫妳都沒反應。表哥他擔心妳，又怕付奎起疑心，便停止了計劃。」

余歲歲這才猛地回想起，她去麵鋪，是要去抓付奎的，可現在……

她抬頭，看著陳煜，心裡的一根弦突然就繃斷了。

她一下子撲進陳煜的懷裡，抱住他的腰身，把臉死死地埋進他的胸前，嚎啕大哭。「對不起！對不起……我不是有意的、我不是故意的……」

陳煜身子一顫，下意識摟緊了她的身子，緩緩坐在床沿，讓她能舒服一些。

祁川三人見這樣的情形，都覺得有些彆扭，便悄無聲息地退了出去。

陳煜感受著懷裡的人聳動顫抖的身體，卻又不知道究竟發生了什麼事，只能輕輕拍著余歲歲的後背，小聲地安撫著。「沒事，跟妳沒關係，不是妳的錯。我們不在乎什麼付奎，只想知道妳怎麼了？有沒有事？不管發生什麼事，都可以跟我說。」

余歲歲伏在陳煜的胸口，雙眼哭得腫脹，氣都喘不過來。「我……我好想……她，好想……她……」

陳煜不知道她在說誰，可聽著她撕心裂肺的痛哭，將他厚厚的冬衣都哭透了，他心裡某一處也泛起了共情的酸楚。

如果，這世上有誰能讓一個人這樣的痛哭失聲，陳煜想，也許只有這個人的母親了。

他想起余璟說過，妻子在余歲歲很小的時候就已過世，雖然那只是她的養母，但一定曾經深切地關愛著她。

回到侯府後，她真正的親娘早就撒手人寰，親生父親心如蛇蠍，親弟弟陰險狠毒，繼母關係平淡，一眾姊妹也從來不親。

如果沒有余璟，歲歲的這一生該有多苦？她會不會在深夜時自己一個人偷偷哭濕枕頭，偷偷想念著自己的娘親？

陳煜抱著余歲歲，沒有再說什麼，只是由著她哭出心底的所有苦楚與鬱結。

直到余歲歲哭累了，情緒也才漸漸地平復了下來。

「對不起，是我打亂了咱們的計劃，錯過了抓付奎的最好時機。」余歲歲緩過神來，有些虛弱地道歉。

陳煜給她倒了一杯熱茶，讓她捧著喝，自己則看著她說道：「妳別這麼想，沒有什麼錯過的，抓住他的時候，才是最好的時候。事在人為嘛！」

余歲歲笑了笑，雖然知道他只是在安慰自己，可心裡還是很受用。

「我剛剛，只是……」余歲歲想要解釋，卻又覺得自己無法解釋。「只是覺得，那個賣麵的三娘，有點像……我的一個故人。」

「故人？」陳煜一愣。「是……妳的母親？」

余歲歲沒想到他居然猜到了，只好點了點頭。「是。我只是沒想到，世界上會有這麼相似的兩個人。她離開我太久了，所以我才……」

剛剛她只顧著哭，現在冷靜下來，便開始思索起那個三娘的身分。

按理來說，她和爸爸都能穿越，媽媽也可以吧？

可轉念再一想，媽媽去世的時候，這本小說都還沒有寫出來呢，她怎麼可能穿越？而且她和爸爸是一起出車禍的，這才能有機緣一起穿越，可媽媽都已經走了十多年了呀！

想了一輪後，余歲歲又推翻了三娘就是媽媽的結論。

也許，只是兩張相似的面孔而已。

原來的余璟不也跟爸爸長得一樣嗎？爸爸要是不穿越過來，那個余璟不照樣和自己一點兒關係都沒有？

何況自己現在的臉和現代的臉還壓根兒沒有一處長得一樣呢！也沒人規定，要穿越就只能穿越到長得一樣的人身上吧？

余歲歲壓抑著心中的失落，說服自己接受了這個事實。

「那現在，付奎那裡……」

陳煜安慰道：「妳別多想了，先好好休息，其他的事交給我。這不是還有一個白天嗎？我再去一趟將軍府。實在不行，他明天不是還會去吃麵？明天再動手也一樣。」

余歲歲心中感激，點點頭。「那你去吧，小心一點。」

「好，那我讓祁川她們來照顧妳。」陳煜起身。

陳煜一走，余歲歲就覺得自己哭得頭疼，不由得靠在床頭，默默發呆。

過了一會兒，房門被推開，進來的是余宛宛，手裡還端著一碗粥。

「歲歲，七殿下讓廚上給妳煮的粥，縣主和明姑娘在吃飯，我先給妳端上來了。」

「謝謝。」余歲歲客氣地道謝。「那妳怎麼不吃飯？」

余宛宛的神情有些黯淡。「我……吃不下。」

余歲歲心下了然。「我知道妳很擔心世子，妳放心，他沒事的。」

「真的？」余宛宛眼睛一亮，有些不敢置信。

「當然。昨晚我和陳煜在將軍府發現了地牢，我猜付奎應該是把世子關進了地牢裡。付奎知道世子的身分，他有再大的膽子，也不敢殺皇親國戚不是？」余歲歲安慰道。

其實以付奎內奸的身分，沒什麼敢殺不敢殺的，但余歲歲就是有一種直覺，覺得陳容謹沒死。雖然不知道為什麼付奎沒有殺他，但這個理由足夠騙過余宛宛了。

果然，余宛宛聽到這個消息後，情緒立刻好了不少。

「希望他真的沒事。若是他有個……我都不知道我該怎麼活下去，他是我現在唯一能倚靠的人了。」

余歲歲有點無奈。「就算他有事，妳也得好好活下去呀！難道世子就願意妳因為他而殞命嗎？」

余宛宛終究是在禮教之下長大的女孩子，身世又如此複雜，她有這樣的想法也不奇怪。余歲歲也沒打算改變她，但說些她能聽進去的話，還是可以的。

「我明白。」余宛宛點點頭。「所以我才羨慕妳，有主意、有膽識。不過……這次知道容謹的事後，我只哭過昨天那一回，就再沒哭過了！」

余歲歲哭笑不得。這姑娘還挺驕傲唄？不過也是，哭包不哭了，可不得驕傲一下？

「那妳好棒棒喔！」余歲歲笑著逗了她一句。

看著眼前的余宛宛，余歲歲不由得覺得時間過得太快了。她從一開始對余宛宛的嫌棄，到後來的漠視，再到現在兩人還能彼此說笑幾句，感覺似乎只是一眨眼的功夫。

應該是自從收拾過盧陽侯府那些豺狼屬性的東西後，她才對余宛宛有了一個放下的態度。或許是因為那樣做，讓她和余宛宛之間生來的牽絆與勾連有了一個宣洩的出口吧。

雖然她不會認為余宛宛是朋友，但這樣相安無事就挺好的了。

余歲歲看著余宛宛，覺得她的臉越來越模糊、越來越迷濛。

看來自己真是哭得太狠了，哭得都打起瞌睡了？

視線越來越暗、越來越暗，終於，余歲歲雙眼一閉，倒在了枕頭上。

沒多久，房門被一點一點地慢慢推開，兩個黑衣人潛進房中，看著床上睡過去的兩個人，伸手撥弄了兩下。

「這兩個都是女的，到底是哪一個？」

「不管了，都帶回去，讓主上看看。」

「好，馬車就在後窗下，咱們走！」

第二十八章

余歲歲迷迷糊糊地睜開眼時，眼前是一片漆黑。她腦子還沒轉過來，下意識以為是天黑了。

可這個念頭剛起，她一個激靈就翻身坐了起來。

不對！她不是因為哭累了睡著，而是中了迷魂香！那一會兒她哭得頭腦發蒙，所以沒有提早察覺到迷魂香，但其實她在暈過去前已經覺得哪裡不對了！

余歲歲立刻抬頭觀察四周，陰暗的土屋，三面是牆，一面是鐵欄杆，地上鋪著草蓆，余宛宛還暈在身邊。

明白了！她現在恐怕正在將軍府的那座地牢之中！

可付奎怎麼會知道他們的行蹤呢？難道是早上在麵鋪暴露了蹤跡？余歲歲不由得懊悔。也不知道祁川和明琦怎麼樣了，有沒有被抓？而陳煜，又在什麼地方呢？

正想著，牢外突然響起了一陣沙沙的腳步聲。

余歲歲一個躍起，警惕地來到欄杆前，盯著朝這邊走過來的人。

「是你！」余歲歲瞪大眼睛。

來人解開自己的黑袍，露出一張冷硬的臉龐。

「余姑娘真是好記性，只多年前在童縣潘府那一面之緣，就記得在下了。」

余歲歲神色恍然。「我明白了，敕蠻的哥稚那王子就是帶著你，到中原和潘家見面的？」

來人面露困惑。「余姑娘當年是同時見過我和哥稚那的，且並不知曉我們的身分，妳怎麼不覺得，我才是哥稚那呢？」

余歲歲嘲諷地笑了一聲。「雖然你的面孔也有些西域人的模樣，但你身上的一個氣質是改不了的。」

「喔？是什麼氣質？」來人興味盎然地問道。

余歲歲冷冷吐出幾個字。「中原叛徒的氣質！」

「哈哈哈哈……」那人仰天大笑。「余姑娘啊余姑娘，我早就知道妳是個妙人兒，卻沒想到這麼有意思！我真是太喜歡妳這個性情了，不愧是余璟養大的女兒！」

余歲歲懶得搭理他，重新走回草蓆上坐下。「閣下抓我來，是來表揚我的嗎？那你就多說點兒，我愛聽。」

「哈哈哈……」那人再次被余歲歲逗笑，眼裡都染上了笑意。「余姑娘，我真是越來越喜歡妳了！認識一下，在下姓薛，名壬朗，中原人士，年過而立。」

余歲歲翻了個白眼，誰稀罕知道他是誰。

「余姑娘就不好奇，我是什麼身分？什麼來頭？抓妳來又有什麼目的嗎？」薛壬朗看著她問道。

余歲歲無聊地瞥了他一眼。「你願意說就說，不想說就走。這裡面這麼安靜，你太聒噪，我耳朵難受，不想聽。」

薛壬朗被她堵得一噎，隨即再次爆發出大笑。「好好好，等余姑娘想聽的時候，在下一定親自來告訴妳！來人，把衣服拿上來。」薛壬朗朝後一招手。

一個侍衛捧著兩套女子的裙衫過來。

「余姑娘，可別說我不憐香惜玉啊！妳和這位余姑娘都是如花似玉的模樣，總穿著這樣的衣服像什麼樣子？換了，漂漂亮亮的多好。」說著，他手臂伸進欄杆，將衣服放在了門口的草蓆上。

余歲歲這才發覺，這間牢房確實打掃得極為乾淨，好像就是專門為了她們準備的一般。

薛壬朗放下衣服後，也不多話，轉身就離開了。

余歲歲沈思了一會兒，心裡不由得升起幾分憂慮。

薛壬朗知道她的身分不奇怪，可他竟然連余宛宛的身分都知道，這就令人生疑了。

現在她基本可以下一個結論——薛壬朗才是發動戰爭、誆騙程執、刺殺陳煜和西域使者的幕後主使！邊關的一切，皆因他而起。

薛壬朗跟隨在哥稚那身邊，為他出謀劃策，幫助他攻打大雲，登上可汗寶座。

不對！一個念頭突然強勢地侵占了余歲歲的腦海，來得猝不及防，全無憑據，卻偏偏讓她不能忽視。

薛壬朗對哥稚那或許不是幫助，而是……利用！

身邊的余宛宛還暈著未醒，余歲歲不由得嘆了口氣。

以前自己總說，身為女配要遠離女主，不然會變得不幸。誰知道，這次居然是自己連累了余宛宛。

想到這裡，余歲歲突然記起，如果這就是將軍府的地牢，那陳容謹說不定會在這裡！

她計上心頭，走到牢門口，故意大聲喊道：「宛宛！宛宛！妳醒醒！妳怎麼樣了？」

喊了幾次，地牢裡除了她的回聲之外，沒有任何人的應答。

難道，這裡不是將軍府的地牢？還是說，陳容謹不在這裡？

余歲歲呼出一口氣，視線落在牢門之上。

鐵門，拿一般的銅鎖鎖著，一劈就能劈開，真是簡陋。

其實，如果不是自己身上有傷，還有余宛宛在這裡，說不定她還能直接闖出去呢！可現在，她只能望門興嘆。

現在只希望祁川和明琦都沒事，而陳煜能早些發現她們不見，來救她們了。

不過薛壬朗抓自己又是為了什麼呢？做人質？威脅余璟和陳煜？

可赭陽關和重甲軍都在他們手裡，他們只需要西攻永寧，東襲恩化，與敕蠻主力相配合，直接吞下七連城的勝算很大啊！那還要人質幹什麼？

余歲歲想不通，乾脆就不想了。

反正她覺得，那個薛壬朗應該是個話癆，表達慾很強，說不定回頭他自己就會說出來為什麼了，她就等著吧！

將軍府。

陳煜從昨晚付奎和兩個神秘人見面的屋裡出來，心中不由得有些失望。

他趁著付奎和程執去了軍營，才潛入將軍府中搜查，可將軍府裡好像格外的乾淨，什麼蛛絲馬跡都找不到。

沒有證據，也沒抓住付奎，他拿什麼去說服程執？

付奎是內奸已是既定的事實，一旦處理不好他，再逼急了程執，那才是真的糟了。

想著，陳煜身形一閃，來到了付奎的書房。

書房書架上的書籍、卷軸很多，他只能一點一點，仔細而謹慎地翻找起來。

突然，書房的門「吱呀」一聲，被人緩緩推開。

陳煜從書架下方的縫隙看過去，一隻穿著軍用靴子的腳，輕巧地踏了進來。

他神情一凜，將手中的書冊小心翼翼地放回原處，站在原地，隱蔽著呼吸，右手伸進袖中，握住了匕首。

門口，來人的另一隻腳也踏了進來，步伐放得極輕，每一步抬腳、落地，都避免著發出聲音。

陳煜思索著，此人鬼鬼祟祟，定然不會是將軍府的人，難道，也是一個和自己一樣，來將軍府找東西的人？

看著那人的腳步越來越近，躲在高高書架後面的陳煜微微偏頭，可視線依舊被書冊擋住。

他伸出一根手指，輕輕撥動書冊的位置，前方那人的側臉便一點一點地露出。

「誰?!」

移動的書冊與書架發出摩擦的細微聲響，前方的人影一個閃動，只眨眼間，陳煜便感受到了一股勁風的來襲！

他當即作出反應，抽出匕首，精準地擋下迎面刺來的短劍。

劍身相撞，兩邊的力道相持不讓。

陳煜突然鬆手，耍了個花樣，匕首在對方的短劍上繞了半圈，再次回到他的手中。他迅速用力一扯，將躲在書架拐角處的人順勢帶了出來。

「容謹兄?!」陳煜手中匕首的尖刃，在陳容謹脖子一寸外猛然停住。

陳容謹的短劍迅速一偏，離開了陳煜的肩膀處。「七殿下?!」

「我們出去說。」陳煜沈聲道。

片刻後，兩人躍出將軍府的圍牆，來到一個偏僻的巷子。

「容謹兄，你沒事就好。我一進城，就聽說你被付奎以奸細的罪名抓了起來，還以為你已經……」陳煜說道。

兩人是血緣很近的堂兄弟，雖然關係說不上親密，但終歸是一家人。

陳容謹笑了一下。「就憑付奎那地牢，困不住我。我用三天就摸清楚了他們看守的規律，所以這兩天就趁著看守不嚴，出來搜尋證據。」

「原來付奎真的把你關在地牢裡！」陳煜驚訝道。沒想到，歲歲說得還真準。

「殿下呢？怎麼會在這裡？西域戰事已經結束了嗎？」陳容謹問道。

陳煜簡單地把這幾日發生的事情，全部告訴了他。

「難怪付奎突然在城中搜查奸細，還趁我不備時制住了我，原來一切都是為了程執的玄武衛重甲兵。」陳容謹將前後的事情連貫起來。「殿下，昨晚來見付奎的那兩個人，一定和這次的計劃有關。我看，我們最好馬上回轉恩化，和余大將軍商議清楚。」

陳煜搖了搖頭。「時間怕是來不及了。如今你人既然出來了，那面對程執，我們也算有憑有據。這樣，我們先找機會見程執一面，務必穩住他和玄武衛。只要玄武衛握在我們手裡，付奎就不足為懼。」

陳容謹想了一會兒，便也答應了。「也好。那我也不用回地牢去了，我從恩化帶來的士兵都還在赭陽關的軍營裡，今晚我潛入營中，和他們通上消息，回頭裡應外合，直接拿下付奎。」

兩人商議妥當，便結伴一起返回客棧。

一進客棧，他們便碰上了急得團團轉的祁川和明琦。

「妳說什麼？宛宛她在這裡？」陳容謹聽說余宛宛和余歲歲一起失蹤了，當即一把抓住祁川的肩頭，額上的青筋都爆了出來。

「呀！」祁川吃痛，想要掰開陳容謹的手，可她的力氣哪裡比得上一個人高馬大的成年男子？

陳煜見狀，壓下自己心底同樣的慌亂，上前一步，握住他的手腕。「容謹，鬆手。」

陳容謹惱怒地鬆開了力道，轉頭就要走。

「你做什麼？」陳煜快步攔在他面前。

陳容謹看他一眼。「去軍營，讓付奎交人。」

陳煜深吸了一口氣，放緩緊繃的聲線。「你知道她們在哪裡嗎？你這樣闖過去，是覺得兩個姑娘死得不夠快嗎？」

「如果付奎想讓她們死，還用得著抓走她們嗎？」陳容謹目露嘲諷，好像在嘲笑陳煜愚蠢。「將她們擄走，就是想當作威脅我們的籌碼，我不過是讓他們早些把底牌亮出來罷了。」

陳煜的神色並未因為陳容謹的嘲諷而有絲毫波動，反而依舊沈聲勸道：「你既然知道他們意在威脅，就更應該謹慎小心，以作萬全準備。他們真正的所圖在玄武衛、在邊關，你越不讓他們如願，兩位姑娘才會越安全！」

陳容謹平日裡聰慧機智並不輸於常人，怎麼一遇到余宛宛的事情，就像是變了一個人一樣，全然失了理智？陳煜心中暗暗納悶。

「殿下如此氣定神閒，不過是因為余二姑娘用不著人擔心罷了！」陳容謹神色不悅。「你有沒有想過，宛宛只是個文弱女子，她會害怕、會受傷！說到底，宛宛也是被連累至此——」

「陳容謹！你怎麼說話的？」一旁的祁川聽不下去了，不等他說完就怒罵出聲。「歲歲也是女孩子，她現在也還受著傷呢！歲歲不居功，不代表你就能覺得她什麼都沒有作用！沒有歲歲，敕蠻暗探、恩化之圍，難道要你去解嗎？」

祁川每說一句，陳煜的心裡就刺痛上幾分。若說余師父征戰沙場，還有加官進爵的一天，而歲歲做了這麼多，又能得到什麼？

如果不是為了替父親分憂，不是心懷仁俠與天下，她何苦如此？

陳煜看著陳容謹，半點都沒有阻攔祁川的意思。

直到祁川罵完了，解了氣，他才緊接著開口。「陳容謹，如果余大姑娘和二姑娘在一起，我相信，二姑娘一定會護好她自己，同時也會保護余大姑娘。」頓了頓，他補充道：「今天哪怕是換做任何一個陌生人與她一起深陷危機，她一樣會這麼做。她如此，不是為了讓我們這些人憑著一腔魯莽去救她的。我們的魯莽不光救不了她，反而會害了她！」

陳容謹直直地盯住陳煜。「如果宛宛有任何差錯，我會讓所有人給她陪葬！」

陳煜毫不示弱，眸光漸漸轉冷。「在你眼裡，只有余大姑娘的命才叫命嗎？邊關的數萬將士、十幾萬百姓，就不是命嗎？如果今日因為你的任性妄為，危及余二姑娘的性命，危及她和無數人不畏生死也要換來的邊境大局，我不介意讓你先嚐嚐做陪葬的滋味！」

陳容謹眼中驀地一震，看著眼前冷冷望著自己的陳煜，心中似有什麼東西漸漸瓦解。在他一直以來的印象中，陳煜還是從前那個仁善純良的少年，為人謙和恭謹，竟不知什麼時候，變得如此鋒芒畢露、氣勢逼人。

明明兩人身分並無高低之分，可此刻自己卻不由得在他面前弱上三分。

不知怎麼地，眼前陳煜的身影，漸漸與余璟的身影融合在一起，難以分辨，來回變換。類似的話，陳容謹也曾從余璟的口中聽過。

而此時的陳煜，既有些像余璟，又哪裡和他不一樣。

陳容謹呼出一口氣，卸下了一身的防禦，朝後退了半步。

陳煜眼中劃過一絲滿意，臉上浮起淡淡的笑容。「那現在，我們來商量一下對策吧。」

又是一個月黑風高的夜晚。

將軍府外，兩個矯捷的身影俐落地翻上牆頭，隨後飛步掠過幾個屋簷，來到後堂的一處房頂之上。

「那裡就是程執的住處。」一身黑衣的陳煜指了指下面的廂房。

同樣身著黑衣的陳容謹點了點頭。「我已經和恩化營的部下聯繫好了，只要帶走程執，立刻奪取軍營。不過，你確定程執會聽咱們的嗎？」

陳煜想了一會兒，道：「證據確鑿，程執沒有選擇。付奎對他來說是世界上唯一的親人，他想的一切都會是如何才能保住付奎的命，不辜負他姊姊的託付。跟我們合作，控制住赭陽關，讓事態不會向更糟的地步發展，這是程執願意見到的。只有我們能給他保住付奎的希望，所以他一定會聽的。」

陳容謹點頭表示贊同。「好，那就走吧。」

陳煜轉回頭，準備跳下房頂時，突然，一個身著黑色斗篷的人快步走過庭院，匆匆往後院而去。陳煜的動作，一下子就頓住了。

「那個人，似乎是昨夜付奎會見的兩個人之一。這麼晚了，他行色匆匆，是要做什麼呢？」不知道為什麼，陳煜心裡突然升起一股不好的預感，下意識就想要跟著那個人去。

陳容謹看向陳煜。「你覺得很可疑？」

陳煜點頭默認。

陳容謹想了想。「那這樣，你先去找程執，我跟著他，看他要幹什麼。比起我，程執應該會更相信你。」

陳煜思索了一下，就答應了。

兩人在房頂上轉換了一下方向，而後各自行動。

穿黑斗篷的人走得很快，不多時就來到了偏院。

陳容謹一路跟隨，心頭的預感越來越強烈。這裡是地牢所在之地，難道……余宛宛和余歲歲也關在此處？

只見那人停在院中，打開地牢的機關，地面上露出了向下的階梯。

就在陳容謹打定主意，等他進去後，自己再憑藉著對地牢的熟悉潛進去一探究竟的時候，那人卻突然停住，緩緩轉過身來，朝向陳容謹的方向。

「出來吧。」那人取下蓋在頭上的斗篷風帽，露出一張帶著些西域特徵的臉。

陳容謹捏緊拳頭，忍著沒有動作。

便見那人手一揮，院子四周的迴廊裡突然冒出一圈弓箭手，所有的箭頭都直指自己的藏身位置。

沒辦法，陳容謹只猶豫了一瞬，就走了出去。

「你是什麼人？」他冷聲質問。「余家二位姑娘是不是在你手上？」

對面人笑容可掬地說：「世子，對自己的救命恩人，怎麼能這麼說話呢？」

陳容謹神色驀地一驚。

「我叫薛壬朗，你可能不認識我，但我認得你。」薛壬朗滿臉愜意。「如果不是我，以付奎的性情，在抓住你的那一刻，就會殺了你了。」

陳容謹心裡的恐慌越來越強烈，這個人到底是什麼人？怎麼什麼都知道？

他其實也覺得付奎不殺他有些奇怪，可這個薛壬朗為什麼要保他的命呢？

薛壬朗見他愣神，更得意了，笑道：「我和付奎打了一個賭。付奎說，余家兩姊妹失蹤，你一定會衝冠一怒為紅顏，但我賭七殿下一定會攔住你。現在看來，我又贏了。」

陳容謹的眼神猛地一慌。

原來，不管白天陳煜攔不攔他，都一一在此人的計劃之中！那陳煜……

薛壬朗將他的反應統統收入眼中。「喏，我的身後就是關著你心愛之人的地牢；你的身後則是去救七殿下的唯一後路。世子，這次你要怎麼選呢？」

陳容謹掃過周圍虎視眈眈的弓箭手，突然覺得之前地牢寬鬆的守衛，怕也都是眼前這人的陰謀。他們所有人，都被這個姓薛的玩得團團轉！

他一咬牙，捏緊雙拳，轉身朝來路飛奔而去。

薛壬朗露出個笑容來，手一揮，弓箭手又悄無聲息的退下。

陳煜和陳容謹分開之後，就從房頂上下來，來到了程執的門前。

門上的窗紙很薄，透過窗框，陳煜看見程執正坐在屋裡的桌前，低著頭，好像在看著什麼東西。

他環顧四周，見院中清靜無人，便推開門，閃身而入。

「程將軍，我……」話剛出口，陳煜的腳步倏地僵在原地，目光怔怔地看著眼前的一幕——程執穿著深色的衣袍，胸前插著一柄鋼刀，流出的血已經將他胸口的衣服殷染成更深的顏色！「程將軍！」陳煜疾步走過去，震驚得無法言語。

卻見程執的身體微微一動，頭顱吃力地抬起，臉上已經全無血色。

他艱難地抬起一隻手，陳煜見狀，下意識握了上去。

「呃……」程執吃力地張著嘴巴，想要發出聲音，可嘴角只源源不斷地流出鮮血。他的雙眼圓睜著，盯著陳煜，眸中逐漸染上似是後悔的情緒。「余……璟……」從喉嚨眼發出兩個短促的音節後，程執的脖頸一沈，頭顱垂落，徹底沒了生息。

「將軍！」

一聲悲痛欲絕的嘶吼從身後傳來，陳煜猛然回過身，房門口站著的是程執的副將王湛，正不可置信地看著兩人。

陳煜順著他的視線低頭，就看到自己的手被程執的手緊緊地攥著，而離手一寸的地方，正是那鋼刀的刀柄。

此情此景，陳煜怎會不知道發生了什麼？

完了，他們一切的努力，全都完了！

「舅舅！」一付奎突然從外面竄了進來，一臉的震驚與哀痛卻拿捏得如演練過無數遍的恰到好處。「你是余璟派來的人！你殺了我舅舅！」付奎指著陳煜罵道。
陳煜微微閉了閉眼。
付奎怎麼可能不認得他？就連王湛也是認得他的身分的。但付奎依然選擇了這麼說，而王湛的臉色告訴他，他也選擇了相信……
「余璟派人殺了程將軍，兄弟們，給我上，殺了他，為將軍報仇！」付奎一聲大吼。
無數軍士立即從院子的四面八方湧了過來。
陳煜一腳勾起身邊的小矮桌，飛起一踢，將矮桌踢到門口，把正要跑進來的幾個軍士直接壓翻在地。
隨即他一個飛身，躍至門邊，搶下一個軍士的刀，兩下結果了又湧上來的幾個士兵，生生殺出一條逃出屋門的路來。
一出門，陳煜就被院中一群士兵圍攻起來，他手中刀鋒翻飛，又打趴下了幾個小兵。可轉眼，又有更多的人圍了上來。
突然，包圍圈的外部一陣騷亂，幾聲慘叫傳來，隨後一個黑影從縫隙中衝了出來。
是陳容謹！陳煜神情一振。
「走！」陳容謹掏出懷裡的一顆球狀物朝地上一擲，巨大的白色煙塵驀地炸開，所有的士兵不得不捂臉躲避。
靠著這個間隙，二人飛身而去，逃離了將軍府。

「快給我追！」白煙散去後，付奎看著空空如也的庭院，氣急敗壞。說罷，他又看向王湛，一臉悲痛。「王叔，我一定會為舅舅討回公道的！」

逃出將軍府的陳煜和陳容謹立刻藏身在赭陽關七彎八拐的街巷之中，喘著粗氣，心有餘悸。

「我們中計了！有個叫薛壬朗的人，非常瞭解我們，所以我們今天不管怎麼選，都是這樣的結果。」陳容謹將剛才的事告訴了陳煜。

陳煜了然。「看來無論如何，殺程執的這口黑鍋，都要扣在我和余將軍身上了，現在一切都已經無法挽回了。容謹，我去通知祁川和明姑娘去城門。你去軍營，帶走恩化的軍隊，我助你們殺出去，回恩化報信！」

陳容謹一驚，陳煜這話裡的意思，難道是……「那你呢？」

「我得留下來，找機會救出兩位余姑娘，給你們做內應。」陳煜道。付奎和敕蠻人逼反玄武衛的目的已經達到了，所以余歲歲和余宛宛的安全，現在已經不好保證了。

「不，我留下來，你走！」陳容謹不同意。

陳煜抓住他的肩膀。「難道你的部下會聽我的號令嗎？不想耽誤時間，就趕緊走！」

陳容謹咬了咬牙，最終轉身朝一邊的巷子跑去，身影隱沒在夜色之中。

或許，從剛剛薛壬朗讓他作選擇的那一刻，他已經真正明白了，何謂選擇。

地牢。

薛壬朗看著端坐在牢房草蓆上的兩姊妹，臉上笑意不減。

「怎麼樣，余姑娘？下午時我告訴妳的那個賭約，是我贏了。陳煜勸住了陳容謹，可他們還是得乖乖走進我的圈套。」

在地牢裡已經關了快一整天的余歲歲，氣色依舊很不錯，神態更是如常，與旁邊驚慌懼怕的余宛宛相比，竟顯得格外的氣定神閒。

「那就恭喜你了。」余歲歲道。

下午時，薛壬朗過來告訴她，從一開始，他要抓的就是她和余宛宛兩個人，目的是為了對付陳煜和陳容謹。

如果陳容謹衝動之下去找付奎，那麼結局就是付奎從中作梗，逼反程執；而如果陳煜勸住了陳容謹，結局就是陳煜「殺死」程執，逼反玄武衛。

陳容謹遇到余宛宛的事容易衝動，就會走進第一個簡單的圈套；而陳煜個性沈穩，以大局為重，那麼就會走進第二個更複雜的圈套。

但不管怎麼樣，結果都是一樣的。

這也又一次證明了，薛壬朗有多麼瞭解他們，多麼瞭解朝廷諸事。

薛壬朗沒能從余歲歲臉上看到慌張，不由得有些失落，於是又道：「剛剛我讓平王世子在救妳們和救七皇子之間作選擇，他可是毫不猶豫地選了七皇子呢！」

余歲歲挑眉。「那不是挺好的嗎？」

余宛宛聽到這話，心中本要生出些難過，卻生生被余歲歲的回答掐斷了苗頭。

薛壬朗還是不死心。「妳就不怕，憤怒的玄武衛殺了七皇子和平王世子？」

余歲歲盯著薛壬朗，看了老半天後，突然以手托腮，反問道：「你就那麼肯定，你們的人有本事抓得住他們？」

薛壬朗的神色，有一瞬間的僵硬，隨即迅速恢復如常。

「哈哈哈……」他再次大笑。「那我們也來打個賭，看誰能贏？」

余歲歲聳聳肩，沒那個興致。

正在這時，一個士兵走進地牢，湊在薛壬朗的耳邊低語。

待士兵走後，薛壬朗的神情微微凝重起來，目光沈沈地看著余歲歲。「余姑娘，妳贏了，他們跑了。不光是跑了，還一把火燒了赭陽關的大營，帶著恩化營的舊部殺出了城門，往恩化去了。」

余歲歲並沒有表露出欣喜或是別的任何情緒，反而道：「可玄武衛已經在你們手裡了，敕轡主力也近在咫尺，你們的贏面更大。」

如果陳容謹搬來余璟的救兵攻打赭陽關，恩化就會有危險；如果余璟不來，他們北上永寧，和永寧北邊的敕蠻軍隊配合，又能再次侵占西北，到時恩化一樣危矣。

薛壬朗當然也知道這個道理，所以靜靜地看著余歲歲。「余姑娘真是我見過最聰明的人了，時時刻刻都能考慮全面。」

余歲歲反問道：「那我們呢？我們對你，現在應該沒用了吧？」

薛壬朗做出一副難以取捨的樣子。「好像……是啊。」

「那現在，能給我這個沒用的人說說，你做這一切的真正動機嗎？」余歲歲又問。

薛壬朗一笑。「原來在這兒等著我呢！好啊，妳想知道，我都告訴妳。事情很簡單，我和雲朝的皇帝有仇。我幫助哥稚那，唯一的目的，就是顛覆雲朝，親手殺了自己的仇人！」

余歲歲點了點頭，這個理由倒是挺可信的。「你說的可是當今陛下？他對你做過什麼？」

「做過什麼？呵！」薛壬朗一聲冷笑。「二十多年前，他冤殺了我薛家族人上下三百餘口，只有我一個人僥倖活了下來！我活著的唯一支撐，就是有朝一日要殺遍他們陳氏皇族，以償我薛家數百冤魂！」說著，薛壬朗的面容變得猙獰，全然沒了之前的愜意，滿心都是咬牙切齒的憤恨，雙眼冒著火，彷彿此刻已看到皇帝站在他面前，下一刻，就要把皇帝生吞活剝了！薛壬朗看向余歲歲。「滿意了？現在妳知道了真相，就乖乖地留在這裡。如果我心情好，就留妳們活著；如果我哪天心情不好，再送妳們上路。」想了想，他露出個詭異的笑容來。「讓階下囚惶惶不可終日，不知自己將何時死去、如何死去，這真是一件有意思的事啊！妳說是嗎？」說罷，薛壬朗放聲大笑著，離開了地牢。
余宛宛被他笑得毛骨悚然，拽了拽余歲歲的胳膊。「歲歲，怎麼辦啊？他真的要殺了我們！」
余歲歲拍了拍她，出言安慰。「別怕，現在妳不是還活著嗎？不到最後一刻，誰也不知道會發生什麼事。」
余宛宛試探道：「妳是說……容謹或是七殿下，會來救我們嗎？」
余歲歲的眉頭微微一皺。「他們救是肯定會救的，救不救得出去另說。但我說的，不是這個。」
「那、那是什麼？」余宛宛見余歲歲一臉思索，半點兒都不著急，不由得暗暗欽佩起她的膽識。
「妳讓我想想。」余歲歲思索道：「我總覺得，有哪裡不太對勁……」

將軍府正堂。
薛壬朗走進門時，付奎和哥稚那王子已經端坐在座位之上。
「薛大人！快請、快請！」付奎一見他，就立刻起身，滿臉堆笑。「薛大人真是現世諸葛，您和王子殿下昨晚一來，今天我們就有了這麼大的成果！如今程執已死，玄武衛已盡歸我手。雖然讓陳煜和陳容謹跑了，但赭陽關卻牢牢把握在殿下手中。如今殿下坐鎮赭陽關，進可攻，退可守，想要入主中原，指日可待啊！」付奎滿口奉承之言。
薛壬朗卻是一臉淡漠，連半個眼神都沒有給付奎。
哥稚那看著他的樣子，輕輕開口。「先生助我多年，如今大事將成，為何還不開心呢？莫不是因為那兩個陳氏皇族逃脫，沒能讓先生報仇雪恨？」
薛壬朗看向哥稚那，神情多了些溫度。「殿下為屬下考慮甚多，屬下慚愧。那二人逃脫，並未太過影響我，畢竟待殿下入主中原之時，陳氏皇族自然是我俎上魚肉，不急於此時。我真正擔心的，還是如今赭陽關的處境。」
「喔，請先生明示。」哥稚那面露虛心。
薛壬朗幽幽開口。「剛剛付將軍說得很對，殿下掌控赭陽關，就是進可攻，退可守。這是因為赭陽關位置險要，是連接大雲邊境東西兩側的必經之路。可凡事都有兩面，赭陽關成也地形，敗也地形。」
哥稚那有些困惑。「此話怎講？」
「如果東西兩路並舉，同時夾攻赭陽關，那麼以赭陽關的地勢和防禦，早晚會被攻陷。而殿下想要的重甲兵，在這樣的地形裡，也根本施展不開。」薛壬朗分析道。「因此，我建議殿下還是儘早下令，以為程執報仇為名，派人帶玄武衛立刻西出，北上阻擊右衛軍，開闢我們的作戰空間。」
付奎立刻跳出來反對。「薛大人這是危言聳聽了吧？現而今右衛在永寧作戰，七連城的其餘六城忙著對抗恩化北的敕蠻主力，怎麼可能騰出手來夾攻我們呢？」若真讓玄武衛西出，那玄武衛不就成了別人的了？付奎是絕對不願意這麼一個香餑餑落在別人手裡的。

哥稚那也贊同付奎。「先生，您是不是有些杞人憂天了？」

正說話間，一個敕蠻面孔的軍士走了進來，他是哥稚那這次南下帶來的親信隨從之一。

「王子、薛先生，前方消息，我們的軍隊，在邊境停戰後撤了！」

「你說什麼?!」哥稚那幾乎是驚呼著跳了起來。「怎麼會停戰？沒有我的命令，誰敢私自下令停戰？」

一旁的薛壬朗，老神在在地端起面前的茶杯，微笑著抿了一口。

「具體的，我們也不清楚。」軍士老實回答。

「啪」的一聲，哥稚那摔碎了面前的茶杯。

「是布猞！一定是他，這個陰險狡詐的蛇蠍小人！一定是他安於現狀，想趁我不在，做敕蠻的大可汗，所以私自和大雲達成了停戰！」

薛壬朗不鹹不淡地搭了一句話。「殿下，我早說過，與布猞合作，就是與虎謀皮。為了他，殿下不惜失去了寶詠公主那麼一個有用的臂膀，無論敕蠻國內還是國外，寶詠公主可是做暗探的一把好手，實在是可惜啊！」

哥稚那氣得胸膛不斷起伏，卻是青紫著臉，半天都說不出話來。

正在這時，一個身穿大雲軍服的士兵跑入堂中，神色慌張。「啟稟將軍，城西發現右衛軍主力，正向赭陽關移動！」
薛壬朗臉上的笑意突地一僵，握著茶杯的手指節微微泛白。
付奎「噌」地一下跳起來大吼。「怎麼可能？右衛在永寧和敕蠻打仗，怎麼會在赭陽關西面？怎麼可能！」
哥稚那猛地抬眼，朝自己的親隨問道：「邊境停戰，是什麼時候的事？」
親隨口中囁嚅，根本答不上來。
薛壬朗深吸了一口氣。「殿下，右衛軍都已經折返，恐怕停戰之事早就發生了。」
哥稚那氣得拿起旁邊的瓷瓶就往地上砸。「蠢貨！一群蠢貨！這麼重要的情報，王庭那麼多暗探，為什麼不早些報告？為什麼？」
「殿下！」薛壬朗大聲鎮住氣憤的哥稚那。「現在，馬上命令玄武衛東進，攻打恩化和其他五城，不然我們就要被圍死在這裡了！」
「好、好！」哥稚那指著付奎。「快，快去下令！」
付奎著急忙慌地要去找玄武衛副將王湛，剛走到門口就撞見一個軍士。
「報告將軍，城東百里處發現大隊騎兵，斥候探得消息，為首的旌旗上面寫的是『余』！」
「啪嚓」一聲，薛壬朗手裡的茶杯被徹底捏碎，一絲鮮血順著他的手腕蜿蜒滴下。
「完了……」付奎猛地向後，跌坐在椅子上。

誰能想到，右衛和恩化營，來得都那麼快？真的讓薛壬朗算中了「東西夾擊」！

哥稚那同樣也是滿臉灰敗，他終於體會到了被背叛的滋味。

「殿下，我們手裡，還有兩張王牌呢！」薛壬朗眯起眼眸，拿出一張絹帕，擦掉自己手上的血跡。

地牢。

余宛宛快要被周遭的死寂弄瘋了，可余歲歲還是一臉沈思，不知道在想些什麼。

正當她糾結著要不要打斷余歲歲的時候，余歲歲卻突然一動，一把抓住了她的胳膊。

「如果薛壬朗只是為了給薛家報仇，他何必大費周章，用盡心機也要以這種詭譎的手段去奪取什麼玄武衛？還是之前我說過的，若是敕蠻人想要入主中原，就該趁著西域十國占領西北、威逼京城時，讓付奎開城獻關，敕蠻主力大舉進犯，以當時朝廷的反應能力，未必會拖很久。真到那個時候，朝廷都沒了，重甲軍不就是敕蠻的囊中之物了嗎？」

余宛宛聽得一頭霧水。「歲歲，妳在說什麼？」

余歲歲好似沒聽見一樣，繼續道：「他要我們等死，根本就是假的。他其實不想殺我們，因為他抓我們除了要引陳煜和陳容謹入套外，還是為了、為了……」

「為了余璟！」牢門外，快步走來的薛壬朗冷冷地看著余歲歲，嘴角似笑非笑。「妳真的很聰明。那麼聰明如妳，不如算一算，一個是親生血脈、一個有養育之情，真到了生死抉擇的關頭，余璟會選誰呢？」

邊關的黎明，似乎是一天中最冷的時刻。

余歲歲醒來時，身體與四肢都是冰的。

什麼憐香惜玉？連條棉被都沒有！這個薛壬朗，說的比唱的好聽！她心裡吐槽著。

剛想站起來活動活動筋骨，牢外便傳來了腳步聲。

「余姑娘這麼早就醒了？」薛壬朗和付奎一前一後地走了進來，薛壬朗還是那副氣定神閒的樣子，可雙目中的沈鬱之色卻是想藏也藏不住的。「看樣子，昨夜輾轉難眠的人，並不只是付將軍一人呢！」薛壬朗戲謔地看了看余歲歲，隨即將目光轉向付奎。

付奎看著牢中的兩人，眼神陰鷙。「時間到了，該上路了。」

余歲歲彎下身子，想要叫醒還睡著的余宛宛，手剛碰到她，就被她身上的溫度嚇了一跳。「大姊姊？」她急忙摸上余宛宛的額頭，燙得驚人。地牢寒冷，她仗著習武的身體還能勉強撐著，可余宛宛哪裡受得住？「薛先生，她燒得厲害，若是有個三長兩短，你的計劃可就要泡湯了。」余歲歲看向薛壬朗，將問題丟給他。

薛壬朗思忖片刻後，手一揮。「來人，去取件氅子來。」

余歲歲心下稍安，湊近余宛宛，一邊叫她的名字，一邊搖著她的身體，總算將她叫醒了。

這時，取氅子的士兵也回來了。

燒得迷迷糊糊的余宛宛還沒來得及有反應，就被付奎一把撈起，帶了出去。

余歲歲有些擔心地想追過去，陡然一把短劍橫在了脖子前，是薛壬朗。

「余姑娘，妳得跟我走。」

余歲歲深吸一口氣，閉了閉眼，任由薛壬朗將劍架上了自己的肩膀。

赭陽關東門外，寒風吹得旌旗獵獵作響，余璟坐在馬上，看著不遠處城門前站著的年輕男子，心裡有了幾分計較。

「哥稚那王子，久仰大名！」他朗聲道。「在這種時候出現在我大雲的城關之前，看來是賊心不死啊！」

哥稚那望著余璟，眸光裡滿是怒火。

本來是要做一個套算計余璟的，卻無論如何也沒有想到，余璟和右衛軍會來得如此之快，竟讓他成為了甕中之鼈！

「余將軍，這不是也多虧了……你的幫忙嗎？」哥稚那嘴上仍不饒人。

余璟冷笑一聲。「你說的，是如何利用付奎這個內奸刺殺我朝皇室宗親，意圖挑撥離間，讓我們自相殘殺嗎？可惜你想錯了！我們大雲，不是你們蠻夷那樣的各自為政、自私自利，你的陰謀絕對不會得逞的！妄圖殘害我們的父老鄉親，侵害我們的領土家園的人，只有一個下場，那就是被我們的數萬英勇將士殺死！」

「殺了他、殺了他！」余璟身後的將士們振臂高呼。

哥稚那眼神一戾。沒想到余璟不僅沒往他言語設下的圈套裡跳，反而發表了一番慷慨激昂的豪言。這人，當真難纏！

到了這一步，哥稚那也就不再遮掩了，舉起雙手，拍了兩下掌，露出猙獰的表情。

「余將軍，你如此大義凜然，錚錚鐵骨，張口百姓、閉口百姓的。正好，我這裡也有兩個你們大雲的百姓，只是身分有些不一般啊！」

隨著哥稚那的話落下，赭陽關的城門開啟了一條縫，走出來兩個人……不，確切地說，是四個人。

只是其中兩個，分別被另外兩個人錮在身前，脖子上還架著鋒利的劍刃，一步一步地，朝哥稚那的身旁走來。

余璟身後的一眾弓箭手下意識就瞄準了他們，可卻在下一刻，被哥稚那的話給震住了。

「怎麼樣，余將軍？你的兩個女兒就在我們手裡！她們也是你要保護的百姓啊，可你，要怎麼救她們呢？」

余璟身後的士兵，瞬間氣憤起來，可本來堅定的殺敵之心，也不免有些動搖了。

誰不知道余將軍愛女如命？從京城到邊關，這是人盡皆知的事。

雖然不清楚怎麼突然冒出來了兩個女兒？最寵愛的又是哪一個？但如珠似寶的女兒在敵

人手裡，哪個血性男兒能容忍？

「將軍……」余璟的副將擔心地看了他一眼，隨即舉起刀，高喊著。「兩軍對壘，拿無辜女子當人質，算什麼好漢？趕快放了她們！」

「放人、放人！」身後的將士震聲齊呼，一時間，士氣再次高漲。

哥稚那看了看分別站在自己兩側的付奎和薛壬朗，還有他們身前被制住、動彈不得的余宛宛和余歲歲，得意地一笑。「余璟，兩個女兒，一個換你下跪受縛，一個換你退兵！怎麼樣？不虧吧？」

余璟的另一邊，正是騎在馬上的陳容謹。

他在看到余宛宛被付奎挾持著走出來時，就已是青筋暴起，此刻更是怒火滔天，反手抓過身邊的長弓，搭弓上箭，瞄準了付奎的眉心。

付奎腦袋一縮，迅速躲在了余宛宛的頸後。

余璟伸手，攔住陳容謹的動作，朝他搖了搖頭。

今日凌晨，他和陳容謹在半道上遇見時，聽說歲歲和余宛宛被抓之事，就猜到了會有現在這個場景。

他望著被挾持著的余歲歲，身側的拳頭狠狠攥緊。

他又一次沒有保護好女兒，又一次讓她涉入險境。他這個父親，依舊是這麼的不稱職。

此時的余歲歲，感受著脖頸上傳來的絲絲涼意，雙眼卻只是看著遠處的父親，心中甚至沒有感覺到任何的害怕。

雖然兩人的距離不足以讓他們有眼神的交會，可她就是知道，父親此時的心裡在想些什麼？一定又在自責了吧？自責沒有保護好她。

看來，她得和爸爸好好談談了——她長大了，有自己的想法，自然也有自己的風雨要承受，哪能永遠躲在爸爸的羽翼之下呢？

似乎感受到余歲歲的出神，薛壬朗不悅地勒了一下錮住她肩膀的手臂，道：「余姑娘，算明白，妳們兩個，妳爹會選誰了嗎？」

余歲歲被他的手臂勒得鎖骨一疼，皺了皺眉，嘲諷道：「都這個時候了，還想要挑撥我爹和平王世子的關係，薛先生還真是不忘初心啊！」

「喔？怎麼講？」薛壬朗一挑眉。

「你給的問題，可不是二選一。」余歲歲斜眼朝後看道：「明面上讓我爹從我和余宛宛裡選一個活命，實際上是讓他在我們和忠義之間作選擇。」

薛壬朗呵呵一笑。「喔，原來妳猜到了。那妳再猜猜，他到底會選什麼呢？」

余歲歲沒有說話。

薛壬朗只當她心情悲痛，說不出話來，便笑了一記，好像終於拿捏住了她的七寸般，很是得意。

此時，哥稚那有些不耐煩了，大聲催促道：「余將軍，刀劍無眼，你再不作出決定，就不要怪我心狠了！想想看啊，兩個如花似玉的姑娘血濺三尺，那場面……嘖嘖，多不好看啊！」他頓了頓，繼續道：「只要你跪地受縛，我就放了她們其中一個；你再下令所有人退到赭陽關外五百里外，我便放了另外一個。這筆買賣，你穩賺不賠！」

話音剛落，余璟便突然從馬上跳了下來，大跨步地朝城門走去。

「你你你！」哥稚那一時沒反應過來，指著余璟，有些慌了。「你幹什麼？」

付奎抓著余宛宛上前一步，露出她脖子前的匕首，威脅道：「站住！別動！」

薛壬朗也是一時慌張，卻是挾持著余歲歲匆匆後退。

余璟適時地停下腳步，道：「穩賺不賠？閣下是覺得，我的腦子和你一樣，不太好用嗎？你費盡心機，奪取玄武衛重甲軍，如今豈肯放走到手的肥肉？只怕我一下令後撤，你們下一步就會帶玄武衛西出赭陽關，突襲右衛軍，北上敕鑾吧？」

哥稚那一挑眉。「那聽余將軍這意思，是打算親眼看見兩個女兒殞命了？不愧是你啊余將軍，為了自己升官加爵，連女兒都可以不要！你如此毫不猶豫的大義滅親，到底是真的忠肝義膽，還是狠心無情呢？如果我是你們大雲的皇帝，我一定會殺了你，因為你今日能為了名利不要女兒，明日又如何不會為了別的什麼而背叛於我呢？」

余歲歲眼波微動。

不得不說，哥稚那這一招混淆視聽還是挺機智的。不說這話，余璟就是取大義而捨小家的英雄；可說了這話，就會有人認為父親別有所圖，拿來指摘詬病於他。

反正左右都不會讓他好過就是了。
余璟聽了這話，倏地一笑，突地又邁開長腿，快步走了四、五步。
哥稚那和付奎嚇得不由得後退，嘴裡叫喊著讓他站住。
余璟也極為「聽話」，他們一喊，他就立刻站住，絕不多走一步。
「我終於知道，余姑娘為何這般聰明了？」身後，薛壬朗驀地出聲，嚇了余歲歲一跳。「原來是余璟教的。」
余歲歲此刻才勾起唇角。「薛先生也不差嘛，你也看出來啦？」
如今的局勢，說到底還是哥稚那占劣勢。他拿她二人脅迫余璟，卻沒做好同歸於盡的心理準備，因此他目前其實是不敢殺她們的，所以也才會出現眼前的滑稽局面。
余璟腿長，就剛剛走的那幾步，便明顯縮短了與哥稚那的距離，一時之間，竟不知是誰在威脅誰了。
「余璟確實藝高人膽大。」薛壬朗語氣認可。「可凡事都有個萬一，一旦哥稚那被逼急了，決心同歸於盡，那他這個辦法，可就不好使了。再說了，余姑娘沒有注意到，我和妳，已經離他們越來越遠了嗎？」
余歲歲抬起眼眸。
父親兩次逼近哥稚那，哥稚那和付奎反應慢，可薛壬朗卻是快速後退了。
如果說余璟與付奎、余宛宛的距離是一的話，那與薛壬朗、余歲歲的距離就是三倍，甚至是五倍還要多了。

「呵呵，想要魚和熊掌兼得？」薛壬朗喉頭發出沈笑聲。「現在，余璟再也沒有同時救下妳們兩個人的可能了！」

第二十九章

城門前的佈局，余璟一樣看在心裡。

見著女兒被帶得離自己越來越遠，他心中也越發焦灼。

從陳容謹口中，他已經得知了薛壬朗這人的存在。現在看來，挾持歲歲的，應當就是此人。果然是個極度有心機的人，看穿了自己的打算。

余璟定了定神，神情未變，甚至沒有多看余歲歲那個方向一眼，繼續著自己的計劃。

「你真的很擅長算計人心。」余璟看向哥稚那，答非所問。

哥稚那一愣。

他剛剛說的那些話，其實還是在給余璟下套，讓余璟選什麼都不對。只要余璟有半分想要解釋或辯駁，他就能把余璟圈入谷中。

親女、養女、忠義，余璟不僅不配全都要，還應該全都失去，方能解他心頭之恨！

可余璟，再一次繞開了他的陷阱。

「程執將軍就是這樣，才被你們害死的吧？」余璟繼續說道。「一邊讓內奸挑撥我和程執將軍的關係，利用我們之間得到消息的時間差，騙得程將軍匆忙離開恩化，前往赭陽關，造成叛逃的假象；而另一邊，則利用付奎，這個程將軍最在乎的親人，矇騙於他、殘害於他；最後，還要用他的死，徹底逼反玄武衛。」余璟看著哥稚那。「我說的對吧？哥稚那王子。」

哥稚那臉色發黑。

從陳煜和陳容謹逃跑的那一刻起，他就知道程執叛逃的真相瞞不住了。功虧一簣，實在可恨！但沒關係，玄武衛起碼還在他們手裡，不是嗎？

「余璟，是又如何，不是又如何？如今你再說起這些，是為了拖延時間嗎？」哥稚那笑道：「別掙扎了，你再上前半步，她們兩人必死無疑！」

余璟突地一拍額頭，問道：「欸，對了！我有一個問題。如果當初你們沒有抓到這兩位姑娘，便不可能利用七皇子，將程將軍的死扣在我的頭上，那你們還有其他計劃嗎？」

「你需要知道這個嗎？」哥稚那挑眉反問。

余璟笑著搖搖頭。「不，我只是想和你確定一件事。其實你們最初的安排，是在程執被誘導叛逃後，暫休恩化戰事，讓我能騰出手來追擊玄武衛，給他們造成無法回頭的壓力。但如果我追至赭陽關，你們是絕不會放我進城的。我進不去，而平王世子早早被抓，無法通曉外界之事又是人盡皆知的事情，所以你們是沒有辦法把程執的死栽贓給我的。

「因此，你們才會在從恩化來赭陽關的山路上設伏，殺死了一隊玄武衛的騎兵，再由你們的人假扮，混入其中。一旦到了赭陽關，等時機成熟，就可以利用這支隊伍煽動譁變，占領赭陽關，到時邊境主力多路並舉，七連城和西北就會再一次落入你們的掌中。只是因為後來薛壬朗在城中認出了七皇子和歲歲，你們才改變了計劃。」

「你！」哥稚那一驚。「你是如何知道山中之事的？」

余璟輕笑一記。「我說過，你很擅長算計人心。你們前前後後算了鄧章的、程執的、我的、平王世子的……等等這麼多人的心，所以你們總是瞻前顧後，想得太多。哪怕直到此時此刻，你們也還在算計。但有時候啊，其實算準一個人就夠了。」他的口氣頗有些教誨的意味。「我算準了程執的，他再如何的針對我，也絕對不會是通敵叛國之人，所以我一直沒有帶兵來追，而是留在恩化，抓住了你們安排在軍中的，真正的內奸。」

哥稚那的眼神一變。

「抓到了內奸之後，我才帶兵來此，正好遇到回去報信的平王世子，所以才會這麼快地來到你們面前。」余璟微笑著。「其實如果王子殿下能把這份心思用在自己人的身上，也不會是今天這個樣子。如果你能算清楚寶詠公主的心，就不會出賣她，到最後反而自己斷了自己的臂膀；如果你能算明白布猞的心，就不會與虎謀皮，到現在被他遺棄，竊取你的功績，而你，只能在這裡掙扎求生。」

「夠了！」哥稚那被他氣得七竅生煙。「余璟，你少在這裡對我說教！如果你真有你自己說的那麼未卜先知，真的比我聰明，那你的女兒為什麼會落在我手裡？你又為什麼投鼠忌器，只能在這裡和我廢話，而不是直接帶你的士兵來殺我呢？」

「唉……」余璟嘆息搖頭。「你還是沒聽懂我的意思。」他好像釋懷一般，看著哥稚那笑了笑，突然，右手手指隨意地在腰間一拂，隨身的長刀就「啪」地落在地上。「你不是讓我作選擇嗎？我選，跪地受縛。」余璟一攤手，坦然地朝哥稚那說道。

「將軍！將軍！」身後的恩化營將士大驚，連聲呼喊，卻被余璟抬手止住。

哥稚那和旁邊的付奎都有些愣怔，沒想到余璟居然這麼爽快俐落。

余歲歲這邊，薛壬朗也多少有些沒想到，他湊近余歲歲的耳邊，壞笑道：「答案就要揭曉了，緊不緊張？」

余歲歲卻突然反問道：「薛先生，能告訴我，你究竟是在為誰辦事嗎？」身上的手臂不自覺地一緊，余歲歲的眼中泛起了然的喜色，她猜對了。「布猞撤軍是你喜聞樂見，可右衛與恩化營這麼快趕到，其實是出乎你的意料之外的。薛先生，想要重甲軍的不是哥稚那，而是你吧。」最後一句，余歲歲用的是陳述句。

聽著身後的人呼吸從急促慢慢重新平復，余歲歲靜靜等待著他的回應。

良久，薛壬朗才道：「余姑娘不會是太過悲痛，受了刺激了吧？也是，養育之恩，怎麼抵得過血脈相承呢？妳還是輸了啊！」

余歲歲不以為意，隨即說道：「既然薛先生另有目的，不如聽我一句勸，放了我，別為了哥稚那陪葬。我爹這人，有事他是真會動手的，你要是殺了我，可就是前功盡棄了。」

薛壬朗差點笑出來，笑她此刻為了自救，只能自己騙自己。「余姑娘，余璟他有選擇了，而妳……再也沒有選擇了。」

此時的前方，余璟已解了佩刀，正要哥稚那派人來綁他。

哥稚那捏緊了拳頭，卻還有些不確定。「余璟，你可想好了？跪地受縛不退兵，你就只能看著一個女兒去死。」

「我想好了。」余璟毫無猶豫。

哥稚那和付奎對視一眼。只要余璟受縛，這麼近的距離，他們一定能馬上殺死他。到時恩化營沒了主帥，等在城門裡的玄武衛和赭陽關守軍衝出來，一樣能克敵制勝。

雖然這不是最理想的結果，但也能達到目的。

想著，哥稚那便放了心，問道：「好，那你選吧，兩個女兒，救誰？」

這一刻，余璟才真正地看向了遠處城門牆根前，被薛壬朗抓得死死的余歲歲。

他看著女兒，余歲歲也看著他。

他朝女兒露出一個寵溺的微笑，余歲歲則回給他一個俏皮的甜笑。

他朝女兒微微頷首，余歲歲也朝他眨了眨杏眸。

下一刻，余璟轉回頭，伸出手指，似隨意一點。「我選她！」

付奎身前裹著大氅、燒得頭懵的余宛宛立時瞪大雙眼。

身後隊伍裡，舉著弓箭的陳容謹臉上也瞬間露出了驚詫。

他們誰也沒想到，余璟的那一指，對準的竟然是余宛宛！

哥稚那哈哈大笑。「好啊，到底是親生女兒！付奎，叫人綁上余將軍後，就把余大姑娘放了。」

余璟張開雙臂，上前一步。

哥稚那身後，一個親隨拿著繩索，一步一步地走了上前。

就在這電光石火的一瞬間，一道利箭破空而出，從余璟的身後疾速射來！

余璟的身形在同一時刻朝前一撲，一個黑虎掏心，直抓向哥稚那的心口，手中一把匕首飛出，對準那親隨的眉骨！

城牆根下，余歲歲雙手狠命朝下拉住薛壬朗橫在她身前的手臂，左腿猛地前擺，再向後狠狠踢去！

這一刻，好像天地之間的一切，都被凍結凝成塑像。

「啊——」薛壬朗的一聲痛叫，打破了時間與空間的靜止。

那支發自陳容謹的利箭，射穿了放鬆警惕的付奎的頭骨。

拿著繩索的親隨眉骨插著匕首，直挺挺地向後倒去。

哥稚那胸口中拳，一口鮮血噴出，下一刻咽喉被余璟緊緊扼住。

薛壬朗被踹中了命根子，吃痛地後退，卻在最後關頭奮力舉起了手中的短劍，狠狠地朝余歲歲的脖頸處扎去！

此時，離得最近的余璟尚且距離他們近十步之遙，根本回天無力。

歘——

突然，頭頂的半空中傳來一個奇怪的聲響，伴隨著強勁的風和濃重的殺氣。

薛壬朗受驚抬頭，只見一道黑影如天神一般從天而降，還沒來得及看清楚，一道白光閃過，他的咽喉就多了一道血痕，鮮紅的血液噴濺而出！

余歲歲下意識閉緊雙眼，手腕卻被輕輕一拽，身體順勢旋轉半圈，跌落進一個堅實的懷抱。

「噹啷」一聲，薛壬朗手中的短劍脫手落地，滿臉不可置信地用手堵住自己的脖子，喉嚨裡發出「呃、呃」的聲音，雙眼死死地瞪著前方，向後倒下，把最後一絲不甘，留在了人世間。

遠處，親眼看著薛壬朗死去的哥稚那，臉色一瞬間灰敗，頹然卸去了全身的力氣。

余璟順勢鬆開了手，任由他癱倒在地。

他轉頭，看見余宛宛跌坐在地上，一張臉煞白，愣愣地盯著死在她眼前的付奎。

余璟上前一步，托起她的手肘，問道：「余姑娘，沒事吧？」

余宛宛勉強站穩，揚起頭，對上余璟的眼睛。

她搖了搖頭，想說沒事，還想問他為什麼選擇救自己？可所有的話，卻都被卡在了嗓子眼。因為余璟將她的手臂交給了身後趕來的陳容謹手中後，再沒有多看她一眼，轉身便朝城門奔去。

余宛宛的目光追過去，看著余璟一邊跑，一邊扯下身後的鎧甲披風，一揮臂，披風裹住余歲歲的身體。

「歲歲！」余璟一把抱住女兒有些僵硬的身軀，試圖給她一些暖意。

「爸……」余歲歲把冰涼的小臉貼上父親帶著鬍茬的側臉頰，感覺也不比她暖和多少。一旁，披著黑斗篷的陳煜解下腰間的繩索，脫下斗篷，蓋在了余歲歲的後背。

余璟這才想起，旁邊還有一個人，有些不捨地放開了女兒。

「剛才，害怕嗎？」他上下打量著余歲歲，見她毫髮無傷，這才安下心來，替她攏了攏肩膀上的衣物。

「不怕。」余歲歲搖搖頭，隨即看向一旁的陳煜。「多謝殿下，又救了我一次。」看著她閃著狡黠笑意的雙眸，陳煜暗暗長出一口氣。

剛剛那一瞬間，他的驚駭與恐懼，就當作一個秘密，留在心裡吧。

「多虧師父教會了我索降，我才能趁其不備，出其不意，否則……」

余歲歲突然就想起她第一次進皇宮見皇后和賢妃時，陳煜提起父親教給他的這個技能。

那時他還很生澀，自己還要他好好練習。

也是那一次，她察覺了陳煜對她的心意，並在心裡悄悄地有了悸動。

時過境遷，誰能想到，當初的無意之言，竟成了今日的救命之法。

余歲歲抬起頭，順著陳煜降下來的繩子看上去。

赭陽關的城牆高數十丈，站在牆根下往上看，更是覺得無比的雄壯巍巍。

這樣的城關，是大雲的城關，日日夜夜用它古樸而堅固的城牆，守護著無數勤勞勇敢的人們！

突然，余歲歲在城牆上看到一個人影閃過。因為城牆太高，她一時沒有看清。

「城上的那個人……是誰？」她問道。

「是王湛，玄武衛的副將。」陳煜答道。「我帶他來，就是要讓他親耳聽一聽程執之死的真相。」

余歲歲這才恍然大悟。「喔，難怪剛剛爹非要問哥稚那玄武衛的事，原來就是為了讓他聽見，解除誤會。可是，爹從恩化趕來，只見過平王世子，怎麼會知道殿下一定會來，還帶著王湛呢？」

余璟和陳煜相視一笑，拉過余歲歲的手。「走吧，我們去看看哥稚那。」

牽著女兒，余璟重新走回到了哥稚那的身邊。

此時的哥稚那，已被士兵綁縛於地，全然沒了一國王子的氣派。

「你剛剛不是問我，為什麼『未卜先知』，還會落入你的圈套嗎？」余璟居高臨下，淡淡地開口。「我告訴過你的，與其算計敵人，不如信任身邊人。我相信七皇子，他有勇有謀，一旦探知你們的打算，必會來此埋伏。當你們忙著給我出選擇題的時候，我已經看見了他在城樓上。雖然沒有看清他身邊的人是誰，但我堅信那就是玄武衛的副將王湛。同時，我相信我的女兒，她最明白我的想法，不會因為我一時選擇救誰就誤會我、怨懟我，相反地，她會聰明機敏地配合我，就如同當初她一樣如此理解我，才會讓我留在恩化，而她隻身前來追趕程執。」

余環的語氣十分平常，敘述的卻是哥稚那永遠無法理解的事情。

哥稚那習慣了算計敵人、出賣朋友，習慣了過河拆橋，只利己不利人，寧可負了所有人，也要把想要的握在手中。而最終，他成於「私」，也敗於「私」。

可余環的處事邏輯，是信任自己、信任朋友，甚至是信任敵人！因此他每一步都走得踏踏實實、穩穩當當，因此即使他一時敗於「公」，卻也終將會成於「公」。

哥稚那看著余環，不禁發問。「為什麼？」

為什麼同樣是人，他們的處事方法卻會如此不同？

余環也不好解釋。

也許，是因為敕蠻人逐水草而居，生存中充滿著爭搶、掠奪，他們的強盛，也源自於此；而中原以農耕為本，爭搶和掠奪只會導致玉石俱焚，只有團結與合作才能讓每個人都活得更好。

或許是這個原因，也或許還有別的，但王成寇敗，敕蠻的強大，不會持續太久了。

「來人，把此人押下去，午時在城中斬首示眾！」

隨著一陣嗡嗚之聲，赭陽關厚重的城門被從裡面緩緩打開，右衛大將軍段哲騎著高頭大馬從門內走出，朝余環揮了揮手中的馬鞭。

余璟翻身上馬，舉臂高呼。「進城！」

早在余璟和哥稚那在城門下對峙的時候，段哲就已經帶兵攻下了防守薄弱的赭陽關西城門，控制住了赭陽關的守軍。

這些守軍中，有很多普通的士兵根本不知道自己的主將付奎勾結外邦，意圖叛國，因此一聽到段哲來「平叛」，幾乎沒有抵抗就放下了武器。

將軍府中，付奎的親信被全部擒拿下獄，眾人在書房之中商議著接下來的計劃。

「爹，我其實還有一個問題不太明白。」余歲歲問道。「你和段將軍是如何知道，敕蠻人要撤軍的？」

余璟和段哲聞言，相視一笑。

「雖然我們的暗探，是妳爹來邊關後重新啟用、部署的，沒有敕蠻人的厲害，但……關鍵時候，到底還是沒搞砸啊！」段哲笑著說道。「不過我也確實沒想通，他們怎麼說撤就撤了？」

「從西域十國侵入西北到現在，兩個月過去，敕蠻不僅沒有任何推進，甚至還經歷了數次大敗。眼下西域已經臣服，而敕蠻國內一個冬天過去早已被戰爭拖得支撐不住。那個布猞之所以能趁著哥稚那不在時奪下大可汗的寶座，不就是他們國內想要休戰的聲音已經漸漸高於主戰的聲音了嗎？」余璟說道。

「呵！」段哲冷笑一聲。「這敕蠻人還真是有夠不要臉的！他們想打就打，想不打就不打，把我們當什麼了？」

「爹，布猺撤軍這件事，恐怕跟薛壬朗有關。」余歲歲補充道：「據我這兩天對薛壬朗的試探和觀察，他似乎並不關心敕蠻和哥稚那，卻極為關心玄武衛。我懷疑，他只是利用了哥稚那來奪取玄武衛。」

余璟一挑眉，也覺得這事有些蹊蹺。

玄武衛是重甲軍，是對付敕蠻的制勝武器。敕蠻人想要策反玄武衛，讓大雲實力減弱，這是可以理解的。

但若說要回去自己養著，浪費有限的水草和地盤也就罷了，以敕蠻輕騎兵快速挺進、攻擊的作戰習慣，其實是沒有什麼必要的。

「這個問題，我們不如找另一個人來解答吧。」余璟說道。「召集右衛、恩化營、赭陽關守軍，還有玄武衛的眾將士，去大校場，我有一件重要的事情，要當眾處置！」

大校場。

按著余璟的吩咐，除了駐守城外的部分恩化和右衛將士，目前在赭陽關中的所有守軍，已經彙集在了一起。

余璟和段哲帶著麾下眾將站在將臺之上，余歲歲則和陳煜、祁川幾人，站在臺下的一側。

只見余環拍了拍掌，兩個士兵便押著一個被五花大綁的人，從將臺的另一側走了上來。

在看到那人容貌的一瞬間，余歲歲頓時驚訝不已。

「白將軍?!」她輕呼一聲。「恩化的奸細……是白將軍？」

可白鴻漸不是禁軍白統領的弟弟嗎？哥哥是禁軍之首、天子近臣，自己也是十二衛的將領之一，這般地位，何至於投靠蠻夷？當初敕蠻暗探栽贓程執時，曾說敕蠻許給了程執列土封疆，難不成白鴻漸也是為了這個？

將臺之上，余環將白鴻漸推到臺前，在眾人的面前，揭露了他內奸的身分。

「將士們，現在我可以非常確認地告訴大家，這場戰爭，從始至終，都是由敕蠻人和我大雲內部的奸細一手挑起來的。他們想要從中謀取利益，用無辜百姓和將士們的性命，換取他們的名利！白鴻漸，身為一個將軍，敢做就要敢當。現在，就當著昔日戰友、同袍的面，把你做的一切說出來吧！」

被押著的白鴻漸猛地一挺身，甩開身後的兩個士兵，勾起一個笑容，目光從余環的臉上環顧到臺下。

「事已至此，沒有什麼好說的！」他抬高聲音道。「鄧章是我一步一步挑唆的，程執也是我一字一句誘騙的。甚至連鄧章的自殺，也是我親自暗示的。他們確實無辜，也確實忠心耿耿。可余將軍，難道就憑我這一張嘴，便能左右兩個衛軍主將的想法嗎？」白鴻漸一個反問。「余璟，你捫心自問，鄧章與你、程執與你，根上的矛盾並不在於我，而在於你。但凡你少一些自以為是，對他們多半分的信任與尊重，都不至於走到今天這步田地！」白鴻漸嘲諷一聲。「在你心中，你一定很自得吧？你治下嚴明，軍民同樂，廣受敬仰，所以你就站在高處蔑視玄策衛、蔑視玄武衛，可實際上在我們的眼裡，你才是異類！你自以為戰功赫赫、禦敵有方，可實際上，即便沒有你，敕蠻人也不可能占去我們一寸土地！」

余璟被他的一番話，說得有些怔住。

不是覺得他說得有多麼對，而是突然覺得，原來一件事，在不同人的眼裡，看法竟有如此巨大的差別。

這三年，七連城在他的治下，確實軍隊風氣大變。就連付奎這種「陽奉陰違」的，也抵不住這種變革的腳步。但對於京城來的大軍，確實是差異甚多。

其實在余璟眼裡，人心雖不盡相同，但也是有共通之處的。就像當初玄策衛剛來恩化時，因為欺負百姓而和恩化營士兵打了架，可後來耳濡目染的，也慢慢改變了以往的惡行。

但似乎在白鴻漸看來，這一切都是不可變的，如果變了，就是十惡不赦的。

不過白鴻漸有一點說得倒是挺對的，他確實不信任鄧章與程執。

在當時那樣的境況下，他沒有太多的時間去顧及別人的想法，更沒有心思去和他們互相瞭解、解除誤會。他也以為，只要讓他們看到自己的所作所為，或許能扭轉一些負面的看法，但白鴻漸這個內奸，並沒有給他們這麼多的機會。

「或許吧。」余璟無所謂的笑了笑。「也許你說得對，是我們中間最先有了嫌隙，從而被你乘虛而入。只是白將軍，你大概是將軍做得太久了，忘了身為一個普通士兵的心。你以為整肅軍紀無所謂，是因為你和你的家人永遠不會成為被欺壓的對象，可這些萬千士兵兄弟與你不同，所以他們將心比心，棄惡從善。」余璟指著臺下的眾軍。「你也以為，你們一個個計劃周詳，謀略奇詭，一會兒輸、一會兒贏，最終既能得到自己想要的，又能不讓敕蠻人侵占我們的領土，好一個兩全其美。

「是，在很多戰爭之中，總會有必要的犧牲。為了戰略、戰術，為了最終的勝利。可白將軍，你告訴我，你們的目的是什麼呢？你們讓別人替你們付出的犧牲，又有什麼必要呢？」余璟盯著白鴻漸，一字一句地駁斥。「我來與你算一筆帳。自西域十國入侵西北後，被殺的百姓不計其數，被擄去做奴隸的壯勞力不計其數，被欺辱的女子也不計其數！敕蠻主力侵犯，只恩化周邊，死傷的各衛率、府兵人數便有近兩萬，而西北和東側邊境的戰事損耗尚未統計過。還有，朝廷從各州縣百姓手裡徵用來的軍糧，又有多少？

「白將軍，他們本可以好好的種地，養活自己的小家；他們本可以與家人相伴，共享安樂；他們本可以像你一樣，全身安好的活著！」余璟朝白鴻漸的周身比劃了一個來回。「我從沒有覺得自己戰功赫赫，因為每一個功勛都是這些拚死用命的將士們自己換來的，而每一個功勛之下都是白骨皚皚，他們甚至都沒有機會站在這裡聽你我說話！白將軍，你不如也問問自己，你當內奸，出賣國家的理由，僅僅就是為了送這些人去死嗎？」

余璟說完，臺下的士兵臉上都露出了悲切與義憤。

白鴻漸一句「沒有你，敕蠻人也不可能占去我們一寸土地」的話，不僅磨滅了余璟的功績，同樣磨滅了他們的功績。他們身上的傷、他們戰友的死，到最後就只換來一句可有可無嗎？

玄武衛的將士站得最遠，臉上的表情也有些晦暗不明。

白鴻漸似乎察覺到了詭辯被戳破，閉了閉眼，道：「余璟，你真的明白，什麼是忠，什麼是奸嗎？」

「嘿！我說你……」段哲此時都聽不下去了，走上前去。「你一個內奸，害得我們來回奔波，死傷了無數兄弟，還差點丟了北邊邊境，你在這兒問我們什麼是忠奸？你怎麼不照照鏡子，看看你自己呢！」

白鴻漸卻好像將所有話說盡了一般，不肯再發一言。

段哲的話，感染了臺下的眾軍，振臂高呼著要殺白鴻漸以平怨憤。

呼聲越來越大，余璟知道，白鴻漸終究是留不得了。

「白將軍，軍法嚴明，你心知肚明。你……還有什麼要說的嗎？」余璟問道。

白鴻漸看了他一眼，露出個似笑非笑的表情。「回去告訴我大哥，是我對不住他。」

說完，白鴻漸臉頰一動，下一秒，嘴角流出了一絲鮮血。

段哲大驚，上前扶住他的身體，掰開嘴巴。「壞了，他咬舌自盡了！」

余璟一愣，隨即擺了擺手，讓人將他抬下去，沒有再說什麼。

段哲之所以說「壞了」，不為別的，而是為了玄武衛。

這天傍晚，在赭陽關軍營，程執的屍體被入殮棺槨，擺放在臨時置辦的靈堂之中。滿屋的喪白，和玄武衛哀痛的情緒，都讓氣氛變得更加的壓抑與危險。

程執和白鴻漸、鄧章是多年的交情了，三人在京城時就多有來往，他們手下的士兵對彼此更是非常熟悉。

程執和鄧章對余璟本就有誤解，這份誤解對於和余璟相處過多日的玄策衛來說，或許還容易開解，但對於玄武衛，這個程執義氣相待的軍隊來說，誤解卻不是一、兩句話能消除得了。而如今，這三人接連死去，還都是死於非命，玄武衛會如何看待余璟，仍未可知。

玄武衛裡有沒有人挑撥？一定有！

但現在這個時候，能大肆尋找嗎？又能找得出來嗎？余璟對此也是要打個問號的。

靈堂外，余璟和陳煜一身便服，望著靈堂裡的棺木，一聲嘆息。

「師父，其實程將軍死前，已經後悔了。」陳煜輕聲說道。

也許程執也是直到鋼刀穿胸的那一瞬間，才明白他是如何落入了奸人的圈套，也才會抓住自己的手，喊著余璟的名字，面露悔意。

余璟長嘆一聲。「程將軍，是個好將軍。」如果與程執有多年交情的是自己，如果沒有白鴻漸的挑撥，或許他和程執在治軍、打仗方面，真能找到某種共同點。「煜兒，如今敕蠻雖已撤兵，但這並不是長久之計。如果這一次不斬草除根，敕蠻還有捲土重來的一天。」余璟說道。「雖然大雲並不怵與敕蠻的對抗，但若要再等他們準備好一切，大舉來犯，到時將又會是一場生靈塗炭。因此，我決意帶兵出關，趁敕蠻還沒有反應過來前直搗黃龍，絕不再給他們喘息的機會。」

陳煜看向余璟，點了點頭。「師父之言，也正是我所想。師父打算怎麼辦？」

余璟看了看靈堂。「第一步，安撫玄武衛。」

余歲歲和祁川、明琦穿著男裝，站在不遠處，望著靈堂那邊的情形。

「歲歲，妳剛剛說，玄武衛目前的狀態很危險，為什麼？」祁川不理解。

余歲歲的目光流露出擔憂。「程執一死，玄武衛失去主帥，副將王湛沒有程執那般的統兵能力，更沒有什麼威望。換句話說，玄武衛軍心已散。程執雖然是白鴻漸誘騙的，但他在戰時未有調令卻臨陣出城，又與確定了奸細身分的付奎、白鴻漸關係密切，無論如何，叛逃之罪名，也坐實了十之八九。這種時候，玄武衛就是個大炮仗，任何一點火星，都能引燃，然後引發劇烈的爆炸。沒了主心骨的軍隊，不是一盤散沙，而是足以吞噬綠洲的沙漠啊！」

兩人正說著話，便見余璟朝靈堂內走去，與棺槨前守著的副將王湛等幾個人說了幾句話後，突然腳步後退兩步，撩起衣袍，跪在了程執的靈前！

余歲歲猛地一驚，顧不得別的，快步就想朝前走，卻在半道上被陳煜攔了下來。

「別去，師父有他自己的想法。」陳煜說道。

余歲歲當然知曉，她只是太震驚了，沒想到余璟的決定是這樣的。

此時，只見王湛等人也震驚地看著余璟，想去扶他，卻沒能扶起來。

「都說男兒膝下有黃金，跪天、跪地、跪父母，跪君王、跪師長、跪恩人。」余璟腰背挺直，朗聲說道：「程將軍，今日余某在此，送你一程！」說著，他俯身於地，拜了一拜。「今日之境況，縱有奸人作祟，更有你我兄弟嫌隙，禍起蕭牆之故。你我本該是同袍之誼，卻互不信任、互相猜忌。說到底，程兄為長，小弟為幼，理應由我先做解釋，而不是任由誤會發展下去。」余璟看著程執的靈位說道。「玄武衛眾將士都是受了奸人的誘騙，但即使是被誘騙，也願意前來赭陽關平叛，以保關河安寧。這一片赤膽忠心，正如程兄的坦蕩之心，日月可證！」

這句話剛一落下，整個靈堂裡外的玄武衛將士，都變了臉色。

這一句話，就等於敲定了他們此行的性質。他們不是反叛，而是來平叛的！這之間的意義，簡直不言而喻。

此時，他們看著靈堂裡跪著的余璟，突然就明白了為什麼恩化和玄策衛的士兵每個都那般敬重於他。他明明跪著，比所有人都要矮一截，可卻好像比所有人都高大威猛。

「余將軍，程將軍他……」王湛走上前，滿臉動容與悲痛。「他其實在來赭陽關的那天，就後悔了。他還對末將說過，就算付奎證據確鑿地說將軍賣國，他也是半分都不信。如果將軍知道余將軍也是這般信任於他，便是在九泉之下，也會瞑目了。」王湛的眼淚充盈眼眶。

余璟點點頭。「程將軍如此想我，也是我的榮幸。」

「將軍，快起來吧，你不必如此。」王湛又想扶他。

余璟搖搖頭，推開他。「這一跪，並不完全是為了程將軍，我還想跪一跪那些為國捐軀的將士們！」他看向棺槨，緩緩道：「老程啊，你得給我帶個話兒。我余璟，絕不會讓你、讓無數的英雄白白犧牲！你們若在天有靈，便仔細瞧著，瞧著那挑起戰爭的敕蠻人，會是如何的下場！」

王湛聞言，精神一振。「將軍，你的意思是？」

余璟這才站起來，說道：「是，就是你想的那個意思。我們得讓敕蠻、讓西域、讓天下人都知道，大雲不是他們想來就來、想走就走的地方！敢來，就要付出代價！」

王湛激動不已，大手一抹臉上的淚花，左腿撤步，單膝跪地。「將軍，末將願追隨將軍，為程將軍報仇！」

「不。」余璟糾正他。「不是報仇，是以、德、服、人！」

王湛點頭。「是！末將明白！末將願追隨將軍，以德服人！」

隨後，靈堂裡外所有來此的玄武衛將士紛紛單膝而跪，大聲高呼道：「願追隨將軍，以德服人！」

「好！」余璟露出欣慰的笑容。「那我們明天一早，整裝出發！」

余歲歲看著人群中央的余璟，長身玉立，意氣風發。

「殿下也要北上嗎？」她輕聲問道。

陳煜點點頭。「是。」

「那……我祝殿下，早日凱旋。」

第二天，在余璟的部署之下，右衛軍、玄武衛、恩化營和玄策衛兵分多路，舉著旌旗，浩浩蕩蕩地離開赭陽關，開赴北面的邊境。

赭陽關換了臨時守將，嚴防死守赭陽關。

這日清晨，余歲歲起了個大早，找出包袱裡僅有的女裝換上，甚至在城裡買了脂粉，用心畫上，然後一個人從將軍府走了出來。

街上的行人漸漸多了起來，新的一天已經開始了。

站在街口，余歲歲捏了捏手心，有些不自在地抹了抹頭上的碎髮，又理了理衣裙，這才邁步走了過去。

「這位……娘子，我想要一碗麵，加青菜和……兩個荷包蛋。」

灶臺後，正背著身子忙碌著的三娘轉過身，抬起胳膊隨手用袖子擦了擦額上的汗，朝余歲歲笑了一下。「好嘞，一碗雞蛋青菜麵。」說著，她掀起鍋上的竹編蓋子，鍋中的水氣瞬間冒出，將三娘的臉蛋熏得微微發紅。「姑娘來得真是時候，這一鍋馬上就好，您先坐著，我盛好給您端過去。」

余歲歲擺擺手。「喔不，我……我站這兒看看。」

她有些癡癡地盯著三娘的身影，看著她手腳麻利地往鍋裡放著青菜和調料，又拿起一雙很長的筷子，在鍋裡攪動著。

不知道是不是因為她那張臉的緣故，余歲歲總不由自主地將她聯想成自己的媽媽，一顰一笑、一舉一動，彷彿都格外的熟悉。

可若說不同，也還是有的。

余歲歲強迫自己冷靜一下，尋找著兩個人之間的差異。

三娘比媽媽年輕得多；她身上的衣服，媽媽從未穿過；三娘的頭髮比媽媽的長得太多了……

勉強找出了幾點不同後，余歲歲告誡自己不要表露出什麼來，以免嚇到了面前的人。

畢竟，媽媽去世了十多年，穿越到一本她去世時都還沒有開始寫的小說裡，這種機率太小了。

如今她還能看看這張臉以解思母之苦，真要是把三娘嚇跑了，那可就得不償失了。

余歲歲這邊腦子裡天人交戰著，那邊三娘很快就盛好了一碗麵。

水靈靈的麵條配上綠油油的青菜，和兩個黃澄澄的荷包蛋，再加上清淩淩的麵湯，一看就讓人垂涎三尺。

「哎？哎！」見她目光愣愣的，不知在發什麼呆，三娘好笑地用手在她眼前晃了晃。「妳這小姑娘，想什麼呢？麵好啦，快坐下吃吧！」

說著，三娘將麵碗放在離灶臺最近的一張桌子上，接著朝她遞了一雙筷子。

余歲歲接過來，在桌前坐下。

「以前沒見過妳啊小姑娘，第一次來這裡吃麵嗎？」三娘笑盈盈地看著她，因為沒有別的客人，便和她閒聊著。

「嗯。」余歲歲點點頭。上次來時，她一身男裝，還貼著鬍子，三娘當然認不出她來。

「那妳快嚐嚐我的麵，看好不好吃？」三娘笑著催促幾聲。「有哪裡不合口味的跟我說，我好改進改進。」

余歲歲聽話地挾了一筷子，低頭吃進嘴裡。

麵是軟的，湯是鮮的，味道確實不錯，但……

余歲歲偷眼看了一下三娘期待的眼神，有點兒心虛。大概是她的嘴被何蘭的手藝給養刁了，這麵的味道嘛，也就那麼回事。

不過在赭陽關這樣的邊城，確實可以算得上是佳餚了！

「挺好的。」她說道。

「嘿嘿。」三娘看著她，輕笑兩聲。「妳這表情，可不是覺得好的意思吧？當我看不出來呢！我早就說過，我這麵啊，沒什麼特別的。往常人家一窩蜂的來吃，為著什麼我心裡有數得很。妳瞧瞧，擱在以前，這個點人早就坐滿了，現在卻只有妳一個。」

余歲歲驚訝地看向她。「妳……妳生意不好，怎麼還這麼高興啊？」

三娘隨意地一揮手，似乎是聊上頭了，拉開凳子，坐到了她的對面。

「我當然高興了。討人嫌的狗皮膏藥終於沒了，我可是開心得不得了！」

余歲歲偷笑一記，心知三娘說的是付奎。

「其實呢，我在這裡擺攤子，不外乎就是為著一口飯吃。往日裡那些人來這裡，是讓我的生意變得很好，也賺了不少錢，可我若是問起我這麵哪裡不好、哪裡要改，卻是沒一個人樂意說實話。」三娘回想道。「他們為了各種各樣的目的來我這兒吃麵，可我一心卻只是為了餬口。吃進嘴的東西，若不是用味道留住客人，他們今日肯來，明日就不肯來了，那我又該怎麼生活呢？」三娘頓了頓，看了一眼空空如也的攤位，一臉神清氣爽。「現在啊，我就靠我自己的本事吃飯，賺來的錢沒有負擔，心裡也踏實。妳說，我心情能不好嗎？」

余歲歲不知怎麼地，光是聽三娘說著這些簡單的道理，就聽得有些入了神，不住地點頭贊同。

還別說，三娘這隨口一說便是人生哲理、從小事中延伸出大道理的風範，還真有點兒她那位當老師的媽的感覺。

「那現在，妳能告訴我，我這麵，哪兒做得不好了嗎？」三娘又問她。

余歲歲不好意思地笑了笑。「其實……挺好的。我覺得這個味道，還是很能吸引客人的。只是，我有一個做飯特別好吃的朋友，所以才有些過於挑剔了。」

三娘來了興致。「妳那朋友是哪裡人？如果可以，我可以找她拜師學藝嗎？」

余歲歲瞬間哭笑不得。「她在京城呢，怕是有點遠。」

三娘點點頭。「是有點遠，但也不是不可以去。回頭等我想好了，還真就去一趟，到時姑娘妳可得替我引見啊！」

余歲歲瞧出她有意玩笑，便也玩笑著應了。「好啊，這當然可以。」

三娘哈哈笑了兩聲，突地一拍腦袋。「哎呀，忘了一件事，妳等著。」說著，站起身來走到灶臺前，拿出個小陶罐，又一臉神秘地走過來。「這是我這兩天自己在家想出來的一種醬料，裡面放的有山菌、鹽、麻油什麼的，妳放到麵裡嚐嚐，看看如何。」說著，三娘打開陶罐，挖出一小勺來，放進她的碗裡。

余歲歲就著那小醬拌了拌，吃了一口後，臉色一喜。「嗯！這個好吃！」

「真的？」三娘越發興奮，又給她挖了一勺。「好吃就多吃點，管夠！」

吃下了一大碗熱呼呼的麵條後，余歲歲心滿意足地擦了擦嘴。「三娘子，妳這醬料真的不錯。若是將麵條單瀝出來拌著醬乾吃，沒準兒也好吃！」

「呀！」三娘一個驚呼。「妳這小丫頭，主意真是多，可太聰明了！我回頭就按妳說的試試。」

余歲歲立刻露出個笑來。「妳還可以把麵湯盛出來，撒點蔥花、鹽什麼的，配著乾麵吃，也不怕噎著，原湯化原食嘛！」

三娘眸光微動，定定地看著她，正想要說什麼，卻被一個尖酸的聲音打斷。

「喲，三娘子，大清早的怎麼這麼閒了？我哪次來，妳這兒不是人山人海的，今兒個該不會是我走錯了地方吧？」

三娘神色猛地轉冷，放下陶罐，將擼上去的兩隻袖子放下來，轉過身去。

余歲歲好奇地探頭，只見攤子前站著三個人——一個老婦，還有兩個與三娘年歲相近的一男一女。他們膚色黝黑、膀大腰圓、滿臉橫肉，看著就不好惹。

說話的，正是那個年輕些的女人。

「你們有什麼事？」三娘語氣冰冷，與剛才簡直判若兩人。「要吃麵就付錢，別的，免談。」

「唉唷，我說三娘子，妳什麼時候變得這樣沒規矩了？」年輕些的女人道：「再怎麼說，我可是妳的大姑姊，鐵子是妳丈夫，我們的娘也是妳的婆母。當著婆母和丈夫的面，有妳這麼說話的嗎？」

余歲歲眉頭一皺。

當初聽那位收留過三娘子的老大娘說起過，三娘子是被夫家以「無所出」為由休出了門的，原來這就是她的婆家人。

只聽三娘冷哼一聲。「金大姊話可不能亂說，我與你們金家如今是半點兒關係也沒有。當初你們把我打得半死，扔下一紙休書的時候，我就告訴過你們，我出了金家大門，從此便老死不相往來！」

「哎呀，這話是怎麼說的呢！」金大姊一聽三娘提起這事，周圍又漸漸圍起了圍觀的百姓，便覺得臉上沒光，趕緊說道：「怎麼能說我們打妳呢？我們家鐵子疼妳還來不及呢！妳說說，當初是妳和隔壁的王二小子共處一室，我們不過問妳兩句話，妳就嚷嚷著要去跳河。河妳也跳了，把我們嚇得都不敢再問妳，鐵子就是氣急了碰了妳兩下而已，怎麼就叫打妳了？再說了，哪家夫妻倆不動手的？」

聽著金大姊如此說，周圍的一些百姓也覺得有理，點起頭來，紛紛看著三娘，看她如何說。

三娘氣極反笑，雙手在腰上一插，臉一揚。「金大姊這顛倒黑白的功夫還真是一點兒都沒減！當初若不是妳說隔壁的王大娘病著，要我繡個荷包裝好草藥給她送去，我怎麼可能進王家的大門？又怎麼會落入妳的圈套？王大娘她可病得真不輕，屋裡連個人影都沒有，讓小兒子睡在她床上。我一進去，一個大男人掀開被子就往我身上撲，要說這事兒沒妳的算計，連鬼都不信！你們不就是覺得我嫁進金家六、七年都沒懷上孩子嗎？你們給金鐵張羅的兩個小妾不照樣一個也沒生出來？誰能生、誰不能生，還不一定呢！」三娘罵道。「現如今你們反倒來給我潑髒水，誰給你們的臉？」
余歲歲聽著，不由得在心裡給三娘鼓掌。
金家三人被她罵得臉上掛不住，還是金大姊心虛地硬著頭皮站出來堆笑道：「哎呀呀，看這……這不就是誤會嗎？其實吧，我這個弟弟啊，對妳可是一心一意的。自從妳走了後，他是成日裡茶不思、飯不想的，都瘦了呢！」
余歲歲瞥了一眼腦滿腸肥的金鐵……呵呵。
「我和娘想著吧，咱們好歹是一家人，一家人哪有隔夜仇呢？妳說妳一個女人，拋頭露面的做生意，總也不是個好事。不如咱們就翻了這篇，還當一家人吧！」說著，金大姊搗鼓著旁邊的金鐵，讓他去給三娘說說好話。
金鐵色迷迷地走上前，一臉淫笑，一近身就要抓三娘的手。「娘子，跟我回去吧，我想死妳了！」
三娘順手就抄起了灶臺上的菜刀，橫在兩人中間。「站住！你再過來一步試試！」
金家老太瞬間就不樂意了。「嘿！妳個偷人的小賤蹄子！我兒樂意要妳，那是妳的福氣，別給臉不要臉！妳還真以為之前那個姓付的捧了妳幾天，就不知道自己姓啥了？妳個不守婦道的賤人，都不知道被那姓付的玩了多少回，現在他死了，除了我們，還有誰要妳個爛貨——」金家老太正罵得難聽時，突然就聽到一聲巨響，把她剩下的話立刻嚇回了嗓子眼。

圍觀的眾人一震，紛紛循聲望去，只見一個長相漂亮的小姑娘腳邊散落著木凳條，一隻腳還踩在凳子的木板上。

剛剛分明看著凳子是好的呀！難不成……是這小姑娘一腳給踹散架的？眾人驚疑。

還沒等他們想清楚，就見那小姑娘的衣襬一個旋轉，身體像一陣風一般閃過眼前。

下一刻，只聽七尺高的金鐵一聲痛叫，轉眼他整個人就跪倒在地，蜷縮成一團，捂著下腹大聲哭喊著；金大姊也不知怎的一屁股跌在地上，捂著肚子來回翻身號哭。

眾人的目光趕緊去找金家老太，便見她被那漂亮小姑娘單膝壓在地上，領子還被攥在人家的手裡！

那小姑娘眉眼精緻俊俏，若在平日裡見到必會驚為天人，以為是仙女下凡，可如今在眾人的眼裡，只覺得她就是個現世的母夜叉，好像有三頭六臂似的，是個凶神惡煞。

余歲歲狠狠地看著地上的金老太，怒從心起，揚起手，一個巴掌搧在了金老太的臉上。

金老太被她這一個巴掌，瞬間給搧懵了。

周圍的人群也倒吸了一口涼氣。

然而，還沒等他們反應過來，余歲歲又是一個巴掌，打在金老太的另外半邊臉上！緊接著又是第三掌、第四掌……

余歲歲幾乎使出了全身的力氣，不過幾巴掌下去，金老太的臉和嘴立刻腫起老高。

眼見著她又抬起了手臂，三娘一個箭步衝上前，拉住了她。

「姑娘……」三娘看著她，眼裡似有千言萬語，輕輕搖了搖頭。

余歲歲深吸一口氣，壓下了心頭的怒火，順著三娘的力道，緩緩站了起來。

「滾！」她看著地上的金家三人。「再讓我看到你們來找三娘子，我見一次打一次！」

金家姊弟像見了鬼一樣，也顧不得自己的疼痛，撈起地上的金老太，撒腿就跑。

余歲歲這才看向圍觀的人，聲音一冷。「有什麼好看的？」

人群立刻推推搡搡地，四散離開。

三娘看著她，表情有幾分複雜、幾分感激，從懷裡掏出條帕子來，幫她擦了擦額頭的細汗。「小姑娘，謝謝妳為我出氣啊！」

余歲歲回望著三娘，不知怎麼地，心裡突然有幾分委屈，嘴角微癟，帶著些嬌氣。「我不想讓他們說妳不好，一個字也不行！」

三娘愣了一下，隨即「噗」地笑了出來，摸了摸她的腦袋。「沒想到，妳還是個嫉惡如仇的小俠女呀！其實，我真的挺感謝妳的。」三娘說道。「他們罵得難聽，那種話，我確實也說不出來，更罵不回去。自從離了金家後，他們家人這還是第一次來找我，瞧今日這架勢，倒與我兄嫂那種人不太一樣，完全是沒臉沒皮。要是今天沒有妳啊，我還真不知道我這把菜刀能不能鎮住他們呢？」

「下次他們再來，妳就找我。」余歲歲一臉怒氣。「看我不撕爛他們的嘴！」

三娘感激地點頭。「多謝妳了，小姑娘。不過金家人確實不是好惹的，聽說他家的親戚，在赭陽關做了個小官，他們家又是開肉鋪的，平日裡豪橫的不行。我倒是不在乎……潑髒水、辱名節什麼的，對我也沒什麼意義，我本來就打算先賺夠些盤纏錢，就離開這裡到別處去。可妳卻要當心了，越是芝麻官，越是橫行霸道得很。今天妳打了那老太太，沒準兒就被他們給恨上了。妳回去後，一定要告訴妳家人，讓他們替妳拿個主意。」三娘一邊說，一邊思考著，並非是在考慮自己，而是滿心都在為小姑娘想著辦法。

余歲歲心中很感動，明明三娘是個受人欺負的，卻還在為自己想法子。

「三娘子放心，這赭陽關還沒有人敢踢我的鐵板。」余歲歲說道。等她回去，就要查查金家的那個「芝麻官」，看看他是真的被親戚蒙蔽，狐假虎威，還是給這幫惡親戚做保護傘，禍亂赭陽關。如今赭陽關亂事剛平，父親又忙於戰事。但等戰事結束，自然就要騰出手來整治城裡的吏治，她就算提前先幫爸爸打個前戰吧！「對了，三娘子剛剛說，要離開赭陽關，不如……妳跟我一道？」余歲歲問道。想了想，又覺得自己唐突，忙又補充道：「呃，我的意思是，我把我那個會做飯的朋友，介紹給妳。」

三娘笑了笑，搖頭推拒。「不用了。我……是想要去尋人的，不過還是謝謝妳了。」

余歲歲有些失落。「那好吧。」

三娘看了看周圍，聳了聳肩。「剛剛鬧過一場，今早的生意怕是不會多了，我得先回去了。收留我的李大娘這幾天病了，昨晚才好一些，我去給她買點兒藥帶回去，再吃兩天。」

「喔喔，好。」余歲歲戀戀不捨，幫著三娘收拾攤位，又將身上的銀兩遞了出去。「我砸了妳的凳子，算是賠給妳的。」

三娘一把將銀子包回她手裡。「我們是朋友啦，就當我請妳吃的。凳子的錢，剛剛妳那幾個耳光，已經還我了。」說完，三娘笑著轉身，朝另一個街道走去。

余歲歲站在原地，一直望著，直到再看不見她的身影。

她真像媽媽啊！長相、性格都像。

可剛剛她也說了，嫁給金鐵已有六、七年。

如果真是十多年前，媽媽死後穿越到這裡，余歲歲絕對不相信她會選擇嫁給金鐵那種人。哪怕真的嫁了，以她的個性，也不會容忍金鐵家暴、納妾這麼多年的。

余歲歲最後再看了三娘走掉的方向一眼，這才轉身離開。

第三十章

北地，敕蠻王庭。

時節已快要開春，這裡的景物還是一片蕭索。

余璟站在王庭外的一座土山上，瞭望著遠方。

從這裡，能看到王庭的宮殿，是與大雲截然不同的風格，平添了幾分野性。

他從懷裡掏出來一只匣子，打開來看了看。

這是從赭陽關發兵前，女兒親手交到他手裡的。

是一撮頭髮，一撮屬於寶詠公主的頭髮。

歲歲到底心軟，她知道寶詠公主的身體再無回到敕蠻土地的可能，便用頭髮代替，希望能圓了寶詠回家的夙願。

余璟蹲下身，將匣子蓋上放進剛剛挖好的土坑之中，然後埋好，又將找來的幾塊石頭擺放在小土包的四周。

「妳也是一個父親的女兒。我作為一個父親，如今幫助我的女兒，替妳完成回家的心願。」他看著那無名塚，輕輕說道。「不過，可能妳未必會感謝我。出賣妳的哥稚那已經被我斬首，竊取敕蠻大可汗之位的布猞，也被我大雲將士誅殺。但……敕蠻殘部向北逃竄，這座王庭，甚至這座山，都不再屬於敕蠻了。」余璟嘆了口氣。「妳是個熱愛自己國家和族人的人，或許我們立場不同，但我永遠敬佩妳這樣的人。只是，不義之戰，終會以敗局收場，邪不壓正，世間的公理尚在。若妳泉下有知，但望妳保佑，大雲和敕蠻再無戰事，再無死傷。兩國和平相處，共謀盛景。」

「大將軍！」潘縉的呼喊，打斷了余璟的思緒。

他回頭，見潘縉一臉喜氣，大踏步而來，英姿勃發。「大將軍，王庭諸事已結。剛剛收到消息，聖旨也已到赭陽關，我們可以班師回朝了！」

這是一個不尋常的晌午，整座赭陽關的百姓都喜氣洋洋，家家掛上燈籠、紅綢，買來鞭炮，噼哩啪啦地燃放。

無數士兵和百姓們都聚集在街道的兩邊，其樂融融，甚至會聊上幾句。面對面碰見的人，不管認識還是不認識，都要抱拳道一聲喜，然後像熟人一樣，相攜走入人群，踮著腳，往街道的一頭看去。

主街上的酒樓二樓，雅間早已被人訂滿，此刻也是每扇窗戶大開，探出一個又一個身體，翹首以盼。

隨著幾聲炮響，眾人騷動起來，喧譁聲更加熱烈。

「歲歲！歲歲！」酒樓一扇大開的窗戶裡，明琦抓著余歲歲的手，興奮地指著遠處城門那裡黑壓壓走來的大軍隊伍。「來了、來了！他們來了！」

「看到了，我看到了！」余歲歲也同樣激動，探出身子，努力地瞧著，希望第一時間能看到父親的樣子。

只見那由遠及近，緩步而來的大軍前，數匹高大的駿馬上，一個個威風八面、英武逼人的將軍們鎧甲在身，端坐於馬上，朝夾道歡迎的百姓們揮手致意。

隊伍的步伐非常整齊劃一，踩踏著青石板路，發出有節奏的聲響，就像行軍的鼓點，奏著勝利的凱樂。

余歲歲的目光落在最前面的余璟身上，見他一身黑色盔甲，頭盔上還飄著紅色的穗子，一件寬大的暗紅色披風自肩上蓋至馬身，好一個颯爽英雄！

身後，兩面分別書寫著「雲」和「余」字的帥旗隨風飄蕩，颳出獵獵風聲。

她不禁掩住嘴，忍住激動的淚水，卻無法抑制身體的顫抖。

那是她爸爸呀！那是她余歲歲的爸爸！

他做到了他承諾過的一切，讓他們父女倆過上不受制於人的生活。從一個小小農莊裡的莊稼漢，到今天的三軍主帥，他真的全都做到了！

「歲歲快看，七殿下的坐騎旁邊，居然還跟著一匹馬！」明琦拉著余歲歲。「都說敕蠻有不少好馬種，七殿下騎的，還有跟著的，一看就是好馬！」

余歲歲的目光順勢看向第二排的陳煜，心臟在一瞬間劇烈地跳動起來。

她從沒有像這一刻一樣，如此猛烈地感受到自己的心意。就好像心中有一個聲音一遍遍地說著——就是這個人了！他值得她全然掏出一切！

記得陳煜出征前，答應她會為她尋來一匹敕蠻的好馬。她的要求很多，要性子溫順，要速度輕健，還要能和她之前那匹小紅馬相處愉快。

現在，他真的為她找回來了，就跟在他的身邊，被他帶著接受人群的敬仰與歡呼。

此刻，陳煜年輕而堅毅的臉被包在頭盔之下，看不完整，卻又似完完整整。他與父親相似又不同的裝扮，似乎正代表著他們的相似與差異。

余歲歲不禁捂住心口，驚訝著自己澎湃的心緒。

這一刻，她突然堅定地想要永遠站在他的身邊，願意同他一起燃燒餘下的所有生命。

明琦就像個播報員，隨時報導著樓下的動向。

「快看！那是齊越，是齊越吧？」

一旁的祁川和余宛宛也探頭來看，隊伍裡一個面目清秀的少年，可不就是齊越嘛！

「嘿，這小子也是個小將了，真威風！」祁川笑道。「我可還記得他當初在恩化時，跪在我們面前哭著要我們給他作見證的樣子呢！」

「他那不是一心救歲歲嘛！男兒有淚不輕彈，他流的可是有情有義的淚！」明琦回道。

「哎喲喲，我也沒說他什麼呀！怎麼感覺某些人趕緊就護上了呢？」祁川一臉戲謔，逗著明琦。

余宛宛在一旁接話道：「這也許就叫……護夫心切吧？」

明琦的臉猛然竄紅，清了清嗓子，掩飾著尷尬。「我、我不是覺得他年紀比我們都小，好歹也叫我們一聲姊姊，哪有姊姊不護著弟弟的？」

祁川撇撇嘴，朝她做了個鬼臉。「歲歲那才是正兒八經的姊姊，妳算哪門子的姊姊？我看呀，妳就是饞人家阿越長得好看！」

明琦的臉更紅了，作勢要去打祁川，卻被祁川一閃身躲了過去。她羞惱地一跺腳，佯怒道：「不許妳胡說！要說好看，我還覺得潘公子好看呢，平王世子也好看啊！對了，還有七殿下，甚至余師父也好看呀！」

余歲歲咯咯笑起來，上前摟住明琦的肩膀，玩笑道：「好看和好看，那也是不一樣的。咱就平心而論，單就五官容貌這一點，誰也比不上阿越。祁川、大姊姊，妳們說是不是啊？」

祁川忙不迭地點頭。「是是是，我們甘拜下風！」

明琦氣得要撓余歲歲癢。「歲歲，連妳也跟祁川學壞了，我不理妳們了！」

四人正玩鬧著，突然聽到樓下傳來一陣巨大的喧鬧聲，她們趕忙奔回窗前，往下看去。

只見人群裡，不知從哪裡闖進來一群穿著短打的打手，扯著圍觀百姓中的一個女人就要離開。可人群太擁擠了，他們一時走不了，還被周圍人指指點點。

「欸，歲歲，那不是賣麵的三娘子嗎？」祁川指著那個被抓的女人。

余歲歲凝眸一看，還真是！

再順著打手來的方向看過去，金家那個金鐵，果然也在人群之中。

「這個混蛋！我沒來得及收拾他，他還自己撞上來了！」余歲歲氣得一拍窗臺。

她已經查到了金家那個當官吏的親戚，但還沒有弄清楚他到底有沒有做過惡事，所以並沒有行動。沒想到這個金鐵，居然敢趁著大軍凱旋回來、城中人多之際，當街搶人了！

三娘子的旁邊，站著收留她的李大娘。

李大娘機靈，見此情形，立刻高聲叱罵起金家的惡行，句句都戳到了圍觀之人的心上，有路見不平的一些男人們立刻擋住了打手的去路，高喊著請士兵們來幫忙。

雖然赭陽關地處偏遠，之前又是被付奎統領，可他們一樣聽說了七連城有個好將軍，御下的士兵會保護百姓。

很快地，維持秩序的士兵和行進至此的大軍，也注意到了這邊的混亂。

余璟坐於馬上，微揚起頭，想要弄清楚發生了什麼事。

人群中，那個被幾人圍在中央的、身形纖柔的女子一邊掙扎，一邊轉過頭來，朝他的方向看了一眼。

腦中一「嗡」，余璟如遇旱天響雷，如遭重錘痛擊。

他驀地瞪大雙眼，死死地盯住那雙眼睛，彷彿天地間的一切都在瞬間消失不見了，只剩那雙眼、那張臉、那個人。

而那雙熟悉的眸子，也在他的注視之下，漸漸發紅……

酒樓二樓，余歲歲看著樓下一片混亂的情形，李大娘高叫一聲「強搶民女」，更是惹得周圍眾人都義憤填膺。

余歲歲氣憤不已，摩拳擦掌，轉身就要下樓去救人。

「欸，歲歲！」祁川突然一聲驚叫，指著窗下，滿臉震驚。

余歲歲狐疑地再次轉回身看去。

街道上，余璟拍馬上前，脫離了身後的大軍，俯身朝人群裡一撈，被挾持的三娘子瞬間就被他提到了馬上，坐在他的身前。

就在眾人愣怔的當下，只見余璟一抽馬鞭，「駕」的一聲，抱住身前的女子，身下馬匹飛速竄了出去，轉眼就消失在街頭。

「喔——」一陣此起彼伏的歡呼，還伴隨著口哨聲，瞬間響徹赭陽關的大街。

大軍在片刻的遲疑後，也隨著余璟，加快了速度，迅速通過街道。

但此時，所有人已經不關心大軍了，他們口沫橫飛地大聲議論著，內容全都是那充滿戲劇的一幕。

英雄美人，還有著英雄救美的橋段，足夠他們談上一年半載了！

雅間裡，四個姑娘都傻住了。

祁川指著外頭，手指都在發顫，說話都結巴了。「歲、歲歲，這……這是？」

余歲歲也懵了。她確信，父親一定是看到三娘的臉了，可再怎麼說，也不能……也不能這樣啊！

「我回去找他。」余歲歲丟下一句話後，就往樓下跑。

其他三人自然不敢再留，也跟著跑了下去。

由於街上聚集的人實在太多了，縱使大軍已經離去，還有不少人不肯散去，都在津津樂道地聊著今日的見聞。維持秩序的士兵費了好大的勁，才把眾人給勸走了。

於是，等余歲歲幾人擠出人群，回到將軍府時，已經是一炷香之後了。

一進將軍府的大門，就見各軍的將領全都圍在院子裡，一邊小聲議論，一邊探頭探腦的，卻是誰也不敢往後院裡去。

聽到聲音，眾人回頭，見是余歲歲幾人，臉上的表情立刻五花八門起來。

「歲歲！」陳煜快步迎上來，第一時間握住了她的手。「師父他……」在他看來，余璟從不是個衝動之下會不管不顧的人，可剛剛那般作為，唯一的解釋就是，他對那個街上的女人一見鍾情了！不管別的，一向寵愛自己的父親突然愛上了別的女人，對於余歲歲來說，應該是很難立刻接受的吧？更何況是在那般眾目睽睽、大庭廣眾之下。「妳……還好嗎？」陳煜仔細觀察著余歲歲的神色。

余歲歲正要開口，段哲也走了過來。

「歲歲啊，妳爹他這是怎麼了？要不……妳去看看？」
現在這時候，除了余歲歲外，還有誰有資格和膽子去打擾余璟啊？
余歲歲看向段哲。「段伯父，軍中還有政務要處理嗎？」
段哲一揮手。「那倒沒有，大軍的駐紮已經安排好了，我們就是、就是……」
余歲歲了然，就是想來吃瓜的吧？「好，那我進去看看。」她說道。
陳煜微微攥緊她的手。「別擔心，妳還有我。」
余歲歲心裡一陣動容，卻很快壓下，點點頭，鬆開他，朝裡走去。
一群將軍們目送著她進去，眼中充滿著複雜的神色。
停在書房門口，余歲歲幾次抬起手，又放下手，猶豫不決，不知道該如何敲開面前的這扇門。
她側耳湊近門框，想要聽聽裡面的動靜，似乎能聽出一些，但不真切。
她相信，以父親的人品，是絕對不會做什麼不可描述的事情的。
想了想，她深吸一口氣，在心裡給自己打氣，然後一咬牙、一閉眼，雙手重重一推，一把推開了房門！一腳踏進門檻後，余歲歲閉著眼就是一口氣說出——
「爸！雖然她和媽確實長得很像，但你要是把她當成媽的替身，不僅對不起她，也對不起我媽！」嗯？半天都沒聽到動靜，余歲歲疑惑地將眼睛睜開一條縫，瞬間和案桌前的兩個人，六目相對，面面相覷。

這是個什麼場景？

三娘站著，她爸坐在書案前，手摟著三娘的腰，眼圈紅得跟隻兔子一樣，下頷還掛著晶瑩發亮的水珠子。

她爸……不會是……在哭吧?!

再看三娘，臉上的寵溺之色還沒有褪去，看向自己的眼神卻是突地盛滿濃濃的愛意，熟悉得令人心驚。

余歲歲插著腰的手，突然一瞬間失去了全部力氣，倏爾垂落。

余璟此時也反應了過來，隨手抹了一把臉，似乎想要掩飾什麼，可開口後的嘶啞與哽咽，還是出賣了他。「歲歲，別胡說，這是……妳媽媽！」

余歲歲傻愣愣地看著三娘，看著她臉上一點點露出溫柔的笑容，然後張著手臂，朝自己走來。

她眨了眨眼，突地跌跌撞撞地朝前奔了兩步，一頭扎進三娘的懷裡。

「媽媽！」伴隨著一聲撕心裂肺的哭喊，余歲歲淚如雨下。

感受著後背上，媽媽的手在上下輕撫著自己，一如記憶裡那般的輕柔、舒服。

「寶貝，寶貝好乖的……沒事了啊，沒事了……」慕媛滿臉都是淚水，卻偏過頭去，壓抑著，不想讓女兒聽出來。

聽著這熟悉的安慰，余歲歲哭得更狠了，似乎要把壓抑了十多年的思念都在這一刻全部哭出來。

突然間，她感覺到又有一雙有力的臂膀擁住了她們兩個人的身體，那是父親的臂彎。她聽到頭頂上傳來讓人踏實的聲音——

「我們一家人，終於又在一起了。」

話音落下，余歲歲眼前驀地就是一黑，瞬間失去意識，哭暈了過去。

當再次醒來時，余歲歲躺在書房的軟榻上，慕媛坐在榻邊，握著她的手。

「媽媽！」余歲歲坐起身子，一把抱住她。「我不是在作夢吧？真的是妳，真的是妳嗎？」

慕媛拍拍她，吸了吸鼻子。「都怪媽媽，是媽媽不好，沒有早點來，也沒有認出我的寶貝。」

「可我，也沒有認出妳來啊……」余歲歲咬起嘴唇，心中很是懊惱。分明她都和媽媽面對面的相處、交談了，怎麼就沒認出來呢？「媽媽，妳和爸是怎麼認出彼此的？只是看臉嗎？」余歲歲好奇不已。

慕媛低頭，不經意地露出一個甜蜜的笑意來，又看了看旁邊站著的余璟。「就是一眼之間吧，我就覺得是他，他也覺得是我，對吧余璟？」

余璟一直就不錯眼地看著慕媛，頗有種生怕一眨眼她就跑了、消失不見的樣子，聞言只呆呆地點頭贊同，多的話也不肯多說了。

他又聽到媛媛叫他的名字了，一切就彷彿是作夢一般。她又一次回到了他觸手可及的距離，是溫熱的、活生生的。

「媽媽，妳到底怎麼會過來的？」余歲歲繼續問道。「這也太奇怪了，妳……妳離開的時候，還沒有這本小說呢！」

「小說？」慕媛一愣，搖了搖頭。「我不知道這裡是哪裡，但我在這裡醒過來的那一刻，就有一個預感，覺得我一定能在這裡找到你們。還記得嗎？那天我告訴妳，我要離開這裡，去找人。其實我就是想要走遍大江南北，打聽看看有沒有你們的消息。」

「妳……要找我們？」余歲歲更驚訝了。

媽媽難不成會算命嗎？怎麼就能知道自己和爸爸在這裡呢？

「說出來，你們可能不會相信，其實，我從來沒有真正地離開過你們。」慕媛柔聲說著，陷入了重重的回憶。「有的時候我都會想，那一年在醫院，我閉上眼睛，就像是昨天才發生的事情一樣。也許是老天聽到了我的祈禱，知道我捨不得離開我的愛人，不放心我還沒長大的女兒，才給了我一個陪伴你們的機會。歲歲，妳知道嗎？媽媽沒有錯過妳的成長，從妳九歲到大學畢業的每一天，我都在看著妳，知道妳每一次考試的成績，還有每一個快樂的、傷心的瞬間，不過媽媽可沒有偷看妳寫的日記喔！」慕媛揉揉余歲歲的臉蛋，語氣輕快起來，不想將重聚的喜悅氣氛染上過去天人永隔的悲傷。

余歲歲被她說的，剛剛還想哭，現在又破涕為笑了。

這十幾年來，慕媛日日夜夜看著父女倆沈浸在對她的思念與懷戀之中無法自拔，每每看到都心如刀絞。現在她回來了，更欣慰地看著父女倆的關係也有了改善。

只要有她在，一定能讓再沒有任何負擔的笑容，重新出現在他們父女的臉上。

「但是，我可有逮到你們倆不聽我話的時候喲！」慕媛假裝板起臉。「妳，余歲歲！晚上熬夜不睡覺，偷偷看小說、看影片，早上起不來就不吃早飯！我以前怎麼跟妳說的？早飯必須要吃！」接著又看向丈夫。「還有你，余璟！一出任務就不好好吃飯，讓你多泡點枸杞、紅棗水喝，你也記不住！還有啊，我剛走那些年，你一點都不關心歲歲，直接把她扔給爸媽。當時我那個氣呀，特別想趁著你睡覺的時候咬你一口、啃你一下，又怕影響你的身體，耽誤你難得的睡眠。幸好你後來轉過彎來了，不然我可不會原諒你……」

慕媛輕輕柔柔的聲音唸唸叨叨地說著，一家三口恍惚之間跨越了十多年的距離，再一次回到了當年。

慕媛的溫柔與嘮叨，余璟的忙碌與陪伴，歲歲的調皮與乖巧，那是他們記憶裡最美好、最難忘的時光。

「後來，那天，我看著你們上了高速公路，結果……」慕媛回憶起那天的記憶，仍然覺得手在顫抖。「眼看著你們的車子起火，我的意識也漸漸沒了。當時我就在想，我寧可再也不見你們任何人，也想讓老天保你們平安無事。再次醒過來的時候，我就在赭陽關三娘子的身體裡了。她對我說，她不想活了，丈夫一家嫌棄她沒有孩子，還誤會她和隔壁家的男人不清不楚，所以她為證清白，跳河自盡，結果卻沒死成，反倒被金家毒打了一頓。」慕媛講起了穿越的緣由。「我當時就在想，上天讓我死去十多年而靈魂不滅，還能在異世重新活過來，一定是有用意的，所以我便答應了三娘，替她活下去。我一醒來，就問金家要了休書，一個人出來賣麵。想著攢夠了錢，練好了手藝，就尋遍大江南北，一定要找到你們。沒想到，你們一直都在離我很近的地方。」

余歲歲聽著媽媽這麼多年的奇遇，不敢置信的同時，又頗有一種命中注定的感覺。也許，是他們三個上輩子做了什麼好事，才能得到這樣的機會，在另一個時空中重新相遇。這是真實也好，一場夢也罷，她只想永遠留在這裡，永遠永遠！

「所以，媽媽來這裡，只有幾個月？」余歲歲計算著時間，道：「我和爸爸，在這裡已經待了六、七年了。我想，肯定是老天爺算啊算的，算到了赭陽關的三娘子命運多舛，又與媽媽容貌相似，才安排妳在這個時候，回到我們身邊。」

慕媛點點頭。「我想也是，所以我一直很感激三娘子。她的兄嫂，我已經算是替她報過了仇，拿回了屬於她的那份家產，嚇得他們晚上都睡不安穩。可金家，以我如今的力量，還沒有辦法替她報仇。」

一直沒出聲的余璟，終於說話了。「沒事的，有我呢！以他們今日敢在大街上公然搶人的膽量，別的惡事恐怕也沒少做。只要證據確鑿，我一定把他們交官查辦，還三娘子一個公道。」

慕媛感動地看了一眼余璟，眼波流轉，裝滿了無數的思念與戀慕。

余璟心一顫，情不自禁地上前擁她入懷，下巴抵在她的頭頂。「媛媛，別再離開我了，我沒妳想得那麼堅強。」

慕媛將臉貼近他的胸膛，感受著他的溫度，也試圖用自己的溫度，去安撫他的痛苦。

「不會了，再也不會了。」她輕聲說著。

她親眼見證了他多年的愛戀，相信在這個世界上，她不會再愛上除了余璟以外的任何人，而余璟，也不會再愛上除了她以外的別人了。

余歲歲看著父母依偎在一起，心裡甜絲絲了一會兒，突然又覺得酸溜溜的。

她撓了撓頭，悄悄地下了軟榻，溜出了書房，將空間留給爸爸跟媽媽。

都說父母是真愛，孩子是意外。她倒是從小受盡了寵愛，但一點兒也不影響此時此刻，她就是那個「當之無愧」的意外。

剛出院門，陳煜就快步走了過來，上下打量著她。

「怎麼去了那麼久？其他人都先回去了，我不放心，在這裡等妳。」

他仔細察看，見余歲歲眼角微微紅腫，心倏地一提。「哭過了？為什麼？可以告訴我嗎？」

余歲歲默默地看著他，心裡的那點酸意居然瞬間就消失不見了。

「陳煜。」四下無人，她主動挽住陳煜的手臂。「如果……我是說如果，如果哪一天，我突然死了，你會怎麼樣啊？」

陳煜驀地一瞪眼睛，拉著她的肩頭，急切地上看下看，呼吸都急促了起來。「出什麼事了？是不是妳之前的傷有什麼問題？還是，師父說了什麼……」

余歲歲沒想到他想偏了，趕緊安撫他。「哎呀，不是，你別瞎想，我瞎說的，就是個假設。」

還以為能聽幾句甜言蜜語，卻忘了這是個實誠孩子，唉！

陳煜重重地呼出一口氣，緊張得連額頭上都出汗了。「別說這種假設，我……我會害怕的……」

余歲歲心裡突地一疼，頓時覺得自己有些過分了，連忙扯出個笑來。「對不起嘛，我知道錯了，以後再也不說這種話了。」說著，舉起左手手掌，噘起嘴，輕輕拍了兩下。「看我，多知錯就改，自覺就『掌嘴』了！」

陳煜看著她仰著臉、一副求表揚的樣子，頓覺哭笑不得。

再看她剛剛大哭過的臉上泛著淡粉，細膩得連臉上的絨毛都清晰可見，他腦子裡突然就理解了古人詩詞裡的那句「桃花面」。

而她微微噘起的嘴唇，就像桃花結出來了櫻桃一樣，紅嘟嘟的，煞是誘人。

不知道怎麼的，陳煜心裡血氣上湧，鬼迷心竅間，猛地低頭，啄了一口那紅色的櫻桃。

「呀！」余歲歲嘴上一痛，下意識一推陳煜的前胸，震驚地看著他。「你……」

陳煜恍然才反應過來自己幹了什麼，從脖子到耳朵，一下子全紅透了。

「對、對不起，我、我唐突了……」他倉皇失措，連賠禮都行得歪歪斜斜的，抬步就想跑。

「哎！」余歲歲追了兩步，一把抓住他的手。

陳煜腳步猛地頓住，背對著她，不敢轉過身來。

余歲歲看著他紅得滴血的耳朵尖，心裡又是羞澀、又是好笑。

一向有禮有節的七殿下居然做出了這般孟浪舉動，怕是他自己心裡都要爆炸了吧？

可他越是如此，余歲歲就越想看他更驚慌、羞愧的樣子。

想著，她膽子一壯，語帶調侃地說：「陳煜，你……親都親了，不負責就想跑啊？」

手裡的那隻手猛地就是一緊，下一秒，余歲歲被一個力道一下子拉向前去，隨後被突然轉身的陳煜擁進懷中。

身子被抱得太緊，她怎麼也不能看到陳煜的臉色，只能聽見他在耳邊微微低喘著，良久才開口說話。

「我會的。」

話音落下，他放開力道，轉過身，大步流星地走了。

余歲歲看著他的背影，怎麼看怎麼覺得有幾分狼狽，不由得笑出了聲。

這時，身後一個聲音幽幽響起，還帶著幾分「涼」意——

「你們倆，誰給我解釋一下，這小夥子是誰啊？」

余歲歲面上一驚，心虛地回過頭，咧嘴一笑。「嘿嘿，媽，妳都看到啦？」

慕媛抱著臂。「說起來，我還不知道你們這六、七年都經歷了什麼呢，乾脆一起說給我聽聽吧！」

父女倆對視一眼，他們這六年多，那可是過得精彩紛呈啊！

余璟大手一揮，安排人通知廚下準備午飯，之後便摟過妻子和女兒，重新回了屋子。

三人圍著桌子坐下，余歲歲才將自己和余璟這些年來所做的事情一一講給了慕媛聽。

她就像個幼稚園放學的小孩，滔滔不絕地跟媽媽講著自己一天的生活，事無鉅細，每一件事都想要告訴媽媽。

有時說著說著，發覺自己說到了驚險處，想要臨時遮掩過去，就會被敏銳的慕媛發現破綻，然後幾句話就能問出真相，縱使余璟在一旁幫忙找補，也是無濟於事。

倒也奇怪，明明媽媽什麼都沒有經歷過，可也不知道為什麼，他們在她面前，壓根兒就藏不住任何小秘密。

「聽你們這麼一說，看來這次回京，還真是有不少的挑戰。」聽了一個多時辰，慕媛最終得出了這個結論。

「沒關係。」余璟攬住她。「只要我們一家人在一起，沒有什麼難得倒我們。」

慕媛點點頭，拉住余歲歲的手。「剛才我聽了那麼多，才知道歲歲是真的長大了，有自己的想法了。以後，妳儘管去做妳想做的事情，我和爸爸永遠支持妳，做妳最堅強的後盾。」頓了頓，她又道：「等到了京城，恐怕我能幫助你們的，就不多了。歲歲不是在京城辦了學館嗎？我也去當個女先生，支持支持我們寶貝的事業！」

「媽～～」余歲歲撒嬌地喚了一聲。「妳能一直陪著我們，比什麼都好！」

不管她變成誰，爸爸變成誰，只有媽媽才是他們父女的精神支柱，是美滿家庭的維繫，是這個家的靈魂所在！

余璟在大街上的一齣「英雄救美」，轉眼就成了赭陽關上下軍民三句話離不開的話題。

多如牛毛的好事者興奮地走街串巷，只想要窺探到事情的一二真相。

不出一天，赭陽關茶樓裡的說書先生，就有了新的段子——《保關河定黎庶戰神將軍與溫嫻貞烈麵條西施的二三事》。

不得不說，說書先生編故事的能力，當真是不容小覷。

故事裡，慕家三娘自幼生活困苦，卻任勞任怨地承擔著照顧病母、養家餬口的責任，不料因相貌美麗，被惡霸金鐵強行擄去做了媳婦。為了家人，三娘忍辱負重，卻還是遭受了金家惡人的欺負與誣衊。

終於，在母親病逝後，三娘奮起反抗，終於逃脫了惡霸家門，卻又被忘恩負義的兄嫂趕出娘家。但她依然堅忍不拔，憑藉自己的雙手賣麵餬口。也正是在這個時候，她遇見了佘璟將軍。

英雄美人，自古佳話，將軍愛上了三娘的不屈性格，三娘仰慕著將軍的英勇無畏，兩人約定，待戰爭勝利，百姓安樂之時，再共結連理。

故事到這個時候，肯定是要有壞人出來搗亂的。昔日的赭陽關守將付奎貪戀三娘美色，又勾結蠻夷暗害佘將軍，謀奪邊城。所幸三娘聰慧，與付奎不斷周旋，最終佘將軍智破奸賊詭計，直搗蠻夷王庭。

在大軍勝利回城的那天，惡霸金鐵居然膽大包天，當街擄人，佘將軍衝冠一怒，英雄救美，最終抱得美人歸。

這故事一出來，立刻風靡七連城和西北邊境各州縣。實在是故事編得太完整，把百姓們想看的家國情懷、建功立業、救苦救難、有情人終成眷屬……等等無數元素都融了進來。

先是說書的段子，然後立刻有了傀儡戲，隨後連邊關的戲臺上，都咿咿呀呀地唱起了這齣戲。

唱著唱著，大家就發現了一個問題——

通敵叛國的付奎得到了報應，那強搶民女的惡霸金鐵呢？惡人就該有惡報呀！

將軍府，書房。

余璟看著齊越呈上來的、關於金家的罪狀陳述，滿意地點了點頭。為惡之人，找起罪狀來實在太簡單，只要敲開幾戶貧苦百姓的家門，用心聽他們訴訴心中的冤情愁苦，就能得到答案。

「好，我知道了。辛苦你了，先去休息吧。」余璟打發齊越離開。

「是，義父。」齊越點頭道。

自從當初余歲歲傷重時，齊越在她床前下跪認了她當姊姊，余璟和余歲歲就都將他當成了真正的孩子和弟弟。就在大軍攻破敕蠻王庭的那天，余璟正式收了他做義子。

彼時的齊越當然不會想到，他居然一夜之間又多出來了個義母。

從書房出來後，齊越一下子就被等在外頭的人給圍住了。

「齊小兄弟，你見到那位三娘子沒有？」

「齊兄弟，大將軍看起來氣色如何？是不是紅光滿面、春風得意？」

「阿越啊，你有沒有拜見過義母？她待你好不好啊？」

「齊兄弟，余姑娘對此事怎麼看？」

「小齊，外頭傳的故事是真的嗎？大將軍什麼時候認識那娘子的？我們怎麼不知道？」

齊越被一群人追問得頭都大了。

可這群將領也很無辜，因為這兩天余璟閒在家，余姑娘更是見不著面，所以他們只能逮著齊越追問，不然這心裡癢得難受啊！

「諸位將軍，我還沒見過那位娘子，實在回答不了你們的問題。」齊越連聲解釋。「反正，義父今日是特意叫你們前來商議要事的，你們直接問他吧，我先走了！」一說完，他就逃也似的跑了。

眾人什麼也沒問出來，急得抓耳撓腮，卻又無可奈何。

這時，只聽門裡的余璟高聲道——

「諸位請進來吧！」

眾人這才不得不互相推搡著，走了進去。

「諸位將軍，今日請各位來，是為了商討大軍班師回朝一事。」余璟請眾人入座。「邊境的事情基本上已了結，聖旨也已下達，要求我們擇日回朝獻捷。西域來的那兩位王子和公主，傷情也已穩定，需要早日到京城覲見陛下，呈遞國書，以達成大雲和西域的盟好，所以我們不能再等了。」

「那，余將軍的意思是？」段哲問道。

「有序安排各衛軍分批撤離，諸位將軍可隨我帶領一部分軍隊，率先護送西域使者回朝。其餘事宜，待回京稟明陛下後，再行處理。」余璟答道。

這次回去，如何處置敕蠻北逃後留下的大片領地，將是朝廷最重要的議題。

「將軍打算何時啟程？」玄武衛副將王湛問道。

余璟看了看手中的狀紙。「等明天赭陽關官衙審完官司，後天我們就出發。」

赭陽關雖是軍鎮，但也有文官，負責主理民政，這在七連城都是一樣的。過去付奎在赭陽關一手遮天，可余璟卻不能和他一般。

所以，金家的官司只能交給衙門來審理，余璟不會插手。

眾人一聽「官司」二字，眼裡全都冒出了幾分有興致的目光，就像看到了自己的獵物般。

「余兄，打算如何處置金家之事啊？」還是和余璟關係更親近的段哲，率先忍不住開口了。

余璟了然地掃了一眼眾人的表情，輕笑道：「我知道你們想問什麼。一句話——等回了京城，歡迎各位來喝我余某的喜酒！」

「喔！」眾人立時歡呼起來，一邊起鬨還一邊鼓掌，差點兒把房頂給掀了。

第二天，赭陽關衙門。

余璟帶著余歲歲和慕媛，一身便裝隱藏在人群中，看著公堂裡的審案。

金家人欺男霸女，為禍鄰里，仗著為官的親戚為非作歹、霸占房產，更有私設賭局、買放高利貸的罪名，條條事實清楚，證據明晰。

那是余璟熬了一夜，一條一條親自整理出來的。

堂上的縣官只拿來一看，就驚住了。他何時見過如此條理明確的訴狀？簡直就是掰開了、揉碎了給他餵飯吃啊！

赭陽關剛倒了一個奸細付奎，縣官正愁沒有政績呢，一個驚堂木拍下去，將金家數罪敲定，判處流放。

圍觀的人群裡，那些被金家欺壓過的百姓紛紛叫好歡呼。

余璟在身側悄悄抓緊慕媛的手，他終於幫從前的三娘子報仇了。感謝她給了他與愛妻重逢的機會，只望那個善良文弱的女子，下輩子能投個好胎，一輩子平安幸福！

又是一個清朗的早晨，伴隨著春日的暖意，赭陽關內外旌旗招展，隊伍蜿蜒如長龍。

余璟騎在馬上，從隊伍的前列，最後回望了一眼巍峨的城關。

三年，七連城早已是他的第二個家，卻不知道這輩子還有沒有再回來的機會？

大軍進京城的這天，天上下起了綿綿的春雨，打濕了古樸的青石板路。

閣臣馮大人奉皇帝之命在城外迎接，傳旨命軍中諸將與西域使臣進宮，共同參加晚上的慶功盛宴。

京城裡處處張燈結綵，喜氣洋洋。一場開局劣勢的戰爭，被力挽狂瀾、扭轉危局，最後甚至反攻入敵國都城，這必將是一場載入青史的戰事。

宮宴之上，皇帝的神情可謂是喜形於色，眼角的皺紋都笑出了摺子。

「此次大勝，全仗諸位愛卿智勇雙全、挺身用命，朕心甚慰！出征前，朕許諾過，如果此戰得勝，朕可以應下諸愛卿一人一個願望。諸位愛卿，你們有什麼願望？」

這場慶功宴，本就是為了大勝回朝的大軍接風洗塵的，更要在西域來的王子和公主面前，彰顯大雲的風采與氣度，因此，滿朝文武及家眷全都出席了宴會，整個大殿都給坐滿了。

看著儼然化身成「阿拉丁神燈」的皇帝，余歲歲有些忍俊不禁。

然而，並沒有人站出來回應皇帝的這個問題。

有功之臣向來是皇帝封賞，賞什麼是什麼，哪有自己張嘴要賞賜的說法？所以沒有人敢動作。

皇帝也不惱，抬手一指。「余愛卿，你是一軍主帥，打仗時就身先士卒，如今便由你第一個說吧！」

余璟一怔，隨即聽命起身。

雖說皇帝說的是會滿足願望，聽起來似乎什麼願望都可以，但其實也是需要再三斟酌的。

不能太過分，總不能說讓皇帝給自己封個異姓王做做吧？

也不能太大公無私，比如說什麼撫恤烈士、安置百姓之類的，這樣反而是把皇帝架在火上烤，搞得像是自己多麼憂國憂民，而皇帝卻一點兒都不關心臣民安樂似的。

思前想後，余璟有了主意。

他拿過桌上擺放的帥印，這本來該是慶功宴之後，皇帝召見時才要上交的。

「臣謝陛下恩典。」余璟行禮道。「臣得陛下知遇，一直銘感五內，能為陛下和朝廷盡一份力，臣已別無他求。如今四海安定，北疆與西域皆已臣服，臣只想卸甲歸家，重新操持文武學館，也能繼續為朝廷和陛下分憂。至於別的願望……」余璟面上流露出一絲不好意思。「臣想向陛下告假一段時間，與親人同享天倫。」說完，他微微俯身，雙手捧出帥印，舉至頭頂。

皇帝聽罷，點了點頭，笑呵呵地讓內侍取回帥印，這才一臉饒有興致地說道：「朕早就猜到你要告假了！朕聽聞，愛卿在邊疆識得了一個貌美的女子？似乎還傳出了不少佳話，連京城的戲臺子上都唱過愛卿的故事呢！」

余璟一驚，邊關的事，居然這麼快就傳到京城來了？

馮大人見狀，立刻站出來笑道：「陛下，余將軍這是英雄難過美人關啊！古語云，人生有四大樂事，陛下何不也成人之美，造就一個洞房花燭夜、金榜題名時的佳話？」

皇帝一拍掌。「馮愛卿說的正是！既然佳話不少，那朕就也來湊一個！余璟聽旨。」

余璟趕忙跪下。

「余璟統兵克敵，驅逐蠻夷，功不可沒。戰事初平，軍務繁多，朕不允其卸甲，特賜封為忠勇大將軍，權掌北府，督練兵事。文武學館初為余璟興辦，今仍歸余璟統管，是為掌院之首，一應從屬日後補齊。朕還特准許錦陵縣主從旁襄助，並盡快編撰《掃盲之書》新冊。余愛卿為朕和朝廷分憂多年，親身用命，准假半月，可行娶親之事。朕感念其功勛，特賜婚旨，以昭天下！」

聖旨說完，余璟高聲謝恩。

殿中其他朝臣聞言，瞬間神色各異。

北府是什麼地方？那是統管朝廷十二衛的官署啊！雖說用兵部署的權力在兵部手中，可將士們最認的，當然還是自己的主將和北府的長官啊！

賜封大將軍、權掌北府，就算是大雲開國以來，能達此地位的都沒有幾個，兩隻手都數得過來。余璟一個布衣出身之人，短短幾年就到了這個位置，是何等的恩寵如山？

還有，文武學館，那可是皇帝目前極為看重的培育人才之地，如今也歸余璟管理，甚至還特意提及了錦陵縣主，豈不是表示以後文武學館裡的所有學生，都出自他們父女倆門下？

眾人心裡千迴百轉，可誰也不會站出來反對。畢竟余璟可是一舉將敕蠻逐出北境千里之外的功臣，這可是從未有過的輝煌戰績。

余歲歲聽著聖旨，高興之餘，也不由得有些膽戰心驚。

如此榮耀，也不知道是福還是禍？

不期然地，她看到了對面盧陽侯府的席位。盧陽侯臉上的表情可謂是打翻了調料罐，精彩得不行！余歲歲微一挑眉，就轉開了目光。

有了余璟做示範，其他人也就不扭捏了，紛紛站出來說自己的願望。段哲說要告假回鄉看望爹娘；王湛說要辭官回家鄉開個武館，也算將功贖罪；還有的將軍則希望能讓家中的孩子到文武學館求學。

皇帝一一答允，甚至極為大方地一揮手，要戶部出錢、工部出人，在文武學館的原址上擴建，建好後率先安置烈士及軍屬的子女入學。此話一出，軍中將官更是感動不已，山呼萬歲。

同時，所有軍中將士都有了封賞，珠寶、錢財應有盡有。

陳容謹、齊越還有化名李初的潘縉，軍職也都晉升了。只是因著潘縉的身分敏感，沒有入宮。

接下來，皇帝才看向自家人。

「煜兒，你有什麼願望？」皇帝笑著問道。

一直沒有怎麼出聲的陳煜這時才站了出來。

殿中眾臣暗暗點頭，他們沒有忘記，眼前這位七殿下，也是這次大勝的功臣。

當初西域十國大肆入侵，是七殿下跪在皇帝面前，以死為誓，力爭出兵邊境，甚至隻身前去應戰。

如今事實證明，七殿下當初所說的都是正確的，這份膽識與謀略，立刻就彰顯出來了。

如此一來，太子……就顯得不夠看了。

因此，陳煜一站起來，所有的臣子都豎起了耳朵。

七殿下有什麼願望？皇帝是否會答應？這一切都會對未來朝中奪嫡的事態產生直接影響，也會間接影響著百官們的行為，所以他們都格外關注。

陳煜說道：「回父皇，兒臣只有一個願望。兒臣想求娶錦陵縣主，請父皇恩准。」

話音一落，殿中「嗡」的一聲，小聲的議論四起。

剛剛平王世子陳容謹就已經站出來，說要求娶盧陽侯府的義女余宛宛。堂堂世子娶一個出身鄉野的女子為正妻，簡直是聞所未聞，平王和平王妃那一瞬間的臉色和鍋底灰都差不多一個色了。

可論起來，余宛宛是余璟的親生女兒，血緣至親，父親如今權掌北府，地位不凡，她自己又是在侯府教養長大的，匹配平王世子也算勉勉強強吧。

所以皇帝只是猶豫了一下，甚至都沒有問平王的意見，就答應了。

可現在，七皇子又說要求娶錦陵縣主？

論血緣，錦陵縣主是盧陽侯府的血脈，可盧陽侯府的女兒嫁世子還行，嫁皇子，還是一個有奪嫡之望的皇子，那可就不夠看了。

論關係，錦陵縣主是余璟的養女，可養女畢竟是養女，親生的還在呢！而且余璟馬上也要娶親，有了繼母，養女的重要性就更要大打折扣了。

眾人都很不解，七皇子這是要幹什麼？

想著，大家又抬頭去看皇后和賢妃的臉色。只見皇后和賢妃，一個養娘、一個親娘，臉色都不太好，眾人心裡不禁嘀咕起來。

皇帝也很驚訝。「煜兒，你要求娶錦陵縣主？」

「是。」陳煜面不改色，堅定地點了點頭。

一旁的余歲歲，瞬間成了矚目的焦點。

可她卻只是愣愣地盯著陳煜，思緒不由得回到了那日赭陽關的將軍府。

當時陳煜說，他會負責的，原來是為了這個。

其實她根本沒想到，他會在這個時候提出來，畢竟他們說好了的，要等到萬事俱備，不再受制於皇后和明家的時候。

現在，真的是好的時機嗎？余歲歲不敢確定。

忽然，殿中站著的陳煜似有感知一般，微微偏頭，與她的雙目對上，隨即，遞過來一個安心的眼神。

余歲歲心裡猛地就是一定。

她懂他的意思了，這是陳煜深思熟慮後的決定，所以不管怎麼樣，她都要跟上他，不讓他孤軍奮戰。

「朕沒想到，今日慶功，倒是慶出一堆姻緣來。」皇帝突然開了一句玩笑。「朕倒是成了月老了！」

眾臣也陪著笑，可心裡卻在揣摩皇帝的意思。

「余卿，朕的兒子要娶你的女兒，你有何想法啊？」皇帝看向余璟問道。

其他人又在心底嘀咕起來。剛剛平王世子和余宛宛的婚事，皇帝壓根兒沒徵求平王和盧陽侯的意見，怎麼這會兒，反倒又要問了？

余璟再次站起身，沈吟了一下，偏頭看了看余歲歲。

余歲歲看著爸爸，知道他目光裡的意思——只要她有一絲猶豫，他就會不顧一切地拒婚。

她仰頭，目光看回去，眼神堅韌，頭輕輕一點。

余璟眼中劃過一絲複雜，卻沒有絲毫遲疑地轉身，面向皇帝。「回陛下，臣沒有想法，全憑陛下作主。」

「好！」皇帝一拍大腿。「那朕就再當一回月老，賜婚七皇子和錦陵縣主！愛卿啊，這下咱們可要當親家啦！」

余璟輕輕一笑。「臣不敢。臣想懇請陛下，體念臣愛女之心，准允錦陵縣主從臣府中發嫁。」

「這有什麼？准了！」皇帝高興不已。「煜兒既已訂親，也要出宮開府了，過兩天朕就找個好地方賜給他，必不會虧待了令嬡。」

余璟這才滿意地坐下了。

余歲歲和陳煜遙遙對視一眼後，略顯羞澀地低下了頭。

其他的朝臣，如今卻是更加若有所思了。

讓錦陵縣主從將軍府發嫁，卻不過問余宛宛，原來忠勇大將軍竟真的只在乎一個養女？而皇帝顯然也是知曉大將軍的心思的，卻還是乾脆俐落地賜了婚，難道說，皇帝並不打算更換儲君？

就在眾人疑慮叢生之時，存在感頗低的太子突然站了起來。

「父皇，兒臣有事相稟！」太子朗聲道。「按舊例，皇子開府，即要冊封。如今七弟喜得良緣，父皇何不湊個雙喜臨門？」

眾臣的耳朵又一次豎了起來。

可這一回，皇帝卻沈默了，連眼皮都垂了下去。

就在眾人翹首以盼的時候，只見一個小內侍快步上前來，在皇帝的貼身老內侍耳邊說了什麼，老內侍又走到皇帝身邊一陣耳語。

隨後，皇帝才出了聲。「此事以後再說吧！八皇子突感風寒，朕要回去看看，諸位愛卿自行放鬆飲宴便可。」說著，便離開了。

眾臣面面相覷。

賜婚的時候還高高興興的，怎麼一說冊封，就不提了呢？難道他們猜錯了皇帝的意思，皇帝其實確有打算換儲君？

皇帝一走，太子的臉色也不遮掩了，看著陳煜，目露凶光。
余歲歲和余璟對視一眼，心情都沈重起來。
剛剛內侍分明就是得了皇帝的暗示才上前通報的，而那位八皇子，正是小說裡最終登基的小皇帝……

——未完，待續，請看文創風1142《扭轉衰小人生》4（完）

為流浪貓狗加油 和貓寶貝 狗寶貝 廝守終生(一定要終生喔！)的幸福機會

對人來說，貓寶貝狗寶貝只是生活的一部分，但妳（你）對牠們來說，卻是生活的全部，領養前請一定要考慮清楚——

▲ 優質暖心大男孩　乖乖

性　　別：男生
品　　種：米克斯
年　　紀：3歲多
個　　性：親人親狗、穩定、活潑、愛撒嬌、喜歡抱抱
健康狀況：已結紮，每個月固定驅蟲
目前住所：桃園市大園區（浪愛一生大園園區）

本期資料來源：浪愛一生

『乖乖』的故事：

買一包乖乖，電腦不出包；領養一隻乖乖，家人笑哈哈。是的，黃色的狗狗很常見，但乖乖絕對是萬中選一。牠有一身很漂亮的橘黃色毛髮和蓬蓬的尾巴，親狗親人，極好相處。

乖乖生性活潑，最愛散步，平時只要有人經過牠的籠子，牠就會想跟人接觸、互動。每到吃飯的時刻，乖乖懂得友愛同伴，不會與其他狗狗一樣爭先搶食，反倒是乖巧坐在一旁，盯著志工姊姊，用眼神發送「我也想吃肉」的訊息！

在此提醒，每隻狗狗熟悉並適應環境的時間都不一定，可能很短，也可能很長，所以請領養人最大限度地給予耐心，而耐心的單位請以月、年來做計算。

歡迎對乖乖情有獨鍾的朋友快快致電寵園長0967082959，相親成功率絕對UP，也可以搜尋浪愛一生粉絲專頁，按個讚或轉發分享，您的一個小善舉maybe可以浪愛有家。

認養資格：

1. 認養人須年滿25歲。
2. 須同意簽認養寵物切結書。
3. 須同意送養人日後之追蹤探訪，對待乖乖不離不棄。

來信請說明：

a. 個人基本資料：姓名、性別、年齡、家庭狀況、職業與經濟來源等。
b. 想認養乖乖的理由。
c. 過去養寵物的經驗，及簡介一下您的飼養環境。
d. 若未來有結婚、懷孕、出國或搬家等計劃，將如何安置乖乖？

2022年11月出版

金蛋福妻

文創風 1117～1119

一個人甜不夠，全家一起甜才是好滋味！

看她巧手生金，無鹽小農女也可以擁有微糖的幸福～～

明珠有囍，稼妝滿村／芝麻湯圓

家貧貌醜又被吃軟飯的未婚夫退親，再被流言逼得投河？這種人設要氣死誰啊！
穿越的唐宓火大，忘恩負義的渣男豈能輕饒，使計討回十兩銀子還是吃虧了耶。
孰料唐家人窮歸窮卻是標準的女兒控，竟揚言要替她招新婿出氣，令她好生感動，
既然能種出頂級作物的隨身空間也跟著穿到古代，翻轉家計的任務就交給她啦！
前世她可是手工達人兼廚藝高手，變著花樣開發新菜讓唐家廚房香飄十里不說，
再用空間裡的青草和竹子編出草編小物和竹扇賺得高價，攢足本錢開了雜貨鋪；
又做油紙傘賣給書鋪當鎮店之寶，身價一翻數倍，簡直是會下金蛋的金雞母～～
如今家人吃喝不愁，她便想試試被村民當成毒物拒食的野菇料理，出門採菇去，
卻遇見戴著銀色面具的神秘男子攔路買菇，還說這是好吃食，不由大為疑惑──
全村能辨認美味野菇的只有她，難道這人也懂菇，還同是深藏不露的吃貨不成？

2022年11月出版

姑娘深藏不露

文創風 1115～1116

七妹剛從村裡逃出來，初出江湖，自是不知險惡，
遇到有人求助，她定是二話不說，伸出援手，
但世上的人，不是每一個都像她那般單純。
於是她懂了，凡事不可輕信，在這險峻江湖，她要靠自己！

有一種愛情叫莫顏，有笑也有甜／莫顏

安芷萱一開始並不叫這個名字，而是叫七妹。
七妹出生在溪田村，爹娘死後被二伯收養，
誰知無良二伯和村長勾結，一心只想把她賣了賺錢。
她才不願讓他們得逞呢，天下之大，何處不能容身？
她乘機逃脫，路上偶然得到法寶幫忙，
原以為靠著法寶，她可以美滋滋過著自己的小日子，衣食無憂，
誰料得到，竟是將她拉進一連串驚心動魄的旅程……
易飛身為靖王身邊的得力護衛，什麼江湖高手沒見過？
誰知一個看似無害的姑娘，竟讓他有如臨大敵的感覺。
易飛覺得安芷萱很可疑。「她一路跟蹤我們，神出鬼沒。」
好夥伴喬桑狐疑道：「可是她沒有內力，也沒有武功。」
安芷萱趕緊附議。「我是無辜的。」
易飛認定這姑娘有問題。「她掉下萬丈深淵，竟然沒死。」
軍師柴子通捋了捋下巴的鬍子。「丫頭，妳怎麼說？」
安芷萱回答得理直氣壯。「我吉人自有天相，大難不死！」
一旁的護衛們交頭接耳，還有人說她是東瀛來的忍者……
安芷萱抗議。「怎麼不說我是仙子？」
靖王含笑道：「小仙子是本王的救命恩人，不可無禮。」
安芷萱眉開眼笑。「殿下英明。」
易飛冷笑，一雙清冷眉目瞪著她。妳就裝吧，我就不信查不出妳的秘密！
安芷萱也笑，回瞪他。你就查吧，看我怎麼玩你！

人生若只如初見，何事秋風悲畫扇／不繫舟

2022年10月出版

一妻當關

一賠二十的賭注，她是唯二押了六元及第的人，
另一個是她閨密，看她面子意思意思押了一百兩而已，
為什麼她敢玩這麼大？因為她下注的那人是她夫婿啊！
自個兒的男人她不挺，誰挺？
更何況，他的實力她是知道的，那是妥妥的殿試一甲啊！

文創風 1111 **1**

要不要這麼驚險刺激啊？沈驚春才穿來，就面臨再度領便當的逃命大戲！
原來原身是宣平侯府的假千金，當年被抱錯了，與正牌大小姐交換了身分，
如今真千金回府認親了，她這個本來就不得侯夫人疼愛的狸貓只得滾蛋，
不料那個送她返回沈家的侯府護衛，在途中竟想對她來個先姦後殺！
想當初她一路廝殺，連喪屍都不怕，而今又怎會怕他區區一個人類？
沒想到順利返家還沒認親呢，一進門就先看見她一家子被其他房的人欺凌，
而那被壓在地上打得鼻青臉腫的男人，竟跟她末世的親哥長得一模一樣！
親哥當年為了救她而喪命，莫非也早她一步穿來了？但……穿成個傻子是？

文創風 1112 **2**

老實說，沈家這些便宜親人她幾乎都不認識，要說多有愛那是睜眼說瞎話，
但打誰都行，獨獨要打她沈驚春的哥哥，得先問過她的拳頭！
如今的當務之急是想辦法攢錢治好傻哥哥，確認他和末世的親哥是不是同一人？
不過一下子拿出許多這世間沒有的種子太惹眼了，先種玉米就好，
待玉米豐收後，她又種起了辣椒，沒辦法，她這人嗜辣成癮、無辣不歡啊！
之後還有關乎百姓穿得暖的棉花、讓貴族們求之不可得的茶葉要種，
想想她一個農村姑娘卻擁有種啥皆可長得無比厲害的木系異能，
這不就是老天賞飯吃，要讓她妥妥地邁向致富之路嗎？

文創風 1113 **3**

這日，力大無窮的沈驚春上山想尋找些珍貴木材好砍回家做木工活，
哪知樹沒找到多少，卻在一座孤墳前撿了個發燒昏迷的漂亮男子回家，
經沈母一說，她才知道男子叫陳淮，是個身世坎坷、孤苦無依的讀書人，
留他在家養病的日子，他可能感受到了家庭的溫暖，竟自願嫁她當上門女婿！
但婚後她意外發現他身上明明有錢啊，那幹麼把自己過得這麼窮苦潦倒？
一個才學過人、顏值沒話說、身上又有錢的男子，為何甘願當贅婿？
莫非……他對她一見鍾情？嗯，這倒也不是不可能，
畢竟她這人雖貌美如花又武力值極高，偏偏腦子還挺好使的，誰能不愛呢？

文創風 1114 **4** 完

世上人無奇不有，比如這位嘉慧郡主就是奇葩中的奇葩、瘋子中的瘋子，
仗著皇帝外祖父的寵愛，即便死了兩任丈夫就沒再嫁人，宅中卻養了極多面首，
本來嘛，人家脾氣驕縱又貪戀男色跟她沈驚春也沒啥關係，
但壞就壞在瘋郡主這回瞧上了她家陳淮，丟出十萬兩要她主動和離啊！
先不說陳淮是個妻奴，更是妥妥的殿試一甲，未來官路亨通、前途無量，
光說她自己那就是臺印鈔機啊，才十萬兩而已，她自己隨便賺就有了！
不就是背後有靠山才敢這麼囂張嘛，她後頭撐腰的人來頭可也不小好嗎？
有她這個妻子當關，任何覬覦她夫婿美色的鶯鶯燕燕都別想越雷池一步！

文創風
1141

扭轉衰小人生 3

國家圖書館出版品預行編目資料

扭轉衰小人生 / 十二鹿著. --
初版. -- 臺北市 : 狗屋出版社有限公司, 2023.02
冊 ; 公分. --（文創風 ; 1139-1142）
ISBN 978-986-509-400-3（第3冊 : 平裝）. --

857.7 111022122

著作者 十二鹿
編輯 黃淑珍
校對 吳帛奕
發行所 狗屋出版社有限公司
地址 台北市104中山區龍江路71巷15號1樓
電話 02-2776-5889～0
發行字號 局版台業字845號
法律顧問 蕭雄淋律師
總經銷 知遠文化事業有限公司
電話 02-2664-8800
初版 2023年2月
國際書碼 ISBN-13 978-986-509-400-3

定價280元
狗屋劃撥帳號：19001626
網址：love.doghouse.com.tw E-mail：love@doghouse.com.tw